AF304515

Talina Leandro – in den späten 80ern geboren – schreibt seit dem Kindesalter leidenschaftlich gern. In den Genres Dark Romance und Romantic Suspence fühlt sich die Autorin zu Hause, denn sie selbst liest gern düster-prickelnde Liebesromane, ist jedoch auch Thrillern sehr angetan.

RUTHLESS
— DESIRES

DARK MAFIA KING

TALINA LEANDRO

Für meinen König

Es gibt nichts Schöneres, als geliebt zu werden, geliebt um seiner selbst willen oder vielmehr: trotz seiner selbst.

Victor Hugo

Vorwort

Lieber Leser,

wenn du Teil 1 bereits kennst, darfst du getrost diese Zeilen überfliegen und mit dem Prolog starten. Solltest du den ersten Band noch nicht gelesen haben – kein Problem! Ich erzähle dir kurz, was passiert ist:

Die 24-jährige Mia reist von Deutschland nach Frankreich, um Mode zu studieren und kommt dafür in einer Gastfamilie in Paris unter. Ihre Gastschwester Alizée ist ganz schön flippig, obwohl ihre Eltern sehr konservativ sind, und teilt Mias Leidenschaft für Metal-Musik. Bei einem gemeinsamen Clubbesuch in der Stadtmetropole geraten sie in eine unschöne Situation und werden Kronzeugen eines Mordes. Einer der Männer (Raphael), die zu einem brutalen Clan, den Boullards, gehören und den Mord zu verantworten haben, will erst Mia und dann Alizée vergewaltigen. In letzter Sekunde werden die beiden gerettet. Doch ihr Retter (Lion) ist kein Held. Er ist Mitglied eines anderen Clans und Erzfeind von Raphael. Die einzige Verbindung zwischen den beiden ist geschäftlicher Natur (Waffenhandel).

Lion nimmt die jungen Frauen mit auf das Anwesen, ein altes Schloss, in dem der Les Rois Noirs Clan (Die dunklen Könige) herrschen. Die beiden Freundinnen werden getrennt voneinander in ihre Zimmer gesperrt.

Ganz zum Unmut des Clanchefs Mario, Lions Vorgesetzten und Ziehvater. Dieser gibt Anweisung, die Mädchen zu entsorgen. Doch Lion bringt es auf eine ihm unerklärbare Weise nicht über das eiskalte Herz, Mia umzubringen, wie sein Partner Emilian es auf Anweisung von Mario mit Alizée getan hat.

Mia verbleibt im Schloss und die beiden kommen sich näher. Lion weiß, dass er sich nicht in sie verlieben darf, denn wenn sie erführe, dass die Les Rois Noirs für Alizées Tod verantwortlich sind, würde sie nie wieder ein Wort mit ihm sprechen.

In der Zwischenzeit hat Raphael davon erfahren, dass die Frau, wegen der er mit Lion aneinandergeraten ist, sich bei diesem aufhält und sinnt auf Rache. Daraufhin flüchtet Lion mit Mia nach Neapel.

Raphael plant einen Hinterhalt, um erst Lion und dann Mia zu töten. Doch ausgerechnet der Clanchef Mario gerät in die Schusslinie.

Lion ist am Boden zerstört, was den Hass zwischen den Les Rois Noirs und den Boullards noch weiter anfacht. Er zieht sich zurück, bevor er den Posten des Clanchefs nach Marios letztem Willen annimmt und ist zutiefst schockiert, als Mia während seiner Abwesenheit von den Boullards in Neapel entführt wird.

Mia, die in Frankreich nicht nur studieren, sondern mehr über ihre Herkunft erfahren wollte, steht nun vor der bitteren Wahrheit: Die als Kind nach Deutschland adoptierte Mia ist die Tochter des Anführers der Boullards und somit die Schwester vom Erzfeind ihres Geliebten. Diesem erzählt Mia erst einmal nichts davon, als er sie kurz darauf befreit. Mit der Bestimmung zur Familie von Lions Erzfeinden zu gehören, kommt

Mia nicht zurecht. Sie muss sich entscheiden: Will sie bei Lion bleiben oder zu ihrer richtigen Familie zurückkehren? Ihre Entscheidung fällt auf Lion.

Bei seinem Amtsantritt heiraten die beiden. Mia wird die Königin der Dunkelheit und ist fortan an Lions Seite. Bei öffentlichen Auftritten trägt sie stets eine Maske, darauf besteht Lion. Es dient ihrem Schutz. Am Tag der Hochzeit erlebt Mia eine große Überraschung, denn Emilian hat hinter Marios Rücken den Mord an Alizée vereitelt, ohne jemandem etwas davon zu erzählen und sich in sie verliebt. Die beiden sind bereits länger heimlich ein Paar. Mia, die inzwischen von ihrer Schwangerschaft erfahren hat, gefällt dieses neue Leben auf dem Schloss und sie ist am Tag ihrer Hochzeit überglücklich. Als allerdings ihre Mutter und Raphael unter den Hochzeitsgästen auftauchen, erfährt Lion alles über Mias wahre Herkunft.

Er ist hin- und hergerissen, hält jedoch zu seiner Frau. Diese will unbedingt den Bandenkrieg beenden und sucht ihre Mutter auf, um mit ihr zu sprechen. Dabei wird sie von ihrem eigenen Bruder angegriffen, der völlig fassungslos auf ihre Schwangerschaft reagiert.

Bevor etwas Schlimmeres passieren kann, macht Lion seine Frau bei den Boullards ausfindig und es kommt zum Kampf zwischen den erbitterten Erzfeinden. Ausgerechnet Mias Mutter Zazou ist es, die ihren eigenen Sohn aus dem Affekt heraus niederschlägt, um ihrer Tochter das Leben zu retten. Raphael ist schwer verletzt und fällt ins Koma.

Lion nimmt alle Schuld auf sich und flieht mit Mia nach Australien, wo kurz darauf die gemeinsame Tochter Emma zur Welt kommt.

So, lieber Leser. Da du nun auf dem aktuellen Stand
bist, darfst du loslegen und in die Fortsetzung der Geschichte eintauchen.
Ich wünsche dir viel Spaß und aufregende Lesestun-
den.
Deine Talina

Hinweis:
Diese fiktive Geschichte enthält explizite Sprache und
teilweise grenzwertige Szenen. Daher ist sie nicht für
sensible Leser und Leser unter 18 Jahren geeignet.

PROLOG

ALIZÉE

Es ist kalt und düster um mich herum, als ich benommen die Augen aufschlage. Mir dröhnt der Kopf und mein Sichtfeld ist leicht verschwommen. Durch meine Ohren dringt ein dumpfes Rauschen, das sich, je mehr ich zu mir komme, wie Bass anhört. Eine Strähne meiner Haare kitzelt meine Nase. Ich will sie wegstreichen, doch ich spüre einen Widerstand, als ich die Hände, die ich hinter dem Rücken halte, nach vorne holen will. Etwas Hartes wie Plastik schneidet mir dabei in die Handgelenke. Ich schnappe nach Luft und spüre Stoff über meinen Lippen, der an den Seiten in meinen halb geöffneten Mund einschneidet. Er schmeckt nach kaltem Zigarettenqualm und die kratzigen Fussel auf meiner Zunge bringen mich zum Würgen. Meine Beine habe ich angezogen und der raue Epoxidboden unter mir ist glatt und kalt. Doch die Wand hinter meinem Rücken scheint noch kälter zu sein. Da hilft auch meine Jacke nichts, da die Kälte hindurchdringt und mich bis ins Mark erschauern lässt. Kurzzeitig entgleitet mir mein Sichtfeld, denn meine Lider sind so schwer, dass ich immer wieder in eine Art Sekundenschlaf falle.

Ein lautes Krachen in der Ferne lässt mich hochschrecken. Unter einer Tür dringt plötzlich ein schmaler Lichtstreifen hervor und bietet mir immerhin eine kleine Lichtquelle. Hektisch atmend sehe ich mich in dem kleinen Raum um und versuche, mir alles ganz genau einzuprägen. An der Wand gegenüber hängt ein Kalender, der ein leicht bekleidetes Mädchen zeigt, das sich lasziv an einem Sportwagen räkelt.

Als mein Blick nach unten wandert, entdecke ich einen Stapel Autoreifen, einen alten Schreibtisch, auf dem ein riesiger Papierberg und geöffnete Briefumschläge liegen. Auf dem Boden steht ein Aktenvernichter und am Rand des Tisches mache ich eine weiße, mit Kugelschreibern gefüllte Tasse aus, auf der mir Homer Simpson entgegengrinst, was mich eher verstört, statt meine Stimmung aufzuhellen. *Wo zum Teufel bin ich?*

Je mehr ich zu mir komme, desto deutlicher nehme ich die Fremdkörper wahr, die in meinen Ohren stecken. Vorsichtig neige ich meinen Kopf seitlich zur Wand und reibe mit dem Ohr über die raue Oberfläche, um das Ding herauszukriegen. Leider scheuere ich mir dabei die Wange wund; kurz darauf ist der verfluchte Stöpsel endlich draußen. Sofort dröhnt mir elektronische Musik in die Ohren. Der Stöpsel auf der anderen Seite muss ebenfalls raus. Das gelingt mir nur, indem ich auch die andere Wange wund reibe. Wenigstens sieht es jetzt symmetrisch scheiße aus. Aber das ist mein geringstes Problem. Ich muss diese verdammten Fesseln loswerden. Der Kabelbinder ist so festgezurrt, dass meine Hände keinerlei Spielraum haben.

Mein Blick wandert zum Schreibtisch, in der Hoffnung, einen Brieföffner oder etwas anderes zu entdecken, das mir aus diesen Fesseln hilft. Da ich aus meiner Position den Schreibtisch nicht vollständig überblicken kann, schiebe ich mich an der Wand hoch. Meine Jacke gibt scheuernde Geräusche von sich. Ich halte inne und recke meinen Kopf ein kleines Stück nach oben, doch es ist zu düster, als dass ich mehr erkennen könnte. Ich überlege, was ich tun soll. Ob ich es wagen kann, mich näher im Raum umzusehen – sofern das bei dem geringen Lichteinfall möglich ist? Bevor ich meine Gedanken vertiefen kann, höre ich ein nahes lautes Knacken.

Ein Schloss wird aufgeschlossen.

Nur einen Wimpernschlag später fliegt die Tür auf. Mein Herz macht einen Sprung und ich lasse mich sofort auf den Po fallen, als hätte ich es nie gewagt aufzustehen. Mit aufgerissenen Augen starre ich auf die geöffnete Tür, in deren Rahmen ein Mann lehnt.

Er ist groß und breitschultrig, hat stämmige Beine und mittelkurzes Haar. Das Licht, das hinter ihm vorbei zu mir in den Raum gleitet, lässt ihn für ein paar Sekunden wie einen Engel erscheinen. Ich kann nur seine Silhouette und nicht sein Gesicht sehen, doch seine Präsenz, die den ganzen Raum einnimmt, erfasst mich wie eine Welle. Eine Welle von etwas Geheimnisvollem, Dunklem und dennoch Anziehendem. Ein holzig-herber und zugleich balsamisch-süßer Mix aus Eichenmoos, Patschuli und Zypressen dringt mir dezent entgegen. Der „Engel", der höchstwahrscheinlich der Teufel in Person ist und wie ein Gott duftet, tritt einen Schritt auf mich zu, sagt jedoch nichts.

Ich bin verstummt. Meine benebelten Sinne scheinen einen Kurzschluss in meinem Gehirn ausgelöst zu haben. Wie kann ein Mensch, der mich offenbar in eine ziemlich bedrohliche Situation gebracht hat, so gut riechen, dass alles in mir nach Fortpflanzung schreit?

Die dunkle Männergestalt greift in die Tasche seines beigen Wollmantels und holt einen dunklen Stoff hervor. „Augen zumachen", befiehlt er mir knapp in Englisch, aus dem ich sofort einen russischen Akzent heraushöre.

Mit klopfendem Herzen befolge ich seine Anweisung. Ich werde besser tun, was er sagt und kein Wort sprechen. Ich hoffe, dass mich das noch ein wenig am Leben hält. Wenn ich an die Person geraten bin, die ich befürchte, wird Widerstand mein Todesurteil sein.

Seine Schritte werden lauter, verhallen und plötzlich ist sein betörender Duft ganz nah an mir. Kurz darauf spüre ich, wie er mir die Augen verbindet, was mein Herz weiter zum Rasen bringt. Seine großen Hände mit den langen Fingern berühren meinen Kopf.

Ich zittere am ganzen Körper und versuche ruhig zu atmen, bevor ich in Panik verfalle und hyperventiliere. Ich muss bei klarem Verstand bleiben, mir alles einprägen, was ich höre und meine Sinne schärfen. Aber dieser Duft treibt meinen ohnehin benebelten Verstand an den Rand des Wahnsinns. *Was ist das hier? Ein Engel zu Besuch in der Hölle?* Verbissen versuche ich, mich daran zu erinnern, wie ich hierhergekommen bin, doch eine Blockade meiner Amygdala verhindert das Durchsickern von Informationen und lässt nichts als einen riesigen Schatten zurück.

„Wo bringen Sie mich hin?", platzt es in Englisch aus mir heraus, obwohl ich mir geschworen hatte, die Klappe zu halten.

„Keine Fragen", brummt der Mann, der garantiert kein Engel ist. „Los. Aufstehen."

Zitternd schiebe ich mich an der Wand hoch, so wie ich es wenige Minuten zuvor getan habe. Scheinbar zu langsam, denn mit einem Ruck wird mir unter die Arme gegriffen und schon stehe ich.

„Komm", befiehlt der Teufel und zieht mich am Arm.

Doch meine Beine tragen mich keinen Meter vorwärts. „Wo bringen Sie mich hin?"

„Keine Fragen!" Die dunkle, aber klare Stimme klingt missmutig.

Plötzlich umgreift etwas meine Beine, ich werde hochgehoben und baumle kurz darauf kopfüber über einer harten und breiten Schulter. Ich spüre den weichen Stoff seines Mantels an meinem Gesicht. Sein Duft ist überall und erweckt meine Libido in diesem unpassenden Moment zu neuem Leben. Ich muss völlig irre sein, denn obwohl ich gerade verschleppt und in Kürze den sicheren Tod finden werde, bin ich erregt. Bevor ich hier aufgewacht bin, muss ich einen kräftigen Schlag auf den Kopf bekommen haben, durch den sich die Synapsen in meinem Gehirn gelöst und falsch neuverkabelt haben. Anders kann ich mir das humide Klima zwischen meinen Schenkeln nicht erklären.

1. KAPITEL

ALIZÉE

Frankreich: Côte d'Azur, Anwesen der Les Rois Noirs
Zwei Wochen zuvor

Die schweren Samtvorhänge sind halb zugezogen und Anspannung liegt in der Luft. Zusammen mit Emilian sitze ich im Konferenzraum und warte darauf, dass die russischen Gäste eintreffen, die er als neue Geschäftspartner anwerben will, um den Waffenhandel zugunsten der Les Rois Noirs global weiter auszudehnen. Von Zoé habe ich erfahren, dass die Russen mächtige Männer sind, mit denen man es sich nicht verscherzen sollte. Ich hoffe, Emilian ist das bewusst.

Nervös spielt er mit dem Siegelring an seinem Finger, den Mario früher getragen hat, wie Emilian stets gern und stolz erzählt. Ich glaube, er sieht sich ziemlich gern in der Rolle seines Nachfolgers, obwohl diese eigentlich Lion zugeschrieben ist.

Das monotone Ticken der alten Standuhr macht mich langsam unruhig, denn es ist in dieser Situation kein einschläferndes Geräusch.

Dimitri Barkow und Artjon Solokow müssten längst hier sein.

Zoé hat mich dringend dazu angehalten, mich unauffällig zu verhalten und mit keiner Silbe in irgendein Gespräch einzumischen, weil die beiden schwierige, aber lukrative Geschäftspartner sind.

„Bist du nervös?" Ich richte mich an Emilian, der immer noch seinen Ring hin- und herdreht.

„Ich?", fragt er augenrollend, als wäre meine Frage unangebracht und schnalzt dann verneinend mit der Zunge. „Blödsinn. Ich doch nicht. Das sind die gleichen Ganoven wie die Boullards oder die anderen Clans hier. Nur, dass sie russisch, beziehungsweise mit uns Englisch sprechen."

Schulterzuckend nehme ich Emilians Aussage hin, aber die kleinen Fältchen, die sich auf seiner Stirn bilden, wenn er sich unbeobachtet fühlt, verraten ihn. Er würde niemals zugeben, dass er nervös ist. In ihm steckt ein guter Schauspieler. Allerdings kennen wir uns langsam ziemlich gut, daher weiß ich es besser. Er ist total aufgeregt. Bevor ich mich dazu entschließe, ihn mit seiner Nervosität aufzuziehen, öffnet sich die große Tür zum Konferenzraum unter einem Klopfen.

Zoé tritt vor. „Die Herren Barkow und Solokow sind nun da."

Emilian und ich schlucken gleichzeitig und erheben uns von unseren Plätzen.

„Lass mich nur machen, okay? Du brauchst nichts weiter zu tun, als brav zu nicken und zu lächeln."

Sofort nicke ich, damit er sieht, dass ich verstanden habe und streiche mein feines Kostüm glatt, zu dem ich meine platinblonden Haare heute ausnahmsweise hochgesteckt trage.

Kurz darauf sind schwere Schritte zu hören.

Ich stelle mir die beiden im Geiste ganz genau vor, bevor sie überhaupt den Raum betreten haben. Sie tragen wahrscheinlich sündhaft teure Anzüge, Schmuck und dicke Uhren. Doch als die beiden den Konferenzraum betreten, staune ich.

Der Ältere von beiden trägt Adidas-Schuhe und einen Jogginganzug – ebenfalls von Adidas. Die Initialen DB sind auf Brusthöhe seiner Sportjacke aufgestickt, was mir die Vermutung nahelegt, dass es sich um den Clanchef handeln muss. Dimitri Barkow ist ein hochgewachsener Mann von ungefähr sechzig Jahren mit kleinen, eng beieinanderstehenden Augen und einer langen Knollennase über dem rasierten Kinn. Ich wette, das sportliche und ziemlich großzügig aufgetragene Parfüm ist ebenfalls von Adidas. Mit schweren Schritten hält er auf Emilian und mich zu, mustert erst ihn und dann mich aus seinen trüb-graublauen Augen.

„Dimitri Barkow, es ist mir eine außerordentliche Freude", begrüßt Emilian ihn ein wenig zu überschwänglich.

„Gleichfalls", antwortet der Russe nüchtern und sieht Emilian an, als frage er sich, aus welchem Zirkus der wohl entlaufen ist. Barkow zieht eine Zigarre aus der Hosentasche und zündet sie an. Dabei entsteht eine riesige Qualmwolke, die mich husten lässt.

„Das ist meine Lebensgefährtin Alizée Roux", stellt Emilian mich vor.

Höflich nicke ich dem Russenboss zu, und spüre meine eigene Unsicherheit, denn von Barkow geht eine gefährliche Energie aus. Ich habe schon als kleines Mädchen ein Gespür dafür gehabt.

Wenn mein Vater Messen hielt, war in der Kirche jedes Mal ganz deutlich zu spüren, wenn Ex-Häftlinge anwesend waren, die sich im Knast plötzlich Gott zugewandt hatten und seitdem jeder Messe frönten. Drei von ihnen waren jeden Sonntag da. Sie saßen stets in einer der mittleren Kirchenbänke und ohne hinzusehen, wusste ich genau, wo.

„Und Sie müssen Artjon sein", reißt mich Emilians Stimme aus meinen Gedanken und ich richte meine Aufmerksamkeit auf den Mann, der aus Dimitris Schatten tritt.

Er ist deutlich jünger als Barkow und ein wenig kleiner, aber garantiert auch über eins achtzig. Artjon hat kurzes, mittelblondes Haar und ein zugegeben hübsches Gesicht mit markanten Zügen und ozeanblauen Augen, aus denen er Emilian und mich kritisch mustert. Zwischen seinen Lippen, die ein akkurat getrimmter Dreitagebart umspielt, steckt eine Zigarette, deren Glut hell aufleuchtet.

Ich frage mich, ob sie immer ungefragt alles vollqualmen, wenn sie irgendwo zu Besuch sind.

Dieser Artjon ist mir auf den ersten Blick unsympathischer als Barkow. Und dass, obwohl Artjon Solokow weitaus stilsicherer gekleidet ist als sein Chef, was bei mir als ehemaliger Modestudentin immer Pluspunkte bringt. Artjon trägt seinen feinen, beigen Wollmantel halb offen über dem dunklen Anzug. Als Barkow einen Schritt zur Seite geht, stolziert Artjon gemächlich an ihm vorbei und schüttelt Emilian die Hand. Dabei dringt mir der eigenwillige und zugleich wahnsinnig fesselnde Geruch aus einem Mix von Eichenmoos, Patschuli und Zypressen in die Nase. Mein Körper reagiert mit einem Anstieg meiner Körpertemperatur und meines Pulses.

„Das ist mein Neffe. Artjon Solokow", stellt Dimitri ihn vor.

„Hallo." Artjon, der mich bisher keines Blickes gewürdigt und Emilian nur mürrisch die Hand geschüttelt hat, dreht sich in meine Richtung. Unsere Blicke treffen sich. Erst rümpft er überheblich die Nase, hält jedoch einen Augenblick inne. „Hm", brummt er feststellend und kneift die Augen ein wenig zusammen.

Hm? Was für eine rhetorische Höchstleistung. Dich habe ich jetzt schon gefressen, mein Freund.

Artjon mustert mich. Das tiefe Blau seiner Iriden scheint in mein Innerstes vorzudringen und versetzt mir einen pulsierenden Schlag zwischen die Schenkel. *Moment mal. Was war das denn, bitte? Drehe ich jetzt völlig am Rad? Mein Freund steht neben mir und dieser arrogante und unsympathische Gangster macht mich unfreiwillig an? Das habe ich wohl geträumt!* Sofort wende ich den Blick von ihm ab, bevor ich noch rot werde. Aus dem Augenwinkel heraus sehe ich, dass Artjon sich Emilian und seinem Onkel zuwendet.

„Dimitri." Der Chef hält mir seine große Hand mit den fleischigen, dicken Fingern hin.

Ich zucke leicht zusammen und starre auf seine Pranke, die so stark scheint, dass er meine Hand mit Leichtigkeit zermalmen könnte. Höflich halte ich ihm meine zierliche Hand hin und bin froh, dass er sie behutsam schüttelt.

„So kleine Hände. Wie die eines Kindes", bemerkt er belustigt und auf eine bizarre Art bewundernd, als er sie loslässt und mit seinen rauen Fingern über meinen Handrücken streicht.

Ein unangenehmer Schauer überkommt mich. *Dieser Dimitri löst Ekel, Artjon Abneigung und – verdammt noch mal! – Erregung in mir aus. Ich sollte besser auf Zoé hören und mich im Hintergrund halten. Und mich was schämen. Bin ich schon so untervögelt?* Seit dem halben Jahr, in dem Emilian Lions Geschäfte übernommen hat, sind wir nicht mehr so oft im Bett wie vorher. Wenn es einmal in der Woche ist, bin ich glücklich.

„Nun, besprechen wir, warum ich Sie eingeladen habe. Wollen wir uns nicht setzen?" Emilians Stimme reißt mich aus meinen Gedanken. Er weist mit der Hand auf den runden Tisch.

Dimitri nickt und macht einen Schritt auf die Stühle vor dem Tisch zu, doch sein Neffe regt sich nicht.

„Ohne die Frau", knurrt das arrogante, nach Sex-Gott duftende Arschloch.

Bitte? Ich habe mich wohl verhört! Irritiert sehe ich zu Emilian, der mir zunickt und dann mit dem Kopf auf die Tür deutet. *Ist das sein Ernst? Bisher durfte ich bei allen Geschäftsgesprächen dabei sein und nun werde ich vor die Tür gesetzt, nur weil dieser Lackaffe mich nicht dabeihaben will?*

Zoés mahnende Worte kreisen durch meinen Kopf und bewegen mich zum Nachgeben. Ohne zu murren, trete ich vor. „Meine Herren." Ich nicke erst Dimitri zu, doch als mein Kopf in Artjons Richtung wandert, vergesse ich für einen Augenblick meine guten Manieren und werfe ihm einen missbilligenden Blick zu, den ich eine Sekunde später mit einem Lächeln untermale. Der

Penner soll wissen, woran er bei mir ist. Da kann er noch so verführerisch riechen. Er ist ein Arschloch.

Wie von einem Lackaffen zu erwarten, reagiert er nicht auf mich, also marschiere ich auf die Tür zu. Kurz bevor ich sie öffne, drehe ich mich um und sehe, dass die Herrschaften bereits am Tisch Platz genommen haben. *Pah, das muss ich mir nicht geben. Ich habe schließlich auch meinen Stolz,* tröste ich gedanklich mein gekränktes Ego und verlasse den Konferenzraum.

2. KAPITEL

ARTJON

Moskau
Zwei Tage später

Lauter Bass dringt aus dem Club, als Dimitri, der französische Lackaffe und sein Blondchen mit uns aus der Limousine steigen. Wir haben sie kurz zuvor aus ihrem Hotel in der Moskauer City abgeholt, in das Dimitri sie eingeladen hat.

Er liebt es, neue Geschäftsleute kennenzulernen.

Die Türsteher machen uns ehrfürchtig Platz und scheuchen das Partypublikum ein Stück beiseite. Wir treten über einen roten Teppich durch den VIP-Eingang, direkt neben einer großen Menschenschlange, von denen kaum die Hälfte eintreten darf. In Dimitris Club *Nochnoy blesk* darf nur ausgewähltes, reiches Publikum.

Wir geben unsere Jacken an der Garderobe ab und bahnen uns den Weg durch die tanzende Menge.

Dimitri geht voraus, unsere Gäste dicht hinter uns. Ich persönlich halte es für eine sinnlose Idee, diesen Croissant-Fresser und seine kleine Freundin einzuladen, aber mich fragt ja keiner und was mein Onkel sagt, wird gemacht.

Mein Onkel. Nach dem tödlichen Autounfall meiner Eltern, als ich fünf war, hat es sich dieser sadistische Wichser zur Aufgabe gemacht, mich großzuziehen. Wobei das Wort in diesem Bezug nichts mit *erziehen*, sondern mit *verziehen* zu tun hat. Zunächst hat mein Onkel mich meiner Identität beraubt, denn ich heiße Artjom. Das M, so hat er gesagt, klinge nach *Muschi*, würde mich weich machen – das N höre sich viel härter an. Also nannte er mich nach meinem Einzug bei ihm Artjon. Der einzige Grund, aus dem ich meinen Namen Solokow nicht gegen Barkow eintauschen musste, war, dass ich für Dimitri eine Last dargestellt habe. Er hat mich einzig und allein deshalb aufgezogen, weil mein Großvater es von ihm erwartet hat. Dieser war in den Augen des Jugendamtes bereits zu alt gewesen, sonst wäre ich viel lieber bei ihm aufgewachsen. Großvater war stets gut gelaunt und hat sich gefreut, wenn ich ihn besuchen durfte.

Bei meinem Onkel war schlechte Laune an der Tagesordnung. Um sich den Platz als Nachfolger meines Großvaters zu sichern, hat er mich, wenn auch widerwillig, bei sich aufgenommen. Dimitri hat mich geduldet, aber nicht geliebt oder gar gemocht. Mit den Jahren haben wir allerdings gelernt, miteinander auszukommen.

Der schwer bewachte Kleinpalast meines Onkels, kam mir anfangs wie ein Paradies, aber später wie ein Gefängnis vor. Dimitri lebte im Luxus, während meine Eltern zu Lebzeiten ein eher bescheidenes Dasein bestritten.

Eine Art Vater ist Dimitri mir nie gewesen und ein gutes Vorbild schon gar nicht. Die Liebe und Zuwendung, die ich bis zu meinem fünften Lebensjahr durch meine Eltern erfuhr, hat er mir zu keiner Zeit gegeben – nicht einmal auf deren Beerdigung. Bei ihm waren Strenge, Konsequenz und Bestrafung an der Tagesordnung. Dimitri hat seine ganz eigene Lebensphilosophie: Alle sind Abschaum, außer den Barkows. Die einzige Ausnahme waren meine Eltern. Meine Mutter hat ihren Mädchennamen nach der Heirat abgegeben, was meinen Onkel sehr verärgert hat, doch die Liebe zu ihr hat ihn in dieser Sache nachgiebig werden lassen. Das war allerdings ein Einzelfall, denn Dimitri ist kein nachgiebiger Mensch. Er ist herrschsüchtig, arrogant und stellt sich über alles und jeden. Niemand aus unserer Organisation würde es wagen, ihm zu widersprechen. Denn wer das tut, bekommt die dunkle Seite meines Onkels zu Gesicht. Die blutrünstige, gnadenlose Seite, vor der selbst der Teufel in der Hölle Angst hätte.

Im Alter von zehn Jahren wurde ich zum ersten Mal Zeuge dieser dunklen Seite. Ich war bei einer Exekution dabei, die mein Onkel an einem ehemaligen Mitglied unserer Organisation durchgeführt hat. Ich rieche noch den Angstschweiß und den Eisengeruch in dem kleinen, dunklen Raum, in den mein Onkel mich mitgenommen hatte. Dimitri wollte, dass ich mich seitlich an die Wand stelle und ganz genau hinsehe. „Wenn du kotzt, gibt es zehn Schläge mit dem Gürtel!", hatte er mir gedroht. Also habe ich mich an die Wand gestellt und versucht, an etwas Schönes zu denken, um Herr meines Mageninhaltes zu bleiben und keine Schläge zu kassieren.

Der Kerl, dem die Exekution bevorstand, hatte unsere Leute an einen verfeindeten Clan verraten. Das ließ ein

Dimitri Barkow nicht auf sich sitzen. Er hat den miesen Verräter so eingeschüchtert, dass dieser sich in die Hosen geschissen hat. Die Furcht in seinen Augen habe ich nie vergessen können. Noch weniger den Augenblick, in dem mein Onkel eine Machete gezogen und dem Mann den Kopf abgeschlagen hat. Zunächst war ich so erschrocken, dass ich in eine Art Schockstarre gefallen bin. Doch als mein Onkel mich anwies, den Kopf aufzuheben und mit aus dem Raum zu nehmen, rebellierte alles in mir. Natürlich habe ich gekotzt und daraufhin Schläge kassiert. Aber mein Onkel hat auch seine großzügigen Seiten – wenn auch nicht sehr viele. Dann ist er freundlich und zuvorkommend, wie heute. Mit den Jahren habe ich mich ihm bewiesen, Aufträge ausgeführt und stieg so zu Dimitris engstem Verbündeten auf. *Mach dir deinen Feind zum Freund und dir kann nichts passieren.* Ich erledigte meine Aufgaben so präzise und scharfsinnig, dass ich innerhalb unserer Organisation zu John, dem Falken wurde. John, weil es die letzten drei Buchstaben meines Namens enthält und weil es mir meine Herkunft gänzlich entzieht. Genau, wie Dimitri es wollte. Trotzdem nennt er mich ständig Artjon.

„Wir setzen uns in die Black Lounge", spricht Dimitri vor mir, ohne dass er sich zu mir umdreht, als wir uns durch die Partygäste drängen.

Die Black Lounge. War ja klar. Das ist der besondere Bereich unseres Clubs, wo sich die Gäste nicht nur zurückziehen können; hier warten leicht bekleidete Schönheiten darauf, den Gästen jeden Wunsch von den Lippen abzulesen. Jeden. Ohne Ausnahme. Egal ob Blowjob oder Massagen.

Die Black Lounge ist von den anderen Lounges abgeschirmt und trägt ihren Namen nicht nur wegen des Sitzbereiches mit den schwarzen Bezügen. Sie heißt so, weil die Mädchen dort rattenscharfe Korsetts tragen, die ihre Brüste hervorpressen und schwarze Röcke, die so knapp sind, dass man genau sieht, dass sie nichts darunter tragen. Ich glaube, das wird unserem Croissant-Fresser gefallen. Seiner Freundin wahrscheinlich nicht, aber die hat ihren Mund zu halten. Dieses kleine Blondchen kann froh sein, dass Dimitri sie dabeihaben wollte. Aber nur, weil sie zu dem Typen gehört und ganz hübsch ist. Keine Ahnung, vielleicht fickt Dimitri sie auch einfach, wenn Emilian und ich uns mit den Weibern beschäftigen.

Wenn meinem Onkel eine Frau gefällt, nimmt er sie sich. Wobei ich bei dieser Barbie nicht ganz sicher bin, ob sie seinem Typ entspricht. Ist mir auch egal. Hauptsache, die Kleine hängt uns nicht den ganzen Abend am Bein. Frauen haben bei unseren Geschäftstreffen einfach nichts zu suchen.

3. KAPITEL

ALIZÉE

Es ist ziemlich laut in diesem Club, doch hier hinten in der abgeschirmten Black Lounge ist es ganz angenehm.

Emilian und ich nehmen neben Artjon und Dimitri auf dem dunklen Sofa Platz, vor dem ein moderner Couchtisch steht.

Ich fühle mich unwohl in meinem silbernen Glitzerkleid, das meinen nackten Rücken zur Schau stellt und knapp unter meinem Po endet. Doch Emilian meinte, es sei genau das Richtige für diesen Abend. Ebenso die schwarzen Peeptoes und die Silberkette mit dem Kolibrianhänger, der bis in mein Dekolleté hineinragt. Neugierig lasse ich meinen Blick durch den Club streifen.

Das Publikum hier hat definitiv Kohle. Und damit meine ich: so richtig Kohle! Die offensichtlichen It-Girls, auf ihren auffällig rot gesohlten Louboutin-High-Heels, die sich in lasziven Posen zu jeder Kamera drehen, die in der Nähe ist, sehen aus, als würde ihr Leben ausschließlich aus Gucci, Versace und Chanel bestehen. Die Kerle, mit denen sie feiern, stecken in noblen Anzügen und tragen dicke Golduhren am Handgelenk. Muss wohl ein recht angesagter und exklusiver Club sein, den Dimitri hier betreibt. Zumindest steckt viel

Geld drin. Allein der Marmorboden, auf dem die feierwütige Horde tanzt. Alles edel hoch zehn. Die Einrichtung ist in Schwarz, Weiß und Silber gehalten und spiegelt sich in jedem Detail wieder. Alles wirkt pompös und exklusiv.

Blitze zucken und Laserstrahlen erhellen von allen Seiten der drei Meter hohen Decke den Raum. Der plötzliche Knall einer Konfettikanone lässt mich zusammenzucken. Silbernes Lametta fliegt über die Köpfe der Tanzwütigen, die sofort euphorisch jubeln. Hier scheint man das Feiern wirklich zu lieben. So wie Mia und ich das Pogen zu Metal-Musik. Doch die hört hier wahrscheinlich niemand, denn der DJ spielt seit unserem Eintreffen House und Dance.

„Gefällt dir mein Club, Kindchen?", höre ich Dimitris Stimme nah an meinem Ohr und starre irritiert auf seine Hand, die er auf meinen Arm gelegt hat. „Soll ich dich mal herumführen?" Wie magnetisch angezogen, wandern seine Augen immer wieder zu dem kleinen Kolibrianhänger hinab, was mir ziemlich unangenehm ist.

Unsicher sehe ich zu Emilian rüber, der Dimitris Blicke offenbar überhaupt nicht wahrzunehmen scheint. „Schatz, Dimitri will uns den Club zeigen. Wollen wir?", frage ich und mache eine Geste, in der Hoffnung, dass mein Freund eins und eins zusammenzählt und einwilligt. Dimitri ist mir nicht geheuer. Mit dem möchte ich ungern allein sein.

„Ja, geh ruhig. Ich unterhalte mich in der Zeit mit Artjon."

Emilian, du Idiot! Meine imaginäre Hand schlägt mir vor die Stirn. *Er rafft es wieder nicht.* Augenrollend erhebe ich mich und wende mich aufgesetzt lächelnd Dimitri zu. „Okay. Dann führen Sie mich schnell herum."

„Ich kann dich auch langsam herumführen. Dieser Club hält eine Menge Entdeckungen bereit."

Ja, das glaub ich dir gern. Meinen Kolibri hast du ja inzwischen mehr als genug erkundet.

Das schmierige Grinsen in seinem Gesicht löst Ekel in mir aus und ich hoffe, dass die Besichtigung schnell vorbei ist und ich wieder neben Emilian sitze.

Ich warte höflich, bis Dimitri sich schwerfällig erhoben hat und an mir vorbeitritt, um mir den Weg zu weisen.

Doch er läuft nicht vor, sondern neben mir und hat mich und mein Dekolleté ganz genau im Blick. „Gut, also hinten haben wir die Tanzfläche, die hast du ja gesehen." Dimitri legt seine Hand auf meinen unteren Rücken und schiebt mich auf einen kleinen Flur. „Hier geht es zum nächsten Dancefloor." Seine Hand auf meinem Rücken ist mir furchtbar unangenehm. Ich steigere meine Schrittgeschwindigkeit, um ihr zu entgehen, doch der Riese tut es mir nach. Wir durchqueren den Dancefloor und steuern auf eine weitere Tür zu.

„Was ist dahinter? Noch ein Dancefloor?", frage ich unsicher und hoffe, dass er seine schmierigen Finger von mir nimmt.

Dimitri grinst und öffnet, ohne zu antworten, die Tür. Dahinter ist es ziemlich dunkel.

Instinktiv bleibe ich stehen, doch er schiebt mich über die Schwelle und betätigt neben mir an der Wand einen Lichtschalter.

Das gleißende Licht der sich unter einem Surren einschaltenden Neonröhren blendet mich. Als sich meine Augen ein paar Sekunden später an die Helligkeit gewöhnt haben, erblicke ich stapelweise Getränkekisten.

„Das ist das Lager", erklärt Dimitri, während die schwere Metalltür hinter ihm ins Schloss fällt.

„Aha. Schön. Was sehen wir uns jetzt an?" Mein innerer Fluchtinstinkt schlägt Alarm.

„Wir haben hier sogar den teuersten Champagner, den man in ganz Russland kaufen kann. Und unzählige Sorten Wodka natürlich", erzählt Barkow und ignoriert meine Frage. Dann kommt er näher und legt seine Hand knapp über meinem Steißbein ab.

Sofort halte ich die Luft an. *Ich will hier raus, verdammt!*

Dimitris Hand wandert zu meinem Po hinab und greift beherzt zu.

Schockiert reiße ich die Augen auf und trete zur Seite. Am liebsten hätte ich ihm dafür eine gescheuert, doch das müsste Emilian ausbaden und das will ich nicht. Ich möchte seine Geschäfte nicht gefährden, aber das hier geht entschieden zu weit. Deshalb hole ich Luft und schlucke die sich anstauende Wut hinunter. „Entschuldigen Sie, Herr Barkow, aber wie Ihnen bekannt ist, bin ich mit Emilian liiert und glaube kaum, dass er das gutheißen würde, was Sie hier versuchen."

Dimitri streicht sich über das kurze Stoppelhaar. Etwas Räuberisches liegt in seinem Blick und das schmutzige Grinsen in seinem Gesicht wird breiter. „Ich denke, das geht in Ordnung. Dein Freund amüsiert sich schließlich auch gerade."

„Wie bitte?"

Ein ungläubiges und beinahe spöttisches Lachen verlässt Dimitris schmale Lippen. „Was glaubst du, wofür die Black Lounge bekannt ist? Für die wunderschönen, in schwarzen Latex gekleideten Frauen. Die schönsten Russinnen weit und breit. Und dein Freund kann mit ihnen machen, was er will. Und das wird er."

Schockiert schlucke ich. Mir wird heiß und kalt. „Das glaube ich nicht." Ich mache einen Schritt auf die Metalltür zu und will mich in der Black Lounge sofort vom Gegenteil überzeugen.

Ein metallisches Klappern lässt mich herumfahren.

Dimitri hat die Schnalle seines Gürtels geöffnet und seine Hose rutscht ihm nach unten.

„Was soll das werden?", frage ich und greife unauffällig hinter meinem Rücken nach der Türklinke.

„Ich habe gehört, ihr kleinen Französinnen seid gut im Schwanzlutschen", grunzt Barkow voller Vorfreude. Dabei läuft ihm ein wenig Speichel über den Lippenrand, den er sich genüsslich wegwischt. Seine Augen glühen boshaft und geben mir klar zu verstehen, dass er einfordern wird, was er von mir will.

Ich kann nicht fassen, was er da gesagt hat. *Meint er das wirklich ernst?!* Sein Gesichtsausdruck jagt mir einen Schauer über den Rücken. *Verdammt, ja. Er meint es ernst.* „Ich möchte zurück zu Emilian."

„Gerne", antwortet er und grinst. „Wenn wir hier fertig sind. Dann kannst du wieder zu deinem Freund."

Meine Hand zittert, als ich langsam die Klinke herunterdrücke. „Wir sind fertig. Jetzt." Ich öffne die Tür so weit, dass die Menschen auf der Tanzfläche einen Blick auf den mit heruntergelassener Hose dastehenden Mafiaboss haben und eile an ihnen vorbei in Richtung der

Black Lounge. Dabei hämmert mein Herz heftiger als der Beat des DJs. Ich habe den russischen Clanboss bis auf die Knochen blamiert. Ein paar Gäste starren mich ungläubig an, sehen dann zur offenstehenden Lagertür und halten sich pikiert die Hand vor den Mund.

Verdammter Mistkerl! Hoffentlich verlaufe ich mich nicht. Nervös haste ich über den Flur, der zur Black Lounge führt und habe Mühe, auf meinen Peeptoes das Gleichgewicht zu halten. *Noch ein paar Meter.*

Wie erschlagen bleibe ich stehen, als ich meinen Freund und Artjon umgarnt von in Latexanzügen gekleideten Frauen auf der Couch sitzen sehe. Eine von ihnen trägt ein Halsband. Sie steht hinter Emilian und hat eine Hand unter sein Hemd getaucht, während die andere Hand seinen Nacken massiert. Mit geöffnetem Mund verfolge ich diese unwirklich anmutende und zugleich abartige Szenerie. Ich kann nicht glauben, was ich da sehe.

Als ich meinen Blick Artjon zuwende, bleibt mir fast die Spucke weg.

Eine Frau kniet zwischen seinen gespreizten Beinen. Ihr Kopf bewegt sich auf und ab, während eine zweite seitlich neben ihm steht und ihn leidenschaftlich küsst. Ich bin total überfordert von diesem perfiden Anblick und weiß nicht, was mich mehr schockiert: Der Mafiaboss, dem ich einen blasen sollte, die Frau, die gerade Hand an meinen Freund legt oder Artjon, der sich ungeniert vor versammelter Mannschaft verwöhnen lässt. *Das ist doch ein mieser Scherz, oder?*

Ich fühle mich wie erschlagen und kann meinen Blick kaum von Artjon abwenden. Die Art und Weise, wie entspannt er ist und diese Frau küsst, lässt meine Knie weich und meinen Verstand ganz matschig werden. Schlimmer noch kitzelt sie sogar ein Stück Eifersucht aus mir heraus. Scheiße, sogar mein Unterleib schreit. *Reiß dich zusammen, Alizée!*

Ich schüttle mich, als ich schwere Schritte hinter mir bemerke, und räuspere mich laut, um auf mich aufmerksam zu machen. „Emilian?!"

Sofort reißt er die Augen auf, als er mich entdeckt und läuft rot an. „Scheiße!", flucht er leise und sieht mich ertappt an.

Wütend baue ich mich vor ihm auf und stemme die Arme in die Hüfte. Schon der zweite Mann, der sich heute Abend eine Ohrfeige verdient hat. Aber das diskutieren wir nachher noch aus. „Wir gehen!", befehle ich ihm auf Französisch, damit die Russen nicht alles verstehen, was wir sagen.

„Aber …", stammelt er und wirkt auf eine bizarre Art und Weise hilflos.

„Jetzt!", zische ich und werfe ihm einen bitterbösen Blick zu. *Halt bloß jetzt den Mund und schwing deinen Arsch hierher!* Innerlich vor Wut schäumend, blicke ich zwischen Emilian und Artjon, zu dem ich eigentlich überhaupt nicht mehr sehen will, hin und her.

Auch Artjon sieht mich irritiert an, was das eigenwillige Ziehen in meinem Unterleib noch verschlimmert.

„Emilian!", mahne ich ungeduldig, doch mein Freund regt sich nicht. Er scheint in eine Art Starre geraten zu sein. Mein Blick gleitet zu der Frau bei ihm, deren Hand immer noch in seinem halb geöffneten Hemd steckt. „Nimm deine Finger von meinem Mann!", brülle ich auf Englisch und wecke damit die Löwin in mir. Wenn es um meine Liebsten geht, kann ich braves Pastorenmädchen ganz schön zur Furie werden. Ich balle meine Hände zu Fäusten und atme tief durch.

Die Latextussi scheint mich zu ignorieren und zu provozieren. Denn ihre Hand gleitet noch weiter in das Hemd meines Freundes hinein.

Das reicht jetzt! Ich stürme auf Emilian zu und stoße die Russin von ihm weg.

Diese geht beinahe zu Boden und sieht mich erschrocken an.

„Finger weg von meinem Mann! Sonst knallt es!", wiederhole ich und spucke der Tussi die Worte wie Giftpfeile entgegen. Schockiert reißt sie die Augen auf und macht sich fluchtartig vom Acker. Dann packe ich Emilian an der Krawatte und ziehe ihn von der Couch. „Wir gehen!"

„Aber, Alizée! Wir haben hier noch einiges zu bereden", widerspricht mir Emilian und reißt sich los.

„Wie bitte? Ich habe mich wohl verhört! So sieht also eine Besprechung aus, ja? Und dass ich diesem Barkow einen Blasen sollte, gehört wohl auch dazu?!", brülle ich und bin inzwischen völlig außer mir. Meine Halsschlagader pulsiert und mir wird auf einmal schrecklich heiß.

Mein Freund wird blass und sieht an mir vorbei, wo wahrscheinlich Dimitri steht, denn ich höre ihn laut und ungehalten schnaufen.

„Davon wusste ich nichts." Emilians Blick, der immer noch auf den schwer atmenden Koloss hinter mir gerichtet ist, verfinstert sich. „Scheiße, verdammt!", gibt er schließlich klein bei, greift nach meiner Hand und schleift mich über die Tanzfläche in Richtung Clubausgang. „Du weißt schon, dass uns die Aktion jetzt den Deal kostet, oder?", schimpft er vorwurfsvoll, als trüge ich Schuld an der ganzen Misere.

„Sag mal, spinnst du? War das eben etwa okay?", brülle ich fassungslos, während mir Tränen der Wut in die Augen steigen. „Was lässt du dich überhaupt von diesen billigen Weibern anfassen?"

„Die waren nicht billig", brummt er.

„Bitte, was?! Sag bloß, dich hat das angemacht! Hättest du dir einen Blasen lassen, wenn ich länger weg gewesen wäre?" Verdammt, ich kriege dieses Bild von Artjon und Emilian wohl nie wieder aus meinem Kopf heraus. Es hat sich unwiderruflich in mein Gehirn gebrannt.

„Nein! Scheiße, verdammt!", flucht Emilian und sieht mich vorwurfsvoll an. Dabei bin nicht ich diejenige, die Mist gebaut hat, sondern er. Er und diese verfluchten Russen.

„Lass uns jetzt schnell verschwinden. Deinetwegen werde ich Lion informieren und ihn die Sache regeln lassen müssen. Sonst können wir den lukrativen Deal endgültig vergessen."

„Dann scheiß doch einfach drauf! Zoé hält den Kontakt zu den Russen auch für eine schlechte Idee."

Emilian zieht grimmig die Augenbrauen zusammen. „Nein! Spinnst du jetzt völlig?! Der Deal macht uns reich. Steinreich."

„Ist mir egal", entgegne ich trotzig und hülle mich dann in eisiges Schweigen.

Emilian ignoriert es. Erst als wir die Garderobe neben dem Ausgang erreicht haben, lege ich mein Schweigegelübde wieder ab.

Unsicher sehe ich mich um, doch weder Dimitri, noch Artjon sind uns gefolgt. „Du willst mit diesen Leuten nicht im Ernst noch Geschäfte machen, oder?"

Emilian legt unsere Kleidermarken auf den Tresen und sieht mich wütend an. „Klar! Das mit der vielen Kohle eben war kein Scherz. Natürlich mache ich mit den Russen Geschäfte. Aber ohne dein Beisein. Ich sehe ja, wo das endet."

„Wie bitte?" Wütend stemme ich die Arme in die Hüfte. „Du bist so ein Arsch, Emilian!"

Sofort reißt er die Augen auf und legt seinen Zeigefinger auf die Lippen, um mich zum Schweigen zu bringen. Dann nimmt er unsere Jacken entgegen und drückt mir meine gegen den Bauch. „Hier. Zieh dich an und verlier bloß kein Wort mehr, ehe wir im Hotel sind, klar?", zürnt er und die Wut in seinem Blick jagt mir Angst ein.

Schnell schlüpfe ich in meine Jacke und sage kein Wort. Aber nicht, weil er das will, sondern weil ich es so will. Mit dem Idioten rede ich erst wieder, wenn er angekrochen kommt und um Vergebung bettelt. Was denkt er eigentlich, wer er ist?

4. KAPITEL

LION

Auckland, Neuseeland

Das monotone Rauschen der Wellen, gepaart mit der salzigen Meeresluft entspannt mich jedes Mal, wenn ich nach Hause komme und aus meinem Wagen steige. Ich habe direkt vor unserem, auf Stelzen errichtetem Wasserhaus geparkt. Es ist von allen Seiten kamera-überwacht und alarmgesichert. Ich möchte kein Risiko eingehen, dass meiner Familie während meiner Abwesenheit etwas zustößt.

Der feine Kies knarzt auf dem Weg zum Briefkasten unter meinen Schuhsohlen. Ich lasse meinen Blick zum Himmel schweifen, über dem Möwen ihre Runden fliegen. Das Wasser plätschert ruhig vor sich hin und bietet mir ein friedliches Bild.

An meine Arbeit kann ich mich immer noch nicht recht gewöhnen. Zur Tarnung bin ich seit zwei Monaten in einem kleinen Baumarkt angestellt, obwohl ich das Geld nicht brauche. Bevor die neugierigen Menschen hier im Ort allerdings anfangen Fragen zu stellen, wie ich meinen Lebensunterhalt verdiene, liefere ich ihnen lieber eine Vorlage. Hauptsache, man lässt uns in Ruhe. Mia, Emma und ich geben die perfekte Bilderbuch-Kleinfamilie in einem perfekten Vorort von Auckland ab. Mutter, Vater, Kind.

Aus dem Briefkasten fische ich ein Kuvert mit einer französischen Briefmarke. Sofort weiten sich meine Augen. Schnell klemme ich mir den Brief zwischen die Lippen und schließe den Briefkasten ab.

„Ah, da kommt ja schon der Papa", höre ich Mias Stimme. Als ich aufblicke, entdecke ich sie mit Emma auf dem Arm im Rahmen unserer Haustür stehen. Schnell klemme ich den Umschlag unter meine Achsel und halte auf meine Familie zu. Sechs Monate ist Emma heute auf den Tag genau alt und ich könnte nicht stolzer sein. Meine Emma – das kleine Mädchen mit den großen, dunklen Kulleraugen und den rosigen Pausbäckchen – zieht mich jedes Mal von Neuem in ihren Bann. Genau wie ihre Mutter.

„Wie war dein Tag?" Mias Augen funkeln und auch Emma lächelt, während sie sich die kleine Faust in den Mund steckt, an der Sabber herunterläuft.

Lächelnd halte ich auf die beiden zu und begrüße Mia mit einem Kuss auf die Stirn. „Mein Tag war langweilig. Wie immer. Und deiner?"

„Anstrengend. Emma hält mich ganz schön auf Trapp."

„Wir können gern tauschen", biete ich meiner Frau an und beuge mich dann zu Emma hinab. „Hmm, lecker. Schmeckt die Hand?"

Die Kleine quietscht vergnügt und hält mir ihre Hand hin.

„Danke, ich habe schon gegessen, Maus. Mama hat mir ein tolles Pausenbrot geschmiert. Nicht so lecker wie dein Gesabber, aber durchaus annehmbar", albere ich grinsend und kassiere einen neckischen Schlag gegen die Schulter.

Mias Blick wandert auf den Brief, der unter meiner Achsel klemmt. „Post aus Frankreich?"

„Hm?" Ich schaue von Emma auf und ziehe dann den Brief hervor. Ein nostalgisches Löwenkopfsiegel verschließt den kleinen Umschlag und auch ohne Absender weiß ich sofort, von wem das Schreiben ist. „Ja, sieht so aus."

„Na, komm erst einmal rein. Das Essen steht auf dem Tisch." Mia zwinkert mir zu und verschwindet im Haus.

Ich folge ihr und lege an der Garderobe meine Jacke ab und schlüpfe aus den Schuhen. Unser Haus hat Mia im skandinavischen Stil einrichten lassen. Die Farben sind neutral gehalten, was mir sehr zusagt, allerdings fehlt mir unser altes Zuhause sehr. Für Mias und Emmas Sicherheit bin ich jedoch bereit, auf alles zu verzichten, was mir lieb ist – nur auf die beiden nicht.

Mia hat das Essen aufgetischt. Braten mit Sauce, Kartoffeln und einen feinen Salat. Sie bemüht sich, unseren alten Lebensstandard aufrechtzuerhalten, was ich sehr zu schätzen weiß. Mia ist die beste Frau, die man sich vorstellen kann.

Während sie mir Wein einschenkt, greife ich mir den Umschlag und öffne ihn.

Emma liegt mir in ihrer Baby-Wippe vergnügt quietschend gegenüber.

„Ja, ich weiß. Du willst mit dem Umschlag spielen, was?" Ich lächle meiner Tochter zu und reiche ihr den

Briefumschlag, nachdem ich den Zettel herausgenommen habe.

„Was gibt es Neues von zu Hause?", fragt Mia, die sich mir gegenüber an den Tisch setzt.

Ich überfliege die ersten Zeilen. Zoes Handschrift ist eine der grazilsten, die ich je gesehen habe. Meine freudigen Gesichtszüge vergehen mit jeder weiteren Zeile mehr.

„Keine guten Nachrichten?", höre ich Mia wispern, während ich weiter durch die Zeilen fliege.

Je mehr ich lese, desto unruhiger werde ich. Nein, es sind in der Tat keine guten Nachrichten. Emilian und Alizée, die seit unserer Abwesenheit die Geschäfte übernommen haben, scheinen in Schwierigkeiten zu stecken.

„Lion?"

Ich blicke vom Brief auf, nachdem ich fertiggelesen habe, und lege ihn beiseite. „Leider keine guten Nachrichten, Schatz." Mir entfährt ein schwermütiger Seufzer.

„Was ist denn los?" Mia streichelt Emma liebevoll über das dunkle Haar, das sich leicht kringelt und sieht mich fragend an.

„Emilian hat neue Geschäftspartner an Land gezogen."

„Das ist doch was Gutes, oder?"

„Eigentlich schon", entgegne ich grübelnd und reibe mir über den Bart.

„Aber?" Mia beugt sich zu mir und zieht eine Augenbraue nach oben.

Angespannt presse ich die Lippen aufeinander, bevor ich weiterspreche. „Aber es ist die russische Mafia und ich glaube kaum, dass Emilian mit denen fertig wird. Sieht man ja." Ich deute mit dem Zeigefinger auf den Brief und schnaufe entnervt. *Emilian, was machst du nur für Sachen?*

„Warum? Muss man dir alles aus der Nase ziehen, Schatz?"

Nun beuge auch ich mich vor, als würde ich Mia ein Staatsgeheimnis verraten, das Emma nicht mitbekommen soll. Dabei versteht sie sowieso noch nicht viel von dem, was wir sprechen. „Die Russen sind zehn Nummern zu groß für Emilian. Wie ich gehört habe, gestalten sich die geschäftlichen Verhandlungen ziemlich schwierig. Zoé schreibt, er habe ihnen eine Ladung Ware versprochen und die Menge nicht einhalten können."

Mia nickt. Dabei fällt ihr eine Strähne ihrer lockigen Haare ins Gesicht. Beinahe in Zeitlupe streicht sie diese hinter das Ohr. „Verstehe. Und nun brauchen sie dich?"

„Eigentlich schon." Ich löse den Haargummi, der meine Haare zu einem Man Bun zusammenhält und fahre mir angespannt mit den Fingern hindurch. Ich kann die beiden hier nicht allein lassen. Das geht einfach nicht.

„Ich will nicht, dass du gehst." Mia, die mir meine Gedanken wahrscheinlich im Gesicht ablesen kann, streckt ihren Arm zu mir aus und legt ihre Hand auf meine.

„Ich möchte euch nicht allein lassen, aber ich muss."

Der gläserne Film vor ihren Iriden versetzt mir einen Stich ins Herz. Ich kann es nicht gut mitansehen, wenn sie weint. „Schatz, ihr seid hier sicher. Außer den Les Rois Noirs weiß niemand, wo wir uns niedergelassen haben." Ich hoffe, mein liebevolles Lächeln muntert sie auf, doch an ihren Zweifeln ändert es wohl nichts.

Mia schluckt und schweigt.

„Wenn du nicht möchtest, dass ihr hier allein seid, dann lasse ich Alizée einfliegen", schlage ich Mia vor und biete ihr damit eine Alternative, über die sie nachdenken kann.

„Hm", brummt sie nachdenklich vor sich hin, während Mias Augen immer größer werden und die Freude sichtbar die Angst besiegt.

„Komm, sag ja", bitte ich sie und setze meinen Hundeblick auf, mit dem ich sie immer rumkriege.

„Das sind unlautere Mittel, die du da einsetzt, das ist dir bewusst oder?"

Plötzlich spüre ich ihren Fuß, der mein Hosenbein sanft hinaufschiebt und mein Bein streichelt. „Ich kann noch ganz andere unlautere Mittel einsetzen, wenn du es darauf anlegst", flüstere ich und grinse spitzbübisch.

Dem hat Mia außer einem Lächeln nichts entgegenzusetzen. Ihre kritische Miene entspannt sich. „Darf Alizée wirklich herkommen?"

„Von mir aus. Aber ihr macht nicht die Gegend unsicher, klar?", sage ich mit einem strengen Unterton.

„Okay." Sie klingt wieder so fröhlich, wie vorhin, als ich nach Hause gekommen bin. „Tante Alizée kommt, Emma", richtet sie die freudigen Worte an unsere Tochter und wirkt glücklich. Dann sieht sie zu mir. „Aber du kommst schnell wieder heim, versprochen?"

„Versprochen."

„O mein Gott, Alizée kommt!", wiederholt Mia mit leuchtenden Augen.

Emma sieht strahlend zu ihr auf, auch wenn sie nicht versteht, weshalb die Mama so ausflippt.

Ich kann mir derweil über Mias Euphorie nur noch mit der flachen Hand gegen die Stirn klatschen. „Weiber“, murmle ich und muss schmunzeln.

„Das habe ich gehört“, murrt Mia mit einem anschließenden, neckischen Grinsen. „Es tut mir leid, aber ich habe Alizée viel zu lang nicht gesehen. Da kann man sich doch dezent freuen, oder?“

Sofort hebe ich eine Augenbraue. „Dezent?“

Mia lacht los. „Ja.“

„Ich kann dich mal dezent übers Knie legen, wenn die Kleine schläft.“

Mia nimmt sofort auf ihrem Stuhl Platz. Sie beugt sich vor, stemmt die Ellbogen auf der Tischplatte auf und legt ihr Kinn auf die übereinandergelegten Hände. Interessiert sieht sie mich an. „Details bitte.“

„Ach, da bist du ganz Ohr, ja?“, frage ich sie und erwische sie dabei, wie sie auf ihrer Unterlippe kaut. Sofort durchzuckt mich ein freudig-erregender Schlag.

Ein Knistern liegt in der Luft, das wir in Kürze im Schlafzimmer intensivieren werden.

Der Himmel ist bereits dunkel, als Mia von oben zu mir ins Wohnzimmer kommt. Sie hält ein Babyfon in der Hand und stellt es auf dem Couchtisch ab.

Im Fernseher läuft ein Krimi, den ich seit Minute eins gebannt verfolge. Aus dem Augenwinkel heraus sehe ich, wie Mia sich hinter die freistehende Couch stellt und sich zu mir herunterbeugt.

„Die Kleine schläft“, flüstert sie geheimnisvoll. „Was machen wir jetzt mit dem angebrochenen Abend?“ Sie legt die Hände auf meine Brust, öffnet zwei Knöpfe meines Hemdes und lässt ihre grazilen Finger unter den Stoff gleiten. Mia weiß genau, wie sehr mich das anmacht, doch durch den spannenden Spielfilm fällt es mir schwer, ihr meine ungeteilte Aufmerksamkeit zu schenken.

„Setz dich zu mir auf die Couch. Der Film ist echt spannend", schlage ich vor und nehme dann mit einem angeturnten Brummen zur Kenntnis, dass Mia anderes im Sinn hat, da ihre Hände tiefer unter mein Hemd gleiten. „Was soll das werden?" Meine Frage ist rein rhetorischer Natur, denn ich weiß genau, was sie will.

„Wer weiß. Vielleicht wüsste ich da noch einen aufregenderen Film als diesen." Ihre Stimme klingt so verrucht und sexgeladen, dass ich meine Arme hebe, Mia an den Schultern packe und zu mir auf die Couch ziehe. Sie nimmt auf meinem Schoß Platz, legt einen Arm um meinen Hals und sieht mir tief in die Augen.

Blind, weil ich ihrem Blick nicht entgleiten will, greife ich nach der Fernbedienung neben mir und schalte die Glotze aus. „So? Wie heißt der Film denn?"

Mia umrahmt mein Gesicht mit ihren Händen und zieht mich zu ihren vollen Lippen. „Tja, den Anfang von *Mia & Lion in Love* hast du verpasst, da du lieber einen Krimi gucken wolltest. Jetzt gerade sind die beiden in einer Szene ganz allein und ziemlich heiß aufeinander", raunt sie, worauf mein Schwanz freudig zuckt und ich mir angeregt über den Mund lecke.

„Ach ja?"

Mia legt ihre Lippen auf meine und öffnet dabei den Gürtel meiner Hose. „Ja", haucht sie atemlos zwischen den Küssen, die wie ein knisterndes Feuer auf mir brennen. Mit flinken Fingern hat sie den Knopf und den Reißverschluss meiner Hose geöffnet. Mia stoppt langsam den andauernden Kuss, grinst und taucht zwischen meinen Beinen ab. Kniend hockt sie auf dem Boden und küsst die Spitze meines Schwanzes, beginnt sie zu lecken und zu liebkosen.

Ich lasse mich noch tiefer in das weiche Polster der Couch fallen und genieße jede Sekunde. Meine Frau schafft es immer wieder, mich in einen Mia-Lion-Rauschzustand zu versetzen. Mein Puls schnellt in die Höhe und schon nach kurzer Zeit muss ich Mia unterbrechen, weil sich meine Härte sonst sofort in ihrem Mund entladen würde. Sicher hätte sie nichts dagegen, doch mir ist es wichtig, auch sie zu verwöhnen. „Genug jetzt", knurre ich daher, stehe auf und ziehe Mia hoch. Ich drücke sie an meine Brust und lege meinen Arm um ihre Mitte.

Wir wandern hinter die Couch, da, wo Mia eben noch gestanden hat.

Bäuchlings beuge ich Mia über diese, spreize ihre Beine. Gut, dass sie ein Kleid trägt, das macht es leichter. Gierig schiebe ich ihren Slip beiseite. Dann lehne auch ich mich vor und küsse ihren Hals, während ich das erste Mal zustoße.

Mia keucht auf, was ein Feuerwerk in mir entfacht. Schon ihre erregte Stimme schaltet sämtliche Hirnfunktionen bei mir aus und legt den Triebmodus-Schalter um. Heftig atmend krallt Mia ihre Hände tief in das Polster und ihr lockiges Haar fällt ihr ins Gesicht.

Vorsichtig nehme ich es zu einem Zopf zusammen, an dem ich sanft ziehe, während ich sie weiter vögle.

Das Knistern in der Luft ist ein Witz gegen das, was in mir vorgeht. Ich will Mia gänzlich ausfüllen, jeden Zentimeter ihres wunderschönen Körpers für mich haben. Meine Stöße werden langsamer und genussvoller. Dann stoppe ich, ziehe mich aus ihr zurück und drehe sie herum.

Mias hitziges Gesicht mit den rotglühenden Wangen und dem verheißungsvollen Glanz in den Augen macht mich so sehr an, dass ich sie sofort vor mir hochhebe, mich mit ihr umdrehe und sie gegen die Wand presse.

Mia legt ihre Arme um meinen Hals und vergräbt ihre Hände in meinen Haaren.

Gierig küsse ich ihren Hals und ihre Brüste, als ich wieder in sie eindringe. Diese Frau macht mich wahnsinnig!

Mein Herz klopft wie nach einem Marathonlauf. Ich lege meine Lippen auf Mias und liebkose ihre Zunge mit meiner. Meine Bewegungen werden unwillkürlich schneller und härter.

Wir keuchen im Einklang, als wir schließlich beide zum Höhepunkt kommen. Wir sind eins.

5. KAPITEL

ALIZÉE

Auckland

Der dunkle Himmel ist sternenklar, als ich aus dem Fenster des Taxis blicke. Nur ein paar Schleierwolken ziehen am hell scheinenden Vollmond vorbei. Im Radio läuft chillige Musik und das hypnotisierende Schaukeln des Rosenkranzes, der vom Rückspiegel herunterbaumelt, erschwert mir das Wachbleiben enorm.

Der schweigsame Fahrer lenkt das Taxi in die Straße einer ziemlich verlassenen Gegend.

Zwar weiß ich, dass Mia und Lion etwas abgelegen wohnen, doch ein wenig mulmig wird mir schon bei dem Gedanken, mit dem Fahrer allein zu sein.

Das Taxi biegt in eine kleine Seitenstraße ein, die bergab führt.

Flüchtig werfe ich einen Blick auf mein Handy, um die Uhrzeit abzulesen und stelle fest, dass es fast Mitternacht ist.

Wir steuern auf ein Stelzenhaus zu, das abgelegen von den wenigen anderen Häusern der Straße direkt am Wasser steht.

„Da wären wir", sagt der Taxifahrer auf Englisch und zeigt auf das Taxameter.

Schnell krame ich nach meinem Portemonnaie und bezahle die Fahrt. Mit klopfendem Herzen steige ich aus, laufe um das Taxi herum, und hole mein Gepäck aus dem Kofferraum.

Einen Augenblick später wendet das Taxi und fährt den Berg wieder hinauf.

Mit zwei Koffern links und rechts in den Händen stehe ich einige Meter vor dem Haus und freue mich auf Mia wie ein Kleinkind auf Weihnachten.

Im Haus brennt kein Licht. *Ob sie schon schlafen?*

Aufgeregt halte ich auf das Haus zu und bleibe vor der Tür stehen. Ich überlege noch, ob ich klopfen oder klingeln soll, als sich die Tür öffnet und meine Freundin mir um den Hals fällt.

„Meine Hübsche! Schön, dass du da bist!", begrüßt sie mich herzlich.

„Ich freue mich auch", bekunde ich unter ihrer fast erdrückenden Umarmung und muss lachen.

Mia löst sich von mir und legt ihre Hände seitlich an mein Gesicht. „Lass dich ansehen. Du siehst toll, aber gestresst aus."

Ein von einem Augenrollen untermaltes Lächeln entgleitet mir. „Emilian hat mich gestresst mit seinen neuen Geschäftspartnern. Ein Glück, dass sie seine Entschuldigung angenommen haben. Aber dafür wollen sie jetzt nur noch mit deinem Mann verhandeln."

Irritiert sieht Mia mich an und streicht sich eine Strähne ihres lockigen Haares hinter das Ohr. „Das musst du mir in Ruhe erzählen. Komm erst mal rein." Sie greift nach einem meiner Koffer und winkt mich hinter sich her, bevor sie im Haus verschwindet.

Müde schiebe ich meinen Koffer mit dem Fuß über die Türschwelle, während ich zeitgleich den Reißverschluss meiner Übergangsjacke öffne.

Mia steht ein paar Meter vor mir, zieht den zweiten Koffer zu sich und weist auf die Garderobe. „Häng deine Jacke einfach da auf. Soll ich uns eine heiße Schokolade machen?"

Dankbar nicke ich.

Mia ist hinter einer Ecke verschwunden, doch das Tassenklappern verrät, wo sie ist.

Neugierig trete ich durch den Flur, von dem eine Treppe ins obere Geschoss führt, ins Wohnzimmer hinein, das von einer kleinen Tischlampe erhellt wird. Der Wohnbereich ist sehr großzügig geschnitten, verfügt über Fenster, die vom Boden bis zu Decke reichen und ein riesiges Sofa vor dem XXL-Fernseher.

„Setz dich ruhig. Fühl dich wie zu Hause", dringt Mias Stimme aus der Küche, die ich vom Wohnzimmer aus leicht einsehen kann, weil sie direkt daneben liegt.

Glücklich, die anstrengende Reise hinter mir zu haben, nehme ich auf dem großen Sofa Platz und greife nach einer der Decken, die ordentlich zusammengefaltet am Rand liegt. Ich werfe sie über meine Beine und mache es mir gemütlich.

Kurz darauf kommt Mia mit zwei Tassen in den Händen, reicht mir eine davon und kuschelt sich zu mir unter die Decke.

„Echt schön habt ihr es hier", bekunde ich und nehme einen Schluck der herrlich duftenden, heißen Schokolade.

Mia lehnt ihren Kopf an meiner Schulter an. „Ich bin so froh, dass du hier bist. Du hast mir sehr gefehlt."

„Du mir auch. Weißt du noch? Damals in Paris? Wären wir nicht in diesen Club gegangen, säßen wir jetzt nicht hier."

„Stimmt. Ich wäre nicht Mama einer bezaubernden Tochter und hätte meinen Traummann nicht kennengelernt. Gut, dass du mich mit dorthin geschleift und in dieses Discokleid gesteckt hast." Mia schmunzelt. „Obwohl ich ganz schön nuttig darin aussah."

„Nuttig? Nein! Sexy." Ich setze die Tasse erneut an meine Lippen und genieße die Schokolade. „Sei froh, dass du es anhattest. So bist du Lion direkt aufgefallen. Aber das wärst du auch so. So hübsch, wie du bist."

„Ach, hör auf." Mia lächelt verlegen. „Aber ich bin wirklich froh, dass alles so gekommen ist, auch, wenn es sehr nervenaufreibend war."

„Wie läuft es denn mit Lion?" Ich drehe mich ein wenig seitlich, sodass ich Mia ansehen kann.

Ihre Augen leuchten. „Es läuft toll. Er ist der wundervollste Mann, den man sich vorstellen kann." Plötzlich füllen sich ihre Augen mit Tränen. „Schade, dass er morgen abreisen muss. Er hätte dich gern begrüßt, aber er schläft schon. Sein Flug geht ziemlich früh." Mias Mundwinkel zucken merklich.

„Hast du Angst um ihn, wegen der Boullards?"

Mia schluckt. „Auch, ja. Aber vor allem wegen der Russen. Lion meinte, dass Emilian gesagt hat, dass mit denen nicht zu spaßen ist. Stimmt das?"

Ich will Mia nicht beunruhigen, doch anlügen kann ich sie auch nicht. „Lion wird sie gut zu händeln wissen. Das ist etwas, das Emilian noch lernen muss."

„Du weichst meiner Frage aus, Alizée", bemerkt Mia und stupst mich in die Seite. „Nun sag schon."

Gähnend halte ich mir die Hand vor den Mund. „Die können genauso knallhart sein wie die Les Rois Noirs. Aber mit Weicheiern machen Emilian und Lion doch so oder so keine Geschäfte, richtig?"

Mia nickt.

„Komm, lass uns langsam ins Bett gehen. Wenn du willst, erzähle ich dir morgen mehr von den Russen, aber für heute bin ich zu kaputt."

„Na gut." Meine Freundin lächelt tapfer, doch ich sehe ihr die Sorge deutlich an. Sie hat Angst vor den Russen. Angst um Lion. Und das kann ich sehr gut verstehen.

6. KAPITEL

LION

Mit einem unguten Gefühl im Bauch steige ich in das Flugzeug. Nicht wegen der anstehenden Verhandlungen, sondern weil ich es hasse, übers Meer zu fliegen. Seit ich als Kind fast ertrunken wäre, meide ich offene Gewässer. Auf dem Hinflug war ich zum Glück gut durch Mia und Emma abgelenkt, aber nun muss ich den Flug ganz allein durchstehen. Ich muss an meine beiden Frauen denken, die jetzt allein zu Hause sind. Mias glasige Augen beim Abschied haben mir einen solchen Stich ins Herz versetzt, dass es immer noch weh tut. *Ob es die richtige Entscheidung war, die beiden allein zu lassen?* Immerhin ist Alizée gestern angekommen – vorher wäre ich auch nicht geflogen. Dann sind sie nicht ganz allein, aber dennoch ohne meinen Schutz.

Neben einem älteren Herrn, der seine Schiebermütze tief ins Gesicht gezogen hat und döst, nehme ich Platz. Sein leises Schnarchen ist zum Glück nicht aufdringlich. Eher monoton und ein wenig beruhigend. Der Platz direkt am Fenster ist mir ein Graus. Schlimmer geht es wohl kaum. Dabei habe ich extra einen Platz im Gang gebucht. Die Flughafenangestellte am Schalter hat mir gesagt, dass es zu einer Verwechslung gekommen sei und ein Platz am Fenster doch schön wäre. So könne ich die Aussicht besser genießen, hat sie gemeint. Genießen. Dass ich nicht lache! Immerhin haben sie die Businessclass nicht mit der Holzklasse verwechselt. Das wäre es noch.

Achtunddreißig Stunden Flug und drei Stopps liegen vor mir. Einer in L.A., einer in Washington und einer in Frankfurt. Was für eine Tortur.

Als Alizée gestern Nacht ankam, war ich erleichtert. Die zwei Schnatterliesen haben die ganze Nacht durchgequatscht, während ich erfolglos versucht habe zu schlafen. Das kann ich ja jetzt nachholen. Hoffentlich.

Sechsunddreißig Stunden später sitze ich am Frankfurter Flughafen in der großen Halle und warte auf meinen Anschlussflug nach Nizza. Es ist inzwischen vier Uhr in der Früh. Die Reise war zum Glück angenehmer als befürchtet. Es ist laut um mich herum. Überall Menschengemurmel und hektische Schritte. Leicht nervös krame ich das Handy aus meiner Jackentasche und schalte es ein. Unmittelbar nach dem Hochfahren werden mir vier verpasste Anrufe von Emilian angezeigt. *Meine Güte, kann der mich nicht erst einmal ankommen lassen?* Andererseits ... bei vier Anrufen muss es wohl etwas Wichtiges sein. Eine düstere Vorahnung, die ich noch nicht deuten kann, beschleicht mich. Also beschließe ich, ihn kurz zurückzurufen.

„Lion, endlich, Mann. Bist du gelandet?", erklingt Emilians hektische Stimme bereits nach dem ersten Freizeichen.

„Hi, ja. Ich bin gerade in Frankfurt und warte auf meinen Anschlussflug nach Nizza. Du hattest angerufen?"

„Ja. Ich wollte dich vorwarnen." Da ich Emilian ziemlich gut kenne, weiß ich, dass der zögerliche Klang in seiner Stimme nichts Gutes verheißt. Ich will gar nicht wissen, mit welcher Hiobsbotschaft er mir gleich kommt.

Neugierig hebe ich eine Augenbraue und stoße laut Luft aus. „Vorwarnen?"

„Also ... Wie sage ich es am besten?", murmelt er in den Hörer hinein.

„Emilian!", ermahne ich ihn ungehalten. Ich hasse es, wenn er das Brabbeln anfängt, statt direkt mit den Fakten rauszurücken.

Er räuspert sich. „Unsere neuen Geschäftspartner aus Russland -"

„Die, die etwas schwierig sind, meinst du?", grätsche ich ihm ungeduldig dazwischen.

„Ja. Genau die. Barkow und Solokow." Beim Aussprechen dieser Namen ist sofort eine gewisse Ehrfurcht aus Emilians Unterton herauszuhören.

„Was ist mit denen?"

Ein leises Seufzen dringt aus dem anderen Ende der Leitung. „Die haben sich gestern vorhin spontan für heute Abend angekündigt."

Unangenehm überrascht, reiße ich die Augen auf. „Im Ernst?"

„Ja. Und ich bin froh, dass sie nach der Sache in Russland noch mit uns reden. Aber auf mich sind die nicht mehr gut zu sprechen. Da musst du ran."

„Emilian, ich habe achtunddreißig Stunden Flug hinter mir, wenn ich ankomme."

„Ich weiß", jetzt klingt er verzweifelt, „aber die beiden sind nicht wie unsere anderen Geschäftspartner. Die akzeptieren kein Nein."

„Das müssen sie aber", entgegne ich missmutig.

„Du hast ja noch ein paar Stunden Zeit, um dich etwas auszuruhen, bis die beiden uns abholen." Seine beschwichtigenden Worte prallen an mir ab, denn meine Laune ist unwiderruflich im Arsch.

„Abholen? Wohin?" Zermürbt werfe ich einen Blick auf die große Anzeigetafel. Mein Flieger geht pünktlich. Gott sei Dank.

„Ins Casino nach Nizza."

Auch das noch. Ich hasse das Casino dort. Neureiche, Geprolle und dummes Gerede überall. „Meinetwegen", brumme ich nachgiebig, weil es sowieso längst beschlossene Sache ist. „Jetzt kann ich wieder geradebiegen, was du versaut hast, Emilian. Als ich mit Mia weggegangen bin, dachte ich, dass du alles im Griff hast. Zumindest hast du mir das immer gesagt."

„Tut mir leid, Mann. Ich hatte alles im Griff, aber diese Russen ... Gut, dass du das übernimmst." Emilian klingt ziemlich erleichtert. Hat er wirklich so großen Respekt vor denen? Das wäre das erste Mal. Allen anderen Geschäftspartnern gegenüber gibt er sich als dominantes Arschloch und nicht als unterwürfiger Arschkriecher, wie es jetzt scheinbar der Fall ist. Ich bin wirklich gespannt, mit wem ich es zu tun bekomme.

„Bis später, Emilian. Ich muss jetzt Schluss machen."

„Alles klar. Bis dann."

Ich lege auf, starre grübelnd ins Leere und stecke das Handy weg. Was sind das nur für Leute? Dimitri Barkow – den Namen habe ich schon gehört, aber das war es auch. Ich weiß nur, dass er in Russland einen großen Nachtclub unterhält, in dem er hinter verschlossenen Türen seine Geschäfte abhält, die aus Waffen-, Drogen- und angeblich auch Mädchenhandel bestehen sollen. Ich habe etwas gegen Mädchenhandel. Wenn dem wirklich so ist, werde ich das Geschäftsgebaren mit den Russen nicht weiter vertiefen. Wie auch immer ich das anstellen werde. Ich bin neugierig darauf, genaue Details von Emilian über den Abend in Russland zu hören, der so aus dem Ruder gelaufen ist. Bisher weiß ich nur, dass Barkow Alizée angemacht hat. Aber warum und wie es dazu kam, hat Emilian mir noch nicht erzählt. *Mensch Bruder, wo hast du uns da reingeritten?*

7. KAPITEL

ALIZÉE

Die Spätsommersonne lässt die Wasseroberfläche von Point Chevalier Beach glitzern, an dem wir einen kleinen Stopp nach unserem Besuch im Auckland Zoo eingelegt haben. Emma schläft im Kinderwagen neben uns und Mia und ich vergraben unsere nackten Füße im weichen Sand.

Seichter Wind weht uns um die Nase und in unseren Strandkleidern und den großen Sonnenhüten sehen Mia und ich wie typische Urlauber aus. Niemand würde vermuten, dass hier die Frauen von zwei Anführern der französischen Mafia liegen und sich die Sonne auf den Bauch scheinen lassen.

Ich bin noch ein bisschen verwirrt, denn in der Nacht habe ich von Artjon geträumt. Wir waren an einem dunklen Ort und hatten uns vor irgendwem versteckt. Als wir darauf warteten, dass die Luft rein war, standen wir nah aneinandergepresst an einer Mauer. Artjon, der hinter mir stand, hatte seinen Arm von hinten um mich gelegt. Wie bei unserer ersten Begegnung ging wieder eine starke Anziehungskraft von ihm aus. Sein Atem kam meinem Ohr ganz nah und fachte mit jedem Zug das Kribbeln zwischen meinen Schenkeln weiter an. Ich drehte mich zu ihm um und als ich seinem Blick begegnete, nahm er mein Gesicht zwischen seine Hände und küsste mich so intensiv, dass um uns herum wortwörtlich ein Feuer entstand. Wir standen in Flammen und nur das Ozeanblau seiner Augen wäre in der Lage gewesen, dieses Feuer zu löschen. Doch wir brannten weiter. Die Situation war unmissverständlich. Und gerade, als er mir etwas ins Ohr flüstern wollte, bin ich aufgewacht.

Ich schüttle mich, um die Gedanken an den Traum von mir zu werfen. „Gibst du mir mal die Sonnencreme, Mia? Meine bleiche Haut ist so viel UV-Licht nicht gewohnt." Lächelnd nehme ich die Creme entgegen und schmiere mir die weiße Masse über die Arme.

„Bist wohl die meiste Zeit im Schloss, Prinzessin, was?", lacht Mia, setzt den Hut ab und knotet sich das lockige, braune Haar zu einem Dutt zusammen, der selbst ohne Spiegel wie gekonnt sitzt.

Wie bekommt Mia das nur hin? Versuche ich das, sehe ich aus wie Madame Flodder. „Du bist doof", necke ich meine Freundin und lenke schnell vom Thema ab. „Sag mal, bist du oft mit Lion und Emma hier?"

Mia setzt ihre Sonnenbrille auf, lehnt sich entspannt zurück und neigt ihr Gesicht der Sonne zu. „Manchmal. Wenn er nicht gerade in Frankreich ist, weil dein Mann seine Hilfe braucht."

Augenrollend muss ich lachen. Sie hat ja recht. Emilian ist manchmal ein echter Volltrottel. Und die Aktion im Club habe ich ihm nicht verziehen. Was das angeht, bin ich ziemlich nachtragend. „Ich weiß, ich weiß", stöhne ich und presse die Lippen aufeinander.

„So, jetzt mal raus mit der Sprache. Gestern Abend hast du ja ein bisschen herumgedruckst. Sind die Russen wirklich so kompliziert?" Mia greift sich eine Wasserflasche aus dem Korb unter dem Kinderwagen und trinkt einen Schluck.

Ein ungläubiges Lachen entweicht meinen Lippen. „Kompliziert ist gut."

„Wieso?" Meine Freundin reicht mir die Flasche. „Hier, willst du auch?"

„Ja, danke." Nachdem ich einen Viertelliter Wasser intus habe, wische ich mir mit dem Handrücken über den Mund, weil ich viel zu gierig getrunken habe.

„Jetzt erzähl mal, Alizée. Ich will alles wissen!"

Und ich am liebsten alles vergessen. Vor allem den Traum. „Na schön", seufze ich und rücke ein Stück an Mia heran, obwohl wir ohnehin so weit von den anderen Menschen liegen, als dass jemand unser Gespräch mithören könnte. „Einer von denen ist voll der Paschamacho. So ein riesiger Türstehertyp, stark wie ein Bär und wahrscheinlich ein lebendes Werbebanner für Adidas."

Mia lacht. „Das hätte ich nicht erwartet. Eher dunkle Anzüge und Goldkettchen."

„Das dachte ich auch zuerst."

„Scheint ein lockerer Zeitgenosse zu sein."

Sofort schüttle ich mit dem Kopf. „Nein. Ganz und gar nicht, wie Emilian mir erzählt hat und ich später am eigenen Leib gespürt habe. Dieser Typ denkt, Frauen sind wie ein Sexbüfett, an dem er sich einfach bedienen kann."

„Krass. Und der andere Kerl?", will Mia wissen, winkelt die Beine an und rückt das pinke, aufblasbare Plastikkissen unter ihrem Kopf zurecht.

Ich setze mich auf und lasse meinen Blick über die glitzernde Wasseroberfläche schweifen. Sofort muss ich an den Traum und die Situation im Club denken und sehe Artjon vor meinem inneren Auge erneut mit der Russin knutschen. Seine merkwürdige Anziehungskraft spüre ich immer noch.

„Alizée?"

„Hm?" Ich muss mich erneut schütteln. Artjons Bild von mir werfen, das mich immer wieder befällt. Dann drehe ich den Kopf zu Mia und sehe sie fragend an.

Meine Freundin richtet sich auf. „Na, der andere Kerl. Wie ist der so? Auch Adidas-Verfechter?"

„Nein. Der ist das krasse Gegenteil. Modisch kleiden kann er sich, aber er wirkt eher wie ein mürrischer Privatdetektiv, denn wie ein Mitglied eines … Clans. Du weißt schon. Na ja, eigentlich ist er der Neffe von diesem Dimitri, aber viel miteinander gemein haben sie nicht." *Artjon kann mich unbewusst anmachen. Fuck. Ich verfluche mich immer noch dafür.*

Mia setzt sich neben mich. „Klingt nicht nach einem sympathischen Zeitgenossen."

„Sympathisch? Pah! Der ist ein arrogantes Ekelpaket. Hat mich sogar des Saales verwiesen", berichte ich empört.

„Wie bitte?! Ich denke, du bist immer bei Geschäftsterminen dabei?" Mia setzt die Sonnenbrille ab und sieht mich stutzig an. „Warum wollten sie dich nicht dabeihaben?"

„Dieser Dimitri hätte wahrscheinlich nichts dagegen gehabt – was er mir am Abend unmissverständlich gezeigt hat." Verärgert muss ich mich räuspern. „Der andere Typ wollte mich nicht bei dem Gespräch dabeihaben. Dieses -" Wild gestikulierend suche ich nach Worten.

„Du regst dich ganz schön auf, dafür, dass er so doof ist. Mehr sogar noch als über den dreisten Versuch von diesem Dimitri. Du weißt schon. Aber der andere Kerl hat nichts in der Richtung versucht, oder?"

„Hat er nicht."

„Na, siehst du. Sonst lässt dich sowas doch immer kalt", bemerkt Mia spitz und grinst. „Gibt es da etwas, das ich wissen sollte?"

„Nein", antworte ich augenrollend und ziehe eine Schnute.

„Na, komm. Raus damit!" Sie stupst mich in die Seite und lacht.

Verstimmt darüber, dass sie mich erwischt hat, verschränke ich die Arme vor der Brust.

„Jetzt sag schon!", fordert sie mich auf, mit der Wahrheit rauszurücken. Eine Wahrheit, die ich sehr gerne verdrängen oder irgendwo begraben möchte.

„Na schön. Der Typ ist nett anzusehen und ich finde ihn heiß, obwohl er mich gleichzeitig mit seiner arroganten Art anwidert", gebe ich zähneknirschend und leise zu.

„Wusste ich es doch", stellt Mia lächelnd fest.

„Aber er ist ein Arschloch und ich bin mit Emilian zusammen", schiebt mein schlechtes Gewissen zügig nach, um meine innere Harmonie wieder ins Lot zu bringen.

„Soso." Für Mias dämliches Grinsen könnte ich sie manchmal echt erwürgen. Jetzt auch.

„Du brauchst gar nicht so zu lachen. Ich liebe Emilian."

„Ich habe nichts gesagt." Mia hebt entschuldigend die Hände.

„Aber gedacht", brumme ich und greife nervös zur Wasserflasche, die ich daraufhin in einem Zug leere.

„So heiß ist er also?" Mia kann nicht an sich halten und prustet los.

„Du spinnst." Augenrollend seufze ich und werfe einen Blick auf den Kinderwagen, in dem mein Patenkind friedlich schläft. „Jetzt sei mal leise, sonst weckst du noch Emma auf."

„Wenn du wüsstest, was die Kleine für einen tiefen Schlaf hat. Du willst nur vom Thema ablenken", stellt Mia spitzbübisch fest und trifft damit ins Schwarze. Sie kennt mich eben viel zu gut.

„Man darf doch wohl andere Männer attraktiv finden, auch wenn man vergeben ist, oder?"

„Natürlich, mein Herz." Mia zwinkert mir neckisch zu, woraufhin ich meinen Arm um ihre Schulter lege und sie zu mir ziehe.

„Ich habe dich so vermisst."

„Ich dich auch", wispert sie. „Und ich bin froh, dass du hergekommen bist."

„Hoffen wir mal, dass ich etwas länger bleiben kann, auch wenn Lion wieder hier ist." Schwermütig denke ich daran, wie es sein wird, wieder ohne Mia zu sein. Natürlich freue ich mich auf Emilian, aber Mia ist wie eine Schwester für mich. „Könnt ihr nicht wieder mit nach Frankreich kommen?"

Ein schwerfälliger Seufzer entgleitet Mia. „Du weißt, dass Raphael sich an uns rächen wird, wenn er sein Gedächtnis zurückerlangt. Das können wir nicht riskieren. Nicht, solange die Les Rois Noirs ihn nicht gefunden haben. Weiß man schon etwas Neues?"

Betrübt schüttle ich mit dem Kopf. „Leider nicht. Wir wissen nicht, wo er sich im Augenblick aufhält. Nicht mal einen klitzekleinen Anhaltspunkt haben wir bisher. Eure Eltern halten sich bedeckt, haben die Geschäfte ziemlich heruntergefahren und man hört kaum noch etwas von den Boullards. Das Einzige, das ich weiß ist, dass Raphael sich irgendwo in einem Privatsanatorium erholt. Aber wie es ihm geht und wo genau das Sanatorium ist, kann bislang niemand herausfinden. Eure Eltern schirmen ihn ab."

„Hm. Verstehe. Wenn man nicht weiß, wo genau er sich aufhält, kann man ihn schlecht im Auge behalten." Mia lässt traurig den Kopf sinken.

„Noch bin ich ja eine Weile hier. Und ich will alles von Auckland sehen. Okay?"

Mia blickt auf und lächelt tapfer. „Na klar. Morgen sehen wir uns das Planetarium in Epsom an."

„Ich freu mich drauf", sage ich sanft und gebe meiner Freundin einen Kuss auf die Wange. „Und jetzt wieder gute Laune, klar? Siehst du den dicken Kerl da hinten, der eben nackt ins Wasser gesprungen ist?"

„Ja, was ist mit dem?"

„Dem klauen wir jetzt Badehose und Handtuch und geben sie hinten am Kiosk ab."

Mia reißt empört die Augen auf.

„Ich sage, ich habe die gefunden. Der Besitzer kann sie sich ja abholen."

Sofort müssen wir beide im Einklang loslachen. Das sind die Momente, die ich mit Mia am meisten genieße und bald sehr vermissen werde – auch, wenn sie ziemlich kindisch sind.

8. KAPITEL

ARTJON

Der sibirische Wind, der fast kreischende Laute von sich gibt, peitscht so stark, dass unser Wagen wackelt. Es herrschen minus fünfzehn Grad Celsius und die Heizung im Wagen kann nicht viel dagegen ausrichten. Mich fröstelt es und ich schiebe meine Kosakenmütze noch ein Stück tiefer ins Gesicht. Zusammen mit meinem Kollegen Anatolij sitze ich in einem dunklen Transporter am Baikalsee, ein uralter, riesiger See nördlich der mongolischen Grenze. Er gilt als der tiefste See der Welt und ist von einem Netz aus Wanderwegen umgeben, den Great Baikal Trails. Es ist fünf Uhr in der Früh und vermutlich hält sich um diese Uhrzeit hier niemand auf. Das Dorf Listwjanka am Westufer des Sees ist weit genug weg, dass wir im Schutz der Dunkelheit unerkannt bleiben.

Anatolij und ich warten auf einen Transporter aus Tschita, Transbaikalien.

Sergej Nikolajs Männer bringen uns neue Ware. Zwölf Mädchen für den Weiterverkauf nach Mitteleuropa. Sergej ist einer unsere wichtigsten Geschäftspartner für den Mädchenhandel.

In der Ferne taucht schwaches Scheinwerferlicht auf und nähern sich.

„Ich glaube, da sind sie", sage ich zu Anatolij, der sich auf seinem Handy grinsend Pornovideos mit Fokus auf Analverkehr ansieht und nicht reagiert. Er scheint völlig weggetreten und es dauert bestimmt nicht mehr lange, bis er zu sabbern beginnt.

Mürrisch gebe ich ihm einen Stoß mit dem Ellbogen in die Seite. „Hallo?! Leg den Scheiß weg."

„Das ist kein Scheiß. Schau dir die Alte doch mal an. Sag mir nicht, dass du deinen Schwanz nicht gern in ihren Arsch stecken würdest", sagt er mit weit aufgerissenen Augen.

Mein Blick wandert auf die Beule in seiner Hose. „So willst du aussteigen?"

Anatolij lacht. „Das ist das Gute an der sibirischen Kälte, mein Freund. Kaum ausgestiegen, macht sie den wieder klein."

„Als wäre der jemals groß gewesen", lache ich spöttisch.

„Wichser", brummt Anatolij und steckt das Handy in die Tasche seiner Winterjacke.

Die Scheinwerfer, die zu einem dunklen Transporter gehören, haben uns fast erreicht.

„Komm, du Arschficker. Raus jetzt", befehle ich meinem Kollegen und ziehe meine schwarzen Lederhandschuhe über. Dann öffne ich die Fahrertür und steige aus.

Der Schnee knarzt unter meinen Schuhsohlen und der eiskalte Wind schmerzt auf meiner Haut. Bis auf das Gesicht ist mein Körper komplett bedeckt. Unter meiner Hose trage ich Skiunterwäsche und unter der dicken Winterjacke zwei Pullover aus Schafswolle.

„Scheiße, ist das kalt!", flucht Anatolij und watet durch den Schnee auf den anderen Transporter zu, der zwei Meter vor unserem anhält.

Die Lichter werden ausgeschaltet und drei Männer steigen aus. Einer von ihnen ist Pjotr Wladislaw, Nikolajs wichtigster Handlanger. Nikolaj selbst wickelt solche Geschäfte nicht ab. Er sitzt lieber in seiner komfortablen Luxusresidenz in Peschanka.

Pjotr tritt auf mich zu und begrüßt mich mit einem kräftigen Händedruck. Die beiden Männer neben ihm, die wie er mit Schals und Kosakenmützen vermummt und deren Gesichter mir unbekannt sind, nicken kurz.

„Artjon, was für eine Freude." Pjotr wirft mir ein anerkennendes Lächeln zu. Wir beide kommen gut miteinander aus. Sind wir schließlich beide die rechten Hände von den bedeutendsten Männern aus Russlands Unterwelt.

„Die Freude ist ganz meinerseits."

Auch mein Kollege Anatolij schüttelt Pjotr die Hand, während die beiden Männer, die zu Pjotr gehören, mit hinter dem Rücken verschränkten Händen regungslos dastehen und auf weitere Kommandos ihres Chefs zu warten scheinen.

„Ich habe euch etwas Schönes mitgebracht. Aber Vorsicht, einige der Mädchen sind echte Furien." Sein gieriges Grinsen verrät mir sofort, dass er wahrscheinlich auf der Hinfahrt mit einigen von ihnen seinen Spaß gehabt hat. Von ein paar Frauen einer der vorherigen Fuhren habe ich so etwas gehört.

„Gut, dann lass uns die Ware verladen. Die Sonne geht bald auf", schlage ich vor und halte auf Pjotrs Wagen zu, während Anatolij die Ladeklappe unseres Transporters öffnet.

„Igor, Wladimir, umladen!", befiehlt Pjotr und kommt mit mir hinter seinen Wagen.

Als seine beiden Handlanger die Klappe öffnen, dringt mir panisches Geschrei zarter Frauenstimmen entgegen.

„Klappe! Sonst setzt es was", brüllt einer der Männer und steigt in den Transporter.

Einige der Mädchen sind ohnmächtig, während sich andere von ihnen in den hinteren Teil des Wagens verkrochen haben und mit angewinkelten Beinen in der Ecke kauern.

„Vorsichtig, Igor. Wir wollen die Ware nicht beschädigen", lacht Pjotr sarkastisch.

„Los, Mädchen, aufstehen!" Igor packt eine kleine Blondine an den Haaren und reißt sie hoch.

Sie schreit auf und verzieht ihr tränenverschmiertes Gesicht. Sie trägt nur eine Leggings und einen Pullover und zittert.

„Halt die Klappe!", flucht Igor und schubst das Mädchen aus dem Wagen.

Sie stolpert kopfüber in den Schnee, wo Wladimir, der andere von Pjotrs Handlangern, sie packt, hochzieht und in meinen Arm schubst.

Das Mädchen sieht mich angsterfüllt aus ihren blauen Augen an und erinnert mich irgendwie an die kleine Freundin von diesem Croissant-Fresser. Sie zittert am ganzen Leib. Vermutlich nicht nur vor Kälte.

Ich halte inne und bilde mir für den Bruchteil einer Sekunde ein, die Französin in den Armen zu halten. Ein merkwürdiges Gefühl beschleicht mich, dass ich weder definieren, noch als angenehm empfinden kann, weil es mir so fremd ist. Schnell wende ich den Blick von ihr ab und drehe den Kopf zu Anatolij. „Hier, einladen!", befehle ich und gebe der Kleinen einen hektischen Stoß, als hätte ich mich an einer Herdplatte verbrannt.

Sie taumelt in die Richtung meines Kollegen. Dieser packt sie am Arm und bringt sie in unseren Transporter.

Igor schubst das nächste Mädchen nach draußen. Eine Brünette. Sie hat eine Platzwunde am Kopf.

„Was ist mit ihr passiert?", frage ich und kneife verärgert die Augenbrauen zusammen.

„Keine Ahnung", antwortet Pjotr achselzuckend. „Hat sich wohl auf der Fahrt gestoßen."

„Soso. Das gibt Abzug wegen Wertminderung. Aber das wird Dimitri mit Nikolaj klären."

„Soll er machen", antwortet Pjotr unbeeindruckt und steckt sich eine Zigarette zwischen die Lippen, die er mit einem Sturmfeuerzeug hinter vorgehaltener Hand anzündet.

Wir verladen Mädchen für Mädchen und als die ersten Sonnenstrahlen über die Klippen der Berge ziehen, sitzen Anatolij und ich bereits wieder in unserem Transporter und steuern den Heimweg an. Ein langer Tag liegt vor mir. Schließlich geht es heute Nachmittag noch nach Frankreich.

9. KAPITEL

LION

Die Limousine, die uns ins Casino bringt, hat auffallend rote Ledersitze und riecht verqualmt, da die beiden Russen, die uns gegenüber sitzen, eine Zigarre nach der anderen paffen. Während sie mit Emilian und mir nur knappe Sätze wechseln, lachen sie auffällig oft über ihre Bemerkungen, die sie auf Russisch einwerfen und die uns ganz klar von ihren Privatgesprächen ausschließen sollen. Bisher halte ich es für klüger, diese Arroganz erst einmal zu ignorieren, schließlich möchte ich die Wogen zugunsten unserer Geschäfte glätten. Aber wenn das so weitergeht, werde ich mich ganz klar positionieren. Und zwar nicht auf ihre Seite.

Es ist dunkel auf den Straßen von Nizza und nur die Lichter der Ampeln, Leuchtreklamen und Läden sind durch die getönten Scheiben zu sehen.

Emilian, der inzwischen gelernt hat, die richtige Größe für seine Anzüge zu finden, lacht unbeholfen auf, wenn die Russen Witze machen, die er nicht einmal versteht. *Herrgott, kann er nicht einfach mal seine Klappe halten? Kein Wunder, dass die Geschäfte in die Hose gehen, wenn er sich aufführt wie ein Kind an seinem ersten Schultag. Hat Alizée ihn so weichgeklopft?* Ohne mich an seiner Seite scheint er nur noch ein halber

Mann zu sein und nicht wie früher ein knallharter Gangster.

Meine Gedanken schweifen zum morgigen Tag, an dem für Emilian und mich ein Treffen mit einem Privatermittler ansteht, der für uns mehr über Raphael rauskriegen soll. Ich habe ihn bereits von Auckland aus beauftragt. Mal sehen, ob er Neuigkeiten hat.

„Und Sie, Lion, waren Sie eigentlich schon mal in Moskau?", fragt Dimitri, sieht mich aus seinen kleinen Augen an und rümpft die dicke Knollnase.

„Nein. Bisher nicht. Aber ich habe gehört, dass es eine sehr schöne Stadt sein soll."

„Das ist sie wirklich. Kommen Sie uns dort besuchen. Ich lade Sie und Ihren", er hält inne und sieht Emilian an wie ein nervendes Insekt, „Freund in meinen Club ein. Die russischen Mädchen sind die schönsten Frauen der Welt. Davon hat sich ihr Partner ja schon persönlich überzeugt." In seinen Augen liegt Verachtung, als er bewusst in Emilians Richtung sieht. Dann wendet er sich Artjon zu und ein gieriger Glanz bildet sich in seinen Augen, der in Kombination mit seiner Zunge, mit der er sich über die Unterlippe leckt, widerwärtig ist. „Stimmt's, John?"

Artjon Solokow, genannt John, der Falke, brummt zustimmend und sieht auf das Display seines Handys, das scheinbar interessantere Inhalte bereithält als unser Gespräch. Das Mürrische, das sich stets in seinem Blick widerspiegelt, kann er nicht einmal dann ablegen, wenn Dimitri etwas auf Russisch zu ihm sagt und daraufhin in schallendes Gelächter ausbricht. Ich frage mich, ob dieser Mensch überhaupt in der Lage ist, zu lachen. Gefühlskalter Eisklotz. Aber garantiert ein scharfsinniger Geschäftsmann.

„Sind Sie verheiratet, Lion?" Dimitris direkte Frage bringt mich in Verlegenheit. Ich möchte so wenig wie möglich über mein Privatleben plaudern.

„Nun ja. Die Welt ist voll mit schönen Frauen – am liebsten wäre ich mit jeder von ihnen verheiratet, nicht wahr, Emilian?" Mit einem affektierten Grinsen auf den Lippen stoße ich meinen Kumpel mit der Elle in die Seite.

„Ähm, ja. Definitiv", stammelt er unsicher und sieht mich irritiert an.

Das Casino gerät in Sichtweite und ich bin dankbar, dass der Halt unser Gespräch fürs Erste unterbricht.

„Ah, wir sind jetzt da", bemerke ich mit einem Lächeln.

Dimitri hebt die Hand. „Nicht so schnell." Bei Worten mit *ch* und *r* hört man seinen russischen Akzent in seinem Englisch besonders heraus. Aus einem Fach der Limousine holt Dimitri eine Flasche Wodka aus einem Sektkühler und Gläser heraus. Grinsend drückt er Emilian und mir ein Glas in die Hand und öffnet den Verschluss der Flasche mit einem lauten Knacken.

Den Wodka auszuschlagen, wäre eine absolute Beleidigung. Das weiß auch Emilian, denn er lässt sich als Erster von uns einschenken. Für mich ist allerdings jetzt schon klar, dass ich es bei höchstens drei Gläsern belasse, um einen klaren Kopf zu behalten. Ich hoffe, Emilian hat die gleiche Einstellung.

„Auf einen guten Abend mit neuen Freunden", prostet Dimitri uns zu.

„Auf neue Freunde", stimmen wir im Einklang mit ein und kippen den Wodka hinunter.

Sofort schüttle ich mich und reiße die Augen auf. Viel zu lange habe ich kein so starkes Zeug mehr getrunken. „Was ist das denn? Eigene Herstellung?"

„Natürlich." Dimitri lacht freudig auf, während Artjon nur die Augen verdreht.

Na, das kann ja heiter werden. Dieser Wodka ist um ein Vielfaches stärker als handelsüblicher Wodka. Noch ehe diese Flasche geleert ist, liegen Emilian und ich unterm Tisch – so viel ist klar.

„Ich habe noch Nachschub da." Dimitri klopft stolz grinsend auf die Klappe des Seitenfachs und öffnet sie. Dann nimmt er die zwei weiteren Flaschen, die sich darin verbergen, hinaus und drückt sie Artjon in die Hand. „Hier, die nehmen wir mit. Schmuggel sie in deinem Mantel mit rein", scherzt er wie ein Teenie auf Klassenfahrt.

„Das ist ein Casino, Dimitri. Die schenken selbst Alkohol aus. Das lassen wir mal schön hier im Wagen." Artjons Ton klingt so, als ob er der Boss wäre.

Dimitri verzieht grübelnd das Gesicht. „Vielleicht hast du recht, mein Freund. Respektieren wir die Regeln dieses Landes. Mal schauen, was Frankreich zu bieten hat."

Nachdem Dimitri die beiden Flaschen zurückgestellt und unsere Gläser noch einmal nachgefüllt hat, um die erste Flasche geleert zu wissen, steigen wir aus.

Ich spüre bereits den Wodka, der mir in den Kopf steigt. *Verdammt, was ist das für ein Scheißzeug?*

Auch Emilian merke ich an, dass er einen leichten Schwips hat, obwohl er es gut verbergen kann.

Unseren russischen Geschäftspartnern ist allerdings nicht die Spur anzumerken. Die kippen das Zeug bestimmt täglich wie Wasser herunter und lachen sich tot über uns, weil wir nicht so trinkfest sind wie sie.

Nachdem wir unsere Jacken an der Garderobe abgegeben und Jetons gekauft haben, machen wir uns in die erste Halle auf.

„Dimitri, sind Sie eher der Typ für Blackjack oder Poker?"

Dimitris Mundwinkel zucken seitlich leicht hoch, wobei seine Augen enger zusammenrücken. „Ich würde sagen, ich stehe auf Roulette. Sie verstehen? Russisch Roulette." Sein affektiertes Lachen, mit dem er Artjon durch einen Stoß mit der Elle anzustecken versucht, ist mir unheimlich. Der Kerl ist zweifelsohne gefährlich. Artjon, der kritisch alles in Augenschein nimmt, allerdings auch. Wenn nicht noch mehr als sein Onkel.

Barkow bewegt sich über den roten Teppich wie ein König und schwingt mit den Armen, als trage er Rasierklingen unter den Achseln und zieht dabei einige Blicke auf sich. Er nickt den aufschauenden Gästen zu, obwohl er sie überhaupt nicht kennt.

„Der denkt, er wäre der König der Welt", flüstert Emilian amüsiert.

Sofort werfe ich ihm einen finsteren Blick zu und neige meinen Kopf in seine Richtung. „Klappe! Wenn er das hört, sind wir am Arsch. Also reiß dich zusammen", knurre ich auf Französisch und hoffe, dass Artjon, der uns immer wieder aufmerksam mustert, nichts davon versteht.

Der dunkle Anzug, der Artjon wie James Bond aussehen lässt, steht heute nicht in einem krassen Kontrast zu Dimitris Outfit, da auch er Anzug trägt.

Im Licht der vielen Scheinwerfer und Spots fällt mir die kleine Narbe neben Artjons linkem Auge auf. *Woher er die wohl hat?*

„Dann wollen wir mal an den Roulettetisch", schlägt Emilian vor.

Wohlwollend nickt Dimitri und klopft ihm auf die Schulter. „Steckt ja doch ein bisschen Grips in deinem hübschen Kopf, Kleiner."

Emilian nickt unbeholfen, während sich mein Magen leicht zusammenkrampft. *Wie kann dieser Russenaffe es wagen, meinen Freund zu beleidigen? Dazu noch mit einem selbstverständlichen Grinsen?* Am liebsten hätte ich meinen Unmut sofort zum Ausdruck gebracht, doch diese Faust stecke ich erst einmal in die Tasche.

Wir nehmen am Roulettetisch Platz.

Dimitri breitet großflächig die Jetons vor sich aus, während Artjon sie akkurat auftürmt.

Emilian und ich tun es ihm nach.

„Ihre Einsätze, bitte", eröffnet der Croupier die neue Spielrunde.

Großkotzig schiebt Dimitri einen Stapel seiner Jetons, die er als Peanuts bezeichnet, vor und wählt eine Zahl aus.

Auch Artjon, Emilian und ich platzieren unsere Einsätze auf dem Tableau.

„Dimitri setzt immer alles auf Zahlen mit einer sieben", flüstert Artjon und wirft mir einen knappen Blick zu. „Ich denke, er verliert."

„Wollen wir doch mal schauen“, antworte ich neutral. Bei den beiden muss man wirklich aufpassen, was man sagt.

„Nichts geht mehr.“ Der Croupier dreht die Kugel im Roulettekessel.

Gebannt folgen alle Augenpaare am Tisch der Kugel, die ihre Kreise zieht und schließlich auf der sieben landet.

„Aga! Udacha na moyey storone! *Das Glück ist auf meiner Seite!*“ Dimitri springt freudestrahlend von seinem Platz auf. „Darauf stoßen wir an.“ Er winkt einen der Kellner heran und zeigt auf uns. „Wodka.“

Bitte nicht schon wieder. Ich merke den Wodka vom Auto noch.

Sofort eilt der Kellner davon, um uns zwei Minuten später mit Dimitris heißgeliebten Getränk zu versorgen.

„Na zdorov'ye“, prostet Dimitri uns zu.

Lächelnd und zähneknirschend lassen wir die Gläser aneinander klirren und leeren sie in einem Zug.

Emilian schüttelt sich. „Woah!“

„Nicht schlecht, aber nur halb so gut wie mein Wodka“, bemerkt Dimitri, was Artjon mit einem leisen, zustimmenden Brummen quittiert.

„Ihre Einsätze bitte“, höre ich den Croupier und setze auf die vierzehn, Emilian auf die zwei und Artjon auf die neun, während Barkow die siebzehn wählt.

„Nichts geht mehr.“ Der Croupier dreht erneut.

Emilian lehnt vorsichtig den Kopf zu mir herüber. „Hoffentlich nicht die siebzehn. Ich habe echt schon einen sitzen“, flüstert er und hickst.

„Hoffen wir es“, entgegne ich leise und mit einem besorgten Lächeln in Richtung unserer russischen Gäste.

Die Kugel landet auf der vierzehn.

Emilian reißt erstaunt die Augen auf. „Lion, du hast gewonnen!“

Während Dimitris Gesicht sich verfinstert, scheint Artjon leicht erfreut. „Gut gemacht.“ Er deutet verschwörerisch auf die Gläser. „Darauf stoßen wir an.“

Um Himmels willen. Nicht schon wieder.

10. KAPITEL

ALIZÉE

Bereits vom Eingang des Star Dome Planetariums in Auckland bin ich beeindruckt, als Mia den schwarzen SUV daran vorbei auf den Parkplatz lenkt. „Das riesige Ding ist das?"

„Ja, Cherie", antwortet Mia, nach einem Parkplatz Ausschau haltend.

Der große Parkplatz in Kombination mit Mias unüberlegt und einfach nur nett gemeintem „Cherie" weckt unschöne Erinnerungen in mir.

Beim Aussteigen lasse ich meinen Blick über die Parkfläche wandern. Ich entdecke eine Ecke neben einer Laterne, die wie jene damals in Paris wirkt, wo wir von Raphael und seinem Clan beinahe vergewaltigt worden wären, hätten Lion und Emilian uns nicht in letzter Sekunde gerettet.

„Alles in Ordnung?" Mia, die gerade dabei ist, Emma in den Kinderwagen zu legen, reißt mich aus den Gedanken.

„Ja. Ich musste nur gerade an Paris denken. Du weißt schon."

Mia tritt näher und ergreift meine Hände. „Das ist vorbei. Wir blicken nach vorn. Okay? Ein wunderschöner Tag wartet auf uns."

Meiner Freundin zuliebe reiße ich mich zusammen und ringe mir ein Lächeln ab. „Okay." Ich hätte nicht gedacht, dass diese Erinnerung, die ich die letzten Monate erfolgreich verdrängt habe, doch noch an meiner Seele nagt. „Darf Tante Alizée schieben?", frage ich und deute auf den Kinderwagen.

„Na, aber klar doch." Mia lächelt, während ich meine Hände an den Griff des Kinderwagens lege und ihn stolz vor mir herschiebe.

Ja, ich bin wahrlich eine stolze Patentante. Die kleine Emma verzaubert mich jeden Tag aufs Neue.

„Steht dir gut, Alizée. Wann ist es denn bei euch soweit?" Das spitzbübische Grinsen meiner Freundin macht mich ganz verlegen.

„Noch lange nicht. Emilian und ich sind da etwas anders gestrickt als Lion und du. Kinder spielen für uns keine Rolle. Genauso wenig wie heiraten."

„Würdest du denn gerne?", fragt Mia, als wir die Schlange vor dem Planetarium erreicht haben, vor dem ziemlich viele Menschen anstehen. Das Schild mit der Aufschrift *Sonderausstellung* verrät mir sofort, wieso.

„Irgendwann vielleicht. Seit Emilian die Geschäfte übernommen hat, haben wir kaum Zeit füreinander. Privat meine ich."

Grübelnd legt Mia die Stirn in Falten. „Aber Zoé nimmt euch doch sicher auch eine Menge Arbeit ab, oder nicht?"

„Schon", druckse ich herum. „Aber Emilian ist so damit beschäftigt, der Chef sein zu wollen, dass er gar nichts anderes mehr im Kopf hat. Selbst wenn er frei hat."

Plötzlich taucht eine Gestalt von der Seite auf und rempelt mich an.

„Hey! Können Sie nicht aufpassen?", rufe ich dem Schatten hinterher.

Die Person, die mich unsanft gestreift hat, trägt einen dunklen Parker. „Entschuldigung", sagt eine weibliche Stimme mit einem osteuropäischen Akzent.

„Komm, es geht weiter." Mia zieht mich am Ärmel meiner dünnen Sommerjacke. Es ist etwas frisch heute und ein kräftiger Wind geht. Kurz sehe ich der Frau hinterher, die einen Wimpernschlag später auf dem Parkplatz verschwindet.

Mia und ich rücken vor und sind zehn Minuten später endlich im Planetarium. Unsere Jacken verstauen wir im Korb unter dem Kinderwagen, den wir in einem gesonderten, extra dafür vorgesehenen Bereich abstellen. Unsere Handtaschen nehmen wir mit und Mia schnallt Emma vor sich in eine Babytrage.

Aufgeregt gehe ich neben ihr auf die erste Halle zu, in der ein Film über unsere Galaxie gezeigt wird.

Neben der Tür bleibt Mia stehen. „Mit Emma kann ich da leider nicht rein. Aber ich habe den Film schon x-mal gesehen. Ich vertrete mir die Füße und hole dich in fünfzehn Minuten hier wieder ab, okay?"

„Och, wie schade. Aber na gut."

Ich betrete die kleine, schwachbeleuchtete Halle, in der ich vage die vielen Sitzplätze erkennen kann und mir einen aussuche.

Zwei Minuten später ist sie prall gefüllt und das Licht erlischt. Über mir erstrahlt eine Leinwand und der Film geht los.

Sterne und Planeten bewegen sich über meinem Kopf hinweg und aus den Lautsprechern an den Wänden dringt musikalische Untermalung und zaubert eine atemberaubende Atmosphäre.

Völlig erschlagen und begeistert von den Eindrücken erhebe ich mich am Ende des Filmes von meinem Sitz und halte auf die Ausgangstür zu, hinter der Mia und Emma mich erwarten. In dem Gemurmel um mich herum meine ich, die Stimme der mysteriösen Frau auf dem Parkplatz herauszuhören. Unsicher blicke ich mich um, kann sie jedoch nirgends entdecken. *Merkwürdig.*

Ich dränge mich an den Menschen vorbei und bahne mir meinen Weg zum Ausgang. Gegenüber der Tür mache ich Mia aus, die auf einer der Bänke sitzt und Emma stillt. Dabei hält sie ihre Brust mit einem Sichttuch verdeckt. Schade, dass das Stillen in der Öffentlichkeit immer noch so verpönt wird.

„Na, hat es dir gefallen?", fragt sie, als sie zu mir aufschaut.

„Ja, total. Richtig cool. Ich kam mir vor wie ein Astronaut im Weltraum", schwärme ich begeistert.

„Ich habe die Zeit sinnvoll genutzt, wie du siehst. Emma ist gleich fertig, dann können wir weiter."

Wir flanieren noch durch weitere Hallen, sichten ausgestellte Astronauten und die Entwicklung der Raumanzüge, entdecken sämtliche Planeten unserer Galaxie und betreten drei Stunden später erschöpft das Foyer, in dem der Kinderwagen steht.

Wir schlüpfen in unsere Jacken und halten auf den Ausgang zu.

Draußen weht uns eine kräftige Brise um die Nase.

Mias langes, gelocktes Haar weht im Wind, während ich mir mein schulterlanges Haar zu einem Pferdeschwanz zusammenbinde.

„War doch ein schöner Ausflug, nicht?", richtet Mia das Wort an mich und hebt Emma aus dem Kinderwagen.

„Ja, total. Schade, dass Emilian und Lion nicht mit dabei waren. Ich wette, Emilian hätte es auch gefallen."

„Das holen wir nach, okay?"

„Das wäre schön. Und jetzt ab nach Hause?", frage ich und helfe Mia, den Kinderwagen im Kofferraum zu verstauen.

„Ja, da wartet schon frischer Kuchen auf uns. Ich habe ihn zwar nicht selbst gebacken, aber der Konditor, der ihn in einer Stunde liefert, ist grandios, sag ich dir." Mias Augen leuchten. Für gutes Essen haben wir beide eine Schwäche. Genau wie für Metal und Rockmusik.

Emma ist schon wieder im Traumland, als wir losfahren.

Ich krame im Handschuhfach und fische eine CD heraus. Grinsend schiebe ich sie in den CD-Player des Autoradios.

Die Augen meiner Freundin beginnen zu leuchten, als *Nihilist Blues* von Bring Me The Horizon erklingt.

Sofort beginnen wir mit unseren Körpern mit dem Beat zu wippen und ich lege meinen berüchtigten Headbang hin, was Mia mit einem unbeschwerten Lachen bekundet.

„Du hast es immer noch drauf, Alizée", lacht sie und biegt vom Parkplatz auf die Straße ab. „Als das Lied im Club lief, habe ich Lion das erste Mal gesehen." Eine zarte Röte legt sich auf ihr Gesicht. Sie scheint ihn wirklich von Herzen zu lieben.

Hinter uns hupt plötzlich ein Auto, das mit hoher Geschwindigkeit auf uns zurast.

Mia schaut in den Rückspiegel und zieht die Augenbrauen grimmig zusammen. „Hey, du Arsch! Noch sind wir nicht auf der Autobahn."

Auch ich drehe mich um und blicke über die im Kindersitz schlafende Emma hinweg durch das Heckfenster.

Ein dunkler Truck fährt uns immer wieder dicht auf. Durch die Tönung unserer Heckscheibe kann ich leider nicht viel von der Person sehen, die uns gefährlich nahe kommt.

Wieder hupt es.

„Der hat doch nicht alle Tassen im Schrank. Oder fahren die hier alle so?" Pikiert starre ich Mia an, die abwechselnd in den Rückspiegel und auf die Straße vor uns blickt.

„Nein, eigentlich fahren hier alle normal", antwortet sie grübelnd. „Festhalten."

Noch bevor ich reagieren kann, reißt Mia das Lenkrad herum und parkt mit einer harten Bremsung auf dem Seitenstreifen.

Der Truck rauscht an uns vorbei.

Schnell werfe ich einen Blick nach rechts und meine, das Gesicht der Frau vom Parkplatz entdeckt zu haben. Es läuft mir eiskalt den Rücken herunter und ich zittere.

„Alles okay?", fragt Mia und sieht mich besorgt an.

„Ich glaube, das war die Frau von heute Morgen", wispere ich zittrig.

„Aber die ist weggefahren, bevor wir ins Planetarium reingegangen sind. Woher soll sie denn gewusst haben, wann und welche Strecke wir zurückfahren? Außerdem macht das gar keinen Sinn. Wir kennen sie nicht mal. Oder glaubst du, sie gehört zu den Boullards?" Sofort schießen Mia Tränen in die Augen.

Schnell versuche ich, sie zu beruhigen. „Ich glaube nicht."

Eine Träne kullert über Mias Wange.

„Mach dir keine Sorgen. Niemand weiß, wo wir sind."

„Du hast recht. Entschuldige, aber die Sache nagt an mir. Ich muss das ablegen." Mia atmet tief durch und setzt den Blinker. „Auf nach Hause."

Nach einer stimmungsgetrübten Fahrt erreichen wir das Stelzenhaus. Emma ist inzwischen aufgewacht und quengelt.

Mia parkt den Wagen.

„Da hat wohl jemand Hunger", bemerke ich und nehme die Kleine aus dem Autositz.

„Sieht so aus. Oder die Windel ist voll. Will Tante Alizée das übernehmen?"

Wahrscheinlich hat Mia damit gerechnet, dass ich mich vor dieser Aufgabe drücke, doch ich stimme zu. „Aber klar doch."

„Na, komm mal zu Mama." Mia breitet die Arme aus und ich drücke ihr die Kleine in den Arm. Dabei gibt sie ein lautes Bäuerchen zum Besten. „Okay, da haben wir den Grund für das Quengeln", sagt Mia, schließt die Haustür auf und bemerkt den Fleck auf ihrer Jacke.

Sofort muss ich lachen. „Sie hat dich vollgekotzt!"

„Sehr witzig. Hast du ein Taschentuch?"

„Ja, klar." Schnell stecke ich die Hand in meine Jackentasche und wühle nach einem Taschentuch. Doch statt etwas Weichem ertasten meine Finger etwas Hartes. „Was ist das denn?"

Meine Freundin sieht neugierig zu mir herüber.

Ich ziehe ein kleines, schwarzes Ding aus meiner Tasche. „Was ist das?"

„Gib mal her", sagt Mia, mit einem Fuß schon im Haus stehend und greift nach dem Ding. Sie dreht es hin und her und nimmt es von allen Seiten in Augenschein. „Fuck."

Ein ungutes Gefühl breitet sich in meiner Magengegend aus. „Jetzt sag schon: Was ist das?"

Mia schaut zu mir auf. Sie ist blass und reißt entsetzt die Augen auf. „Ich glaube, das ist ein Peilsender."

Mir wird schlecht. „Wie bitte? Das gibt es nicht!"

„Doch. Ich bin mir sogar sicher, dass es einer ist. Lion hatte mal so einen ähnlichen in der Hand, als wir im Waffenraum waren. Aber ... Wie kommt der in deine Tasche?"

„Ich habe keine Ahnung."

„Emilian?", fragt Mia und hebt eine Augenbraue.

„Nein, ausgeschlossen. Die Jackentasche war gestern Abend noch leer. Das weiß ich ganz genau. Nach dem Besuch am Point Chevalier Beach habe ich sie ausgeklopft, weil sie voller Sand war." Plötzlich trifft mich die Eingebung wie ein Blitzschlag. „Die Frau!"

„Welche Frau?"

„Die vom Parkplatz. Sie hat mich angerempelt. Dabei könnte sie mir den Sender spielend leicht in die Tasche gesteckt haben."

„Scheiße. Ich muss sofort Lion anrufen."

Ich sehe Mia hinterher, die mit Emma auf dem Arm ins Haus stürmt. Dabei pocht mein Puls so heftig, dass ich beinahe das Rauschen meines Blutes in den Adern hören kann.

11. KAPITEL

LION

Zur gleichen Zeit, mit minus 12 Stunden Zeitverschiebung in Nizza

Es ist schon beinahe halb drei in der Nacht. Wir haben uns in der Lounge einer Tabledance-Bar niedergelassen, um Dimitris Laune aufzuhellen. Zahlen mit einer sieben bringen ihm beim Roulette wohl doch kein Glück.

Emilian sitzt zwischen Artjon und mir und lehnt sich an das rote Polster hinter sich. Er ist so betrunken, dass er inzwischen Artikulationsprobleme hat. Daher übernehme ich das Gespräch mit den Russen, das sich, seit wir die Bar betreten haben, nur noch um Frauen dreht.

Eine der hübschen Kellnerinnen steuert Po wackelnd und leicht bekleidet auf unseren Tisch zu. Sie zückt einen kleinen Block, an dem ein Kugelschreiber klemmt aus der Gürteltasche, die sie sich vor den Bauch geschnallt hat und sieht uns aufmerksam an. „Darf es noch etwas sein, die Herren?"

Artjon sieht zu ihr auf und steckt sich eine Zigarette an. Er nimmt einen tiefen Zug und bläst den Qualm der Kellnerin entgegen. „Noch eine Runde, stimmt's, Dima?"

Dimitri grinst verschmitzt und legt seine Hand an den Oberschenkel der Kellnerin, auf deren Schild *Viki* steht.

Unauffällig schiebt sie Dimitris Hand von ihrem Bein weg und tut, als wäre nichts gewesen. „Eine Runde Wodka also?"

„Ich glaube, Emilian hat langsam genug." Ich werfe ihm einen mitleidigen Blick zu und hoffe, dass die Russen uns endlich aus ihrer Sauferei heraushalten.

Dimitri sieht mit finsterer Miene zu Emilian herüber. „Stimmt", sagt er und beginnt zu lachen. „Der hat wirklich genug."

Gott sei Dank. Dann werden die beiden hoffentlich alleine weitertrinken. Noch einen Wodka und ich bin ebenfalls berauscht.

„Dann musst du wohl für deinen Freund mittrinken", höre ich Artjon schadenfroh neben mir und reiße entsetzt die Augen auf.

„Ich glaube, ich habe langsam auch genug."

„Ach, komm schon", er stupst mich in die Seite und sieht zum ersten Mal nicht ganz so mürrisch aus.

„Nur wenn du einmal für mich lachst", platzt es aus mir heraus, wofür ich mich augenblicklich verfluche, als mir klar wird, dass ich Artjon vorgeführt habe.

Dimitri und Artjon tauschen knappe Blicke aus.

Dann beugt sich Artjon zu mir und sieht mich grimmig an.

„Da, siehst du? Er lacht doch", höre ich Dimitri, der daraufhin losprustet.

„Lion, du bist echt in Ordnung", sagt Artjon schließlich und klopft mir auf die Schulter. „Zugegeben, dein

Freund war uns anfangs suspekt, aber du machst einen seriösen Eindruck auf uns."

„Genau", pflichtet Dimitri bei und reibt sich mit Spucke einen Fleck von seinem Jackett. „Ist deine Frau auch so eine heiße Braut wie die von deinem Freund?"

Perplex starre ich Dimitri an und spüre ein bedrohliches Zucken in meinen Händen, die sich am liebsten zur Faust ballen und einen Ausflug in das Gesicht des Russenbosses machen möchten. „Wie bitte?"

„Ach komm, die kleine Blonde hast du bestimmt zuerst flachgelegt. Schließlich bist du der Boss bei euch. Ich wette, deine Freundin ist noch heißer, oder?" Ein Hauch von Gier liegt in Dimitris Augen. „Wir könnten alle mal zusammen essen gehen. Was hältst du davon, Lion?" Dimitri wischt sich die Schweißperlen ab, die sich auf seinem Kinn gebildet haben.

„Hier, der Wodka." Viki, die Kellnerin, deren Verschwinden mir nach der Bestellung gar nicht aufgefallen ist, tritt an unseren Tisch heran. Sie stellt eine Flasche Wodka und vier Gläser auf dem Tisch ab und verschwindet sofort wieder, als Dimitris Hand erneut in Richtung ihrer Oberschenkel wandern will.

Artjon erhebt sich und schenkt ein. Mir stellt er zwei der vier Gläser hin. „Du trinkst für deinen Freund mit, haben wir gesagt."

„Nee, nee", wehre ich ab, doch da hat Artjon mir bereits eines der Gläser ans Kinn gesetzt und sieht mir scharf in die Augen.

„Du trinkst jetzt mit uns", sagt er bedrohlich und kommt meinem Ohr ganz nah. „Oder willst du uns beleidigen?"

„Nein, aber irgendwann ist ge-“ Ich breche den Satz ab, als ich etwas Spitzes an meinem Rücken spüre. Hält der Wichser mir etwa ein Messer an den Rücken?

„Artjon, lass gut sein. Die Mimose verträgt nichts. Wahrscheinlich ist er genauso eine Flasche im Bett wie an der Bar“, nuschelt der inzwischen ziemlich angetrunkene Dimitri. „Wir können ja seine Alte ficken. Was hältst du davon, Johnny?“

„Keine schlechte Idee“, knurrt Artjon.

Ein musikalisch untermaltes Vibrieren unterbricht die beiden.

Mein Handy. *Wer mag das um diese Uhrzeit sein?* Das kann nichts Gutes bedeuten.

„Geh ran.“ Artjon sieht mich auffordernd an.

„Ist bestimmt nicht wichtig“, entgegne ich und spüre wieder einen stechenden Druck in meinem Rücken.

„Geh ran“, zischt Artjon.

Als ich nicht reagiere, greift er mir kurzerhand in die Hosentasche und zieht mein Smartphone heraus. Aus dem Augenwinkel sehe ich noch Mias Anrufer-Bild, bevor Artjon das Handy seinem Boss zuwirft. „Hier guck mal. Heiß! Ist bestimmt seine Kleine.“

Dimitri fängt das Smartphone trotz seines Alkoholpegels gekonnt auf und sieht sich Mias Bild an. An seinem gierigen Blick sehe ich, dass sie seinem Beuteschema entspricht. Sein Finger wandert in Richtung des Displays.

„Dimitri, nein! Es ist gut jetzt. Wir haben unseren Spaß gehabt.“

Der Russe antwortet mir nicht, sondern schiebt mit seinem dicken Finger den Anrufregler auf die Seite und hält das Handy an sein Ohr. „Hallo?“, sagt er mit seiner kratzigen Stimme, die Mia mit Sicherheit zu Tode erschreckt.

Mein Herz rast. Ich blicke zu Emilian, der neben mir eingeschlafen ist und verfluche mich dafür, unbewaffnet losgezogen zu sein. Aber sonst wären wir an der Türkontrolle nicht durchgekommen. Ich frage mich, wie Artjon es geschafft hat, ein Messer hier einzuschleusen. Nun, ich sagte ja, das Casino war keine gute Idee. Ich wende mich wieder Dimitri zu, der seine Augen weitet.

„Lion ist nicht da. Der amüsiert sich gerade mit zwei, nein drei Frauen." Er lacht und die Schweißperlen auf seiner Stirn glänzen im Licht. „Ja, und ich gucke zu. Wir wäre es mit uns beiden, Püppchen?"

„Dimitri! Es reicht!", brülle ich, stoße Artjon beiseite und stürme auf Barkow zu, um ihm das Handy abzunehmen.

Sofort zieht er es weg und wirft mir einen überlegenen Blick zu. Dann hält er das Handy erneut an sein Ohr. „Ja, das war dein Lion, den du da gerade gehört hast. Und sein Schwanz steckt gerade ziemlich tief in einer geilen Muschi."

„Das stimmt nicht!", schreie ich wütend und greife abermals nach dem Handy.

„Und ob das stimmt, Kleine. Wie wäre es? Wir beide?"

„Was hast du gesagt?", fassungslos starre ich Barkow an und bin so abgelenkt, dass ich Artjon völlig ausgeblendet habe, der mir von hinten etwas Hartes auf den Kopf schlägt. Er streift mich nur seitlich, weil ich intuitiv ausweiche, als ich den sich nähernden Schatten sehe. Sofort drehe ich mich zu ihm um und gebe ihm eine Kopfnuss, die sich gewaschen hat.

Der Falke taumelt. Damit hat er offenbar nicht gerechnet.

„Was ist los?", höre ich Emilian plötzlich abseits von mir nuscheln.

„Steh auf, du Penner! Ich brauche dich", weise ich ihn harsch an und reiße Dimitri das Handy aus der Hand. Ich will es ans Ohr halten, Mia aufklären, doch ein Schlag gegen meinen Arm vom eins-neunzig-Riesen lässt das Smartphone zu Boden fallen.

„Was war das gerade, Lion? Du zettelst einen Krieg an? Habe ich das richtig verstanden?" Dimitri, der einen ganzen Kopf größer ist als ich, hat sich schwerfällig von seinem Platz erhoben und baut sich drohend vor mir auf. „Wollen wir das vor der Tür klären, du französischer Weichkäse?"

Ohne nachzudenken, hole ich aus und poliere dem schwitzenden Drecksack die Fresse.

Hinter mir höre ich Emilian, der auf Artjon losgeht.

Welch wunderbares Geschäftsgebaren. *Scheiß drauf. Die haben es nicht anders verdient! Die Les Rois Noirs führt niemand vor!* Die neue Geschäftsbeziehung, die ich vor ein paar Stunden noch verzweifelt zu retten versucht habe, prügle ich gerade in Grund und Boden. Was sind das auch für Penner? Niemand spricht so mit und über meine Frau. Niemand!

Dimitri torkelt und sackt anschließend in die Knie, als ich ihm einen heftigen Schlag auf den Solarplexus verpasse.

Ich drehe mich zu Artjon um, der in Emilians Schwitzkasten hängt. Bemerkenswert, wie schnell mein Kumpel sich erholt hat.

„So, du sibirische Sackratte. Ich sag dir jetzt mal was. Mit euch machen wir garantiert keine Geschäfte. Ihr wart mir und meiner Freundin von Anfang an unsympathisch.“

„Ach, waren wir das? Aber unsere Euros, die hättet ihr gern genommen?“, keucht Artjon und fuchtelt wild mit seinen Armen umher. „Geld stinkt nicht, was?“

Emilian lässt Artjon los und schubst ihn gegen den Tisch.

Der Russe geht neben seinem Onkel zu Boden.

Schnell greife ich mir mein Handy. Es ist ausgeschaltet und auf dem Display klafft ein großer Riss. Wahrscheinlich durch den Sturz beschädigt. Ich stecke es in die Tasche meiner Anzughose und wende mich meinem Kumpel zu. „Komm, Emilian, wir gehen“, fordere ich diesen auf und ziehe ihn am Arm vom Tisch weg. „Lass uns zusehen, dass wir schnell hier wegkommen.“

„Das werdet ihr noch bitter bereuen!“, brüllt Artjon uns hinterher. „Das werdet ihr bereuen!“

Scheiße, das befürchte ich auch.

12. KAPITEL

ALIZÉE

Zufrieden hieve ich die letzte Tüte meiner Einkäufe in den Kofferraum, schließe die Klappe und fahre den Einkaufswagen zu den anderen zurück. Ich schiebe meinen Wagen in den letzten aus der Reihe und stecke den Riegel für das Pfandschloss ein, das sich sofort mit einem Klicken öffnet und meinen Chip freigibt. Als ich danach greife, höre ich Schritte hinter mir. „Ja, ja. Ich beeile mich ja schon", murmle ich und bin in Gedanken schon bei dem Abendessen, das ich mit den Einkäufen zusammen mit Mia kochen werde. Endlich wieder französische Küche. Darauf freut Mia sich sehr.

Als ich mich umdrehe, um dem nächsten Kunden den Zugang zu den Wagen zu ermöglichen, erstarre ich für einen kurzen Augenblick, denn niemand steht dort. Habe ich mir die Schritte nur eingebildet? Wahrscheinlich leide ich seit der Sache mit der Frau unter Verfolgungswahn. Kopfschüttelnd halte ich auf Mias Wagen zu. Ich bin schnell allein gefahren, damit sie Emma in Ruhe hinlegen kann.

Ich stecke den Schlüssel in das Schloss der Fahrerseite, weil die Batterien der Zentralverriegelung leer sind, und drehe ihn um. Ich meine, wieder Schritte zu hören, tue sie jedoch als Hirngespinste ab und öffne die Tür. Plötzlich wird es schwarz vor meinen Augen, als mir jemand etwas über den Kopf zieht. Ich bekomme Panik, will nach dem Stoff über meinem Gesicht greifen, der nach Jutesack riecht, doch ein kräftiger Arm umschlingt mich von hinten und hält mich fest. Ich will schreien. Jemand hält mir den Mund zu und ein beißender Geruch steigt in meine Nase. Mir wird schlecht und schwindelig. Mein Herz rast und Adrenalin schießt durch meine Adern. Ich versuche, mich gegen den Schwindel zu wehren, und schärfe mit schwindender Kraft all meine Sinne. Ich meine, noch eine Männerstimme zu hören, doch dann gehen mir die Lichter aus.

Als ich unter dröhnenden Kopfschmerzen die Augen öffne, ist das Brummen eines Motors das Erste, das ich wahrnehme. Ich weiß nicht, wie lange ich weggetreten war, doch dass ich mich in einer lebensbedrohlichen Situation befinde, wird mir schnell bewusst, als mein Denkvermögen wieder richtig hochfährt. Der Boden unter mir wackelt. Um meine Hände, die auf meinem Rücken liegen, spüre ich etwas Hartes, was sich wie Kabelbinder anfühlt und auf meinen Lippen schmecke ich Klebeband. *Scheiße! Ich werde entführt!*
Meine Füße sind ebenfalls fixiert. Vorsichtig strecke ich meine Beine aus und spüre das Ende des Kofferraumes, in dem ich mich befinden muss. Verzweifelt versuche ich, etwas aus dem Wageninneren zu vernehmen, doch außer dem Motorengeräusch höre ich nichts. Absolut nichts. Mir wird schlecht bei der Vorstellung, von wem und wohin ich verschleppt werde.

Ich wette, diese Frau vom Planetarium hat etwas damit zu tun.

13. KAPITEL

ARTJON

Zafira, eine der wenigen weiblichen Mitglieder unserer Organisation, die inzwischen über mehr als zweihundert Mitglieder allein in Moskau zählt, hat ganze Arbeit geleistet, indem sie mich zum richtigen Zeitpunkt zum richtigen Ort bestellt hat.

Anatolij war zum Glück mit unserem Privatjet zur Stelle und hat den Transport von Auckland nach Russland übernommen. Zum Glück lassen wir unsere neuen Kontakte immer eine Weile von unseren Leuten beschatten, bis wir sicher sind, dass wir ihnen trauen können. So war es ein Leichtes, die Barbie in Auckland ausfindig zu machen.

Vom *Nochnoy blesk* aus bringe ich die Kleine in einem unserer „Gefängnisse" unter. Es ist eine von Dimitris speziellen Verwahrungsanstalten. Eine heruntergekommene Einrichtung für psychisch Kranke, die notdürftig von uns finanziert wird und dazu dient, unter den wirklich geisteskranken Patienten unsere persönlichen Kriegsgefangenen in Verwahrung zu halten. Die meisten Menschen, die hier in Einzelzimmern untergebracht sind, sind ehemalige Geschäftspartner von uns, die wir nicht sofort getötet haben, sondern noch über deren Geschäftsgebaren aushorchen müssen. Manchmal dauert es ein paar Wochen, bis wir sie gebrochen haben und zur Not helfen auch ein paar Medikamente, um sie ruhigzustellen, bis sie von allein reden. Lebendig nützen uns diese Gefangenen mehr als tot, denn viele ihrer Informationen sind Gold wert.

Alexej Fjodor ist einer von ihnen. Er gehört zu einer der Organisationen, mit denen wir seit Jahren bis aufs Blut verfeindet sind. Doch dank ihm und den Informationen, die er an uns weiterleitet, floriert unser Geschäft. Dank ihm sind wir die Nummer eins der russischen Untergrundorganisationen. Und Alizée wird uns dabei helfen, den europäischen Markt zu erobern.

Ich biege von der Schnellstraße ab und lenke meinen Wagen in eine kleine Seitenstraße, deren Weg ziemlich holprig ist. Er führt durch ein kleines Waldstück, an dessen Ende die in die Jahre gekommene Klinik erscheint. Das flache Dach des zweistöckigen Komplexes ist bemoost und der graue Anstrich blättert stellenweise von den Wänden.

Mein dunkler Jaguar rollt langsam über den knackenden Kies der Einfahrt und kommt auf dem kleinen Parkplatz zum Stehen. Mit einem lauten Pfeifen mache ich auf mich aufmerksam, als ich ausgestiegen bin.

Sofort kommen zwei in weiß gekleidete Männer mit einer Trage angelaufen. Dass ich jemanden gefesselt aus dem Kofferraum hole, ist für die beiden nichts Neues. Die Zwillinge Sascha und Michail kennen den Ablauf ganz genau.

Ich öffne den Kofferraum und drehe mich ein wenig seitlich, als die beiden Alizée herausholen und auf die

Bahre schnallen. „Prioritätsstufe eins“, weise ich auf Russisch an.

„Khorosho“, sagt Michail und nickt bejahend.

Alizée wird auf der Bahre abtransportiert.

Ich schließe den Kofferraum, drücke den Knopf für die Zentralverriegelung und stecke den Schlüssel ein. Dann eile ich Michail und Sascha hinterher.

Eine Schiebetür öffnet sich knatternd, als ich durch den Eingang trete. Das Gebäude ist baufällig, doch für unsere Zwecke noch völlig ausreichend. Eine Luxusklinik würde nicht zur Abschreckung dienen und Menschen anlocken, in dem Glauben, sich hier behandeln lassen zu können.

Hinter dem Eingangsbereich finde ich mich in einer kleinen Halle mit gummiertem Boden wie in einer Turnhalle wieder. Der Anmeldebereich wird von schiefhängenden Jalousien an den Fenstern verdunkelt, vor denen eine grüne Bank mit zwei eingelassenen Sitzen steht. Es riecht nach einer Mischung von Desinfektionsmittel getränkter Krankenhausluft und Zigarettenqualm.

Hinter einer Glaswand sitzt einer unserer Angestellten und drückt gerade eine Zigarette aus. Er springt von seinem Stuhl auf, als er mich erblickt, salutiert und weist mit dem Kopf nach links, wo Sascha und Michail zu finden sind.

Unter einem strengen Blick nicke ich ihm zu und verschwinde um die linke Ecke. Vor mir liegt ein langer, düsterer Gang. Die Neonröhren, die in viel zu großen Abständen zueinander montiert sind, flackern und spenden kaum Licht. An seinem Ende steht eine Tür offen, aus der ein greller Schein auf die gegenüberliegende Wand trifft. Obwohl ich diesen Flur schon zig Male auf und ab gelaufen bin, ist er auf eine mir unerklärliche Art und Weise eine große Herausforderung für mich. Ich reiße mich zusammen und eile auf die offen stehende Tür zu. Als ich meinen Kopf durch den Rahmen stecke, erblicke ich Alizée auf der Bahre liegend. Vor ihr steht einer unserer Ärzte und spritzt ihr etwas in den Arm.

„Oh, guten Tag, Chef." Dr. Jakowlew grüßt mich und geht einen Schritt zur Seite, als ich neben ihn an die Bahre trete. Der pummelige Mittsechziger, schiebt seine Brille ein Stück nach oben und sieht mich nur flüchtig an.

„Das ist Alizée Roux. Sie hat Prioritätsstufe eins. Also nicht das ganz harte Programm, klar?", bemerke ich, während der Arzt sich alles in einer Akte notiert.

„Okay. Sonst noch etwas, das ich beachten sollte?"

„Sie versteht zum Glück kein Russisch. Also wagt es euch nicht, in Englisch oder Französisch mit ihr zu sprechen!", weise ich Jakowlew streng an und sehe zu dem kleinen Kalender, der neben ihm an der Wand hängt. „Zwei Monate behalten wir sie hier. Ihr braucht keine Infos aus ihr herauszuklopfen. Nur ruhig soll sie sein, klar? Den Rest übernehme ich."

Dr. Jakowlew nickt und erweckt den Eindruck, als würde ich nicht seine uneingeschränkte Aufmerksamkeit genießen.

Ich packe ihn am Kragen seines weißen Arztkittels und ziehe ihn zu mir.

Jakowlew ist sichtlich erschrocken und starrt mich mit geweiteten Augen an.

„Niemand fasst sie an! Haben wir uns verstanden?",
zürne ich und warte kurz, bis der Arzt meine Forderung mit einem Nicken bestätigt. „Niemand! Kapiert?!"
*Ich bin der Einzige der das darf. Die Vorstellung, dass je-
mand anderes ihr zu nahe kommt, gefällt mir nicht.*

„Ja!", wispert Jakowlew ehrfürchtig, woraufhin ich
meinen Griff löse und von ihm ablasse.

„Gut. Dann haben wir uns verstanden. Einzelzimmer
und annehmbares Essen ohne Medikamente, klar?!"
Mein finsterer Blick scheint Jakowlew einzuschüchtern. „Anweisung von Dimitri!", schiebe ich nach, woraufhin sich kleine Schweißperlen auf der Stirn des
Doktors abzeichnen. Er gehört unserer Organisation
nur indirekt an und ist mir daher ein Dorn im Auge. Dr.
Jakowlew leitet die Klinik seit Anbeginn und ist nur
noch hier, weil er an dieser Klinik hängt und wir keinen anderen Arzt finden, der sich so gut schmieren
lässt. Ich traue ihm trotzdem nicht über den Weg. Denn
der ein oder andere Fehler ist ihm bereits zu unseren
Ungunsten unterlaufen.

„Ich habe verstanden."

„Das will ich hoffen", knurre ich und halte auf die Tür
zu. Im Rahmen bleibe ich stehen und drehe mich ein
letztes Mal um. „Am Sonntag komme ich vorbei. Vielleicht auch früher. Dann, wenn ihr Sackratten nicht damit rechnet. Und wehe, es gibt irgendetwas zu bemän-
geln, wie beim letzten Mal!"

„Wird es nicht, Chef. Wird es nicht. Ich trage persönlich Sorge dafür."

„Gut, im Falle einer Beschwerde wirst du hier einge-
liefert", entgegne ich und zeige mit dem Finger auf

Jakowlew. Dann wandert mein Blick zu Alizée, die regungslos auf der Bahre liegt und in bewusstlosem Zustand wunderschön aussieht. Naserümpfend wende ich den Blick ab und verlasse den Raum. Noch während ich über den Flur in Richtung Ausgang eile, macht sich das Gefühl in mir breit, dass das nicht richtig ist. Es fühlt sich falsch an, Alizée hierzulassen. Doch eine andere Möglichkeit gibt es nicht. Entweder hier in Verwahrung, oder Dimitri wird sie auf der Stelle erschießen lassen. Warum mich ihre Situation überhaupt so beschäftigt, will mir nicht in den Kopf. Irgendetwas hat sie an sich, das versucht, Besitz von meinen Gefühlen zu ergreifen, falls so etwas in meiner dunklen Seele überhaupt noch existent ist. Etwas, das mich nicht loslässt und meinen Verstand nach und nach immer mehr benebelt.

14. KAPITEL

LION

Es ist später Nachmittag. Zusammen mit Emilian sitze ich in unserem Konferenzraum und bespreche mit ihm die Geschäfte. Es ist unvermeidbar, dass wir auf die Russen zu sprechen kommen, was Emilian sichtlich unangenehm ist.

„Was machen wir jetzt mit Barkow?"

„Keine Ahnung, du bist der Boss, Lion." Emilian sieht mich ratlos und ein wenig mürrisch an.

„Ist das dein Ernst? Wer hat die beiden denn überhaupt angeschleppt?! Das warst ja wohl du! Also sollte es auch deine Aufgabe sein, dir zu überlegen, wie wir sie wieder loswerden!", zische ich ungehalten und werfe den Kugelschreiber auf meine Unterlagen.

Emilian zuckt zusammen. „Wir machen einen Deal und das war es dann."

„Du glaubst, dass sie sich einfach zurückziehen? Niemals. Unsere Waffen sind genau das, wonach die Russen sich die Finger lecken. Wenn wir sie einmal beliefern, wird es nicht bei diesem einen Mal bleiben. Das weißt du genau."

„Wenn wir den Kontakt abbrechen, gibt es Krieg", erklärt Emilian treffend und fährt sich mit den Fingern durch die Haare. „Wir sitzen in der Falle."

„Dann bleibt uns wohl nichts anderes übrig, als die Bande kaltzumachen.“

Emilian reißt schockiert die Augen auf. „Bist du irre?! Wir sind in der Unterzahl.“

„Wir lassen es wie einen Unfall aussehen und uns kann niemand etwas nachweisen.“ Ich reibe genüsslich meinen Bart und stelle mir vor, wie eine Autobombe die beiden in den Tod reißen wird. „Wir lassen die Russen in dem Glauben, dass wir mit ihnen Geschäfte machen wollen und niemand wird uns für die Tatverdächtigen halten, wenn ihnen etwas zustößt. Feinde werden die garantiert genug haben.“

Emilian wippt leicht nervös mit seinem Stuhl. „Mag sein, Lion, aber dann müssen wir vorher reinen Tisch machen. Von offizieller Seite müssen wir ein gutes Verhältnis zu ihnen haben, damit wir nicht in Verdacht geraten.“

„Dafür dürfte es mittlerweile zu spät sein.“ Zoés strenge Stimme lässt uns beide aufhorchen. Sie steht im Türrahmen und hält mit schnellen Schritten auf uns zu. „Entschuldigung, wenn ich die Herren störe, aber ich habe soeben einen Anruf von Mia erhalten.“

Sofort hebe ich eine Augenbraue und stehe von meinem Platz auf. „Was ist los, Zoé? Ich sehe Ihnen an, wenn etwas nicht stimmt“, frage ich besorgt.

„Alizée ist nach dem Einkaufen nicht mehr zurückgekehrt. Ihr Handy ist aus und lässt sich daher nicht orten. Mia hat die zuständigen Behörden informiert und eine Vermisstenanzeige aufgegeben.“

„Was?“, höre ich Emilian hinter mir, während ich Zoé nur versteinert ansehe. Ich kann nicht glauben, was sie da erzählt.

„Ihre Frau ist jetzt mit der Kleinen auf dem Weg hierher. Als Mia mich anrief, war sie bereits bei einem Zwischenstopp in Miami.“

„Okay“, antworte ich beinahe atemlos, als mir klar wird, dass wohl die Russen hinter der Sache stecken. Ich habe sie unterschätzt.

„Was machen wir jetzt, Lion?“, fragt Emilian und tritt neben mich.

„Die Boullards haben uns schon genug Ärger gemacht. Gerade ist ein wenig Ruhe eingekehrt, aber du musstest ja mit den Russen ankommen, Emilian!“, schimpfe ich und spüre, wie dabei immer mehr Wut in mir hochkocht.

Zoé nickt stumm und verschwindet aus dem Raum.

„Jetzt tu nicht so, als wäre das meine Schuld. Mia und Emma wird schon nichts passieren.“

„Machst du dir um deine Freundin gar keine Sorgen?“ Fassungslos starre ich ihn an, doch er reagiert teilnahmsloser, als ich gedacht hatte. „Ist das dein Ernst?“

„Lion, was erwartest du von mir? Sie ist meine Freundin, ja, aber letztendlich ist sie nur eine von ziemlich vielen Frauen, mit denen ich mein Bett geteilt habe. So eine richtig enge Beziehung ... Ich weiß nicht, ob ich dafür gemacht bin. Du siehst ja, dass es nur Ärger bringt.“

Entgeistert starre ich Emilian in die Augen. Dass er so abgebrüht ist, hätte ich nicht von ihm gedacht. Obwohl, wenn ich daran denke, wie kopflos er Alizée in Gefahr gebracht hat, indem er sie mit in diesen Club genommen und mit Dimitri allein gelassen hat ... Nach dieser Aussage wundert mich gar nichts mehr. Emilian ist mein Freund, aber gerade kotzt er mich einfach nur an.

Ich gehe einen Schritt auf ihn zu und baue mich bedrohlich vor ihm auf. „Geh. Mir. Aus. Den. Augen.“

„Aber, Lion, das ist doch lächerlich“, versucht er meine Wut herunterzureden und lächelt verunsichert.

„Raus!“, brülle ich so laut, dass ich mich selbst kurz erschrecke.

Emilians pikierter Gesichtsausdruck sagt mehr als tausend Worte. Er erinnert sich wahrscheinlich gerade an die Situation, in der ich ihn in den Kerker habe sperren lassen, weil er sich mir widersetzt hat. Und ich würde es wieder tun, um ihn und uns vor ihm zu schützten – weil er mein Freund ist. „Wie du willst“, murrt er und wandert schlaksigen Schrittes aus dem Raum.

Als hinter ihm die Tür ins Schloss gleitet, lasse ich mich auf meinen Stuhl fallen und vergrabe mein Gesicht in den Händen. O *Emilian, wo hast du uns da nur reingeritten? Ich hätte dich niemals meinen Posten übernehmen lassen dürfen. Du hast uns alle in Gefahr gebracht und scherst dich einen Dreck darum, was mit deiner Freundin passiert, während Mia umkommt vor Sorge. Vorhin dachte ich noch, wir könnten die Sache mit den Russen in den Griff kriegen und auf unsere Weise regeln. Doch jetzt nicht mehr. Fuck. Jetzt nicht mehr.*

15. KAPITEL

ALIZÉE

Es ist eisig kalt, als ich zu mir komme. Dieses Betäubungsding scheinen meine Entführer wirklich auszukosten. Als hätte ich mich gefesselt wehren können, nur weil ich bei Bewusstsein bin. Ich will mir eine Strähne wegstreichen, die mir furchtbar auf dem Nasenrücken juckt und mich aufrichten, doch ich stoße auf Widerstand. Blinzelnd vertreibe ich den Dunst aus meinem Hirn und stelle mit Schrecken fest, dass man mich auf einer Liege an Armen und Beinen fixiert hat. Breite Gurte sind eng um meine Fuß- und Handgelenke gezurrt und lassen keinen Spielraum. Panisch sehe ich mich um.

Über mir befindet sich eine massive Betondecke, auf der rechten Seite eine Holztür, deren beige Farbe stellenweise abblättert. Links von mir ist ein Fenster, dessen grau-verschmutze Jalousien heruntergefallen sind und nach oben einen handbreiten Spalt Licht in den Raum lassen. Daneben steht ein Wandschrank ohne Türen. Er ist leer und die marode anmutende Heizung unter dem Fenster scheint entweder nicht mehr zu funktionieren, oder sie ist abgeschaltet. Der Boden hat ein Schachmuster mit weinroten und beigen Fliesen und ist ziemlich dreckig. Der Staub türmt sich in den

Ecken und neben der dreckigen Luft atme ich einen Mix aus Desinfektionsmittel, Qualm und Fäulnis ein. Ich komme mir vor wie in einem der vielen Lost Places, die ich bisher nur von Internetvideos oder Horrorfilmen kannte und vor denen ich mich gewaltig gegruselt habe.

O Gott, wo bin ich hier?

Ich muss an meine Eltern denken. An meinen Vater, der während der Messe seine große Kreuzkette hebt und küsst. Kirchenmusik erklingt in meinem Kopf und wird plötzlich vom Türglöckchen des Feinkostladens meiner Mutter abgelöst. Das Bild meines Vaters und der Kirche verschwimmt und das Bild meiner Mama erscheint. Sie steht hinter der Theke ihres Ladens, rollt französische Spezialitäten in Packpapier ein und kassiert mit der schnuckeligen, alten Vintage-Kasse ab. Dann erscheint mir Emilian bei unserem allerersten Kuss. Diese Bilder sausen wie ein Schnellzug durch meinen Kopf. Wie der berühmte Film, der sich im Geiste abspielt, bevor man stirbt. *Verdammt!*

Ich bin kurz davor einer Panik zu verfallen, als ich mich besinne und meiner Gefühle wieder Herrin werde. Mit geballten Fäusten flüstere ich: „Nein, ich werde nicht sterben", weil alles in mir nach Leben schreit. *Ich werde nicht sterben! Nicht hier. Nicht heute. Und auch, wenn ich nicht so gläubig wie meine Eltern bin, weiß ich, dass Gott das nicht zulassen wird.*

Hinter der maroden Holztür ist ein fernes Stöhnen zu hören. Ein markerfüllender, leidender Jammerlaut. Ich glaube, es ist die Stimme eines Mannes.

Als der Laut wieder verstummt, herrscht unheimliche Stille. Ab und zu höre ich das Holz der Tür arbeiten und die Jalousien wackeln, denn draußen scheint es sehr windig zu sein. Mir ist schlecht, ich habe Hunger und bibbere vor Kälte, denn nur ein weißer Schlafanzug aus dünner Baumwolle und kratzige Socken bedecken meinen Körper. Ich habe nicht einmal eine Decke. Meine Kleidung scheint zwar frisch gewaschen, aber ich will sie dennoch nicht auf meiner Haut tragen, denn sie gehört zu dem schrecklichen Ort, an dem ich nicht eine Sekunde länger ausharren will.

Ich zucke zusammen, als sich dumpfe Schritte nähern. Es klingt, als würde eine schwere Person das Bein hinter sich her schleifen.

Die Tür öffnet sich mit einem Quietschen und ein korpulenter Mann mit weißem Kittel, OP-Maske und Barett-Haube tritt ein. Er humpelt leicht und scheint älter zu sein, was die grauen Haare verraten, die seitlich unter seiner Haube herausragen. Er trägt eine Brille mit dickem Glas, die seine Augen übermäßig groß erscheinen lassen. Offenbar sieht er nicht mehr sehr gut, doch er wirkt gruselig.

Bei diesem Anblick gefriert mir das Blut in den Adern und mein Herz rast wie das eines aufgescheuchten Rehs.

Der Mann tritt an mich heran und sieht mit zusammengekniffenen Augen auf mich herab. Dann legt er zwei Finger an meinen Hals, hebt den anderen Arm und sieht auf eine Uhr, die er um das Handgelenk trägt. Eine goldene Uhr. Groß und breit. Ein wenig untypisch für einen Arzt. *Eher ein Klischeeobjekt der Maf... Scheiße.* Das Ding hier, in dem ich mich befinde, muss zu den Leuten gehören, denen ich mein Verschwinden überhaupt zu verdanken habe. Ich tippe auf Dimitri und sein Gefolge. Während der Mann den Sekundenzeiger seiner Uhr im Auge behält, überschlägt sich mein Herz fast vor Panik, was der Arzt mit einem Kopfschütteln quittiert und schließlich von meinem Hals ablässt. Dann greift er in seinen Kittel und holt erst ein Fläschchen und dann eine Spritze heraus.

„Nein! Nein!", schreie ich panisch und zerre an den Gurten.

„Ne shumet!", brummt er mit kratziger Kehle. Unvermittelt kneift er die Augen bedrohlich zusammen und zieht die Spritze auf.

Ich winde mich und schreie nach Leibeskräften.

Der Arzt sprüht mir etwas Kaltes aus einer Sprühflasche auf den Arm. Ich zittere wie ein Junkie auf kaltem Entzug, als er mir kurz darauf eine Nadel unter die Haut schiebt. Mich überrennt ein warmes Kribbeln, das sich rasch in meinem Körper ausbreitet und eine lähmende Stille in mir auslöst. Ich bin nicht mehr in der Lage, mich zu bewegen oder zu schreien. Ich bin wie ausgeschaltet. Meine Lider werden schwerer und das Gesicht des Arztes vor meinen Augen verschwimmt. *Ich will nicht wegtreten. Wer weiß, was der Typ mit mir macht? Ich will nach Hause, zu Emilian, meinen Eltern, Mi...a, Em...ma ...*

16. KAPITEL

ALIZÉE

Es ist hell, als ich am Arm gerüttelt werde und durch meine langen Wimpern linse. Eine dunkle Gestalt steht neben mir, bei deren Anblick ich kräftig zusammenzucke.

Die Person, die ich leicht verschwommen wahrnehme, trägt ein dunkles Gewand und hält ein Holzkreuz mit einem Anhänger über meinen Kopf. *Papa?*

Russische Worte, die sich wie ein Gebet anhören, verlassen ihren Mund, sie hebt einen Krug und spritzt etwas Nasses auf mich. *Weihwasser?*

„Was soll das?", murmele ich immer noch leicht müde, doch die Gestalt, die ich inzwischen klar als Priester ausmachen kann, ignoriert mich.

Er macht einen Schritt zurück, während ein Pfleger an mein Bett kommt, mich bedauernswert ansieht und ein weißes Laken über mich wirft.

„Hallo?", rufe ich panisch, als mein Sichtfeld unter weißem Stoff verschwindet. „Ich bin nicht tot! Hallo?"

Mein Bett bewegt sich. Leise quietschende Rollen unter mir setzen sich in Bewegung und ich kann nicht einmal erkennen, wohin ich gebracht werde. Um mich herum ist es ziemlich still. Nur das Rollen ist zu hören, welches je nach Raumgröße mal leiser und mal lauter klingt. Was sind das für kranke Psychospielchen? Der Priester und der Pfleger haben doch gesehen, dass ich noch lebe. Oder bilde ich mir das nur ein?

Panisch blicke ich an meinen Armen hinab und zerre an den Gurten, die sie am Bett fixieren. „Hallo?! Ich lebe! Nehmt sofort dieses Ding von mir und lasst mich los!"

Auf mein Geschrei folgt keine Reaktion. Das Bett wird immer weiter geschoben und ich glaube, wir fahren zwei Stationen mit dem Aufzug. Das Beklemmungsgefühl in meiner Brust nimmt zu, als es nach dem Aufzug über einen dunklen Flur geht.

Die Fahrt endet in einem Raum, in dem es ziemlich eigenwillig riecht.

Zwei Männer unterhalten sich auf Russisch, als wäre ich nicht da, während ich panisch unter dem weißen Laken zapple und um mein Leben schreie. „Ihr kranken Schweine! Macht mich sofort los!"

Plötzlich lachen die Männer. Machen die sich etwa über mich lustig?

Hinter meinem Kopf ertönt ein Quietschen wie beim Öffnen einer Tür, doch wie eine solche klingt es nicht. Kalte Luft strömt unter mein Laken. Unter mir klappt etwas ein und ich werde ein Stück geschoben. Dann ein Türschließen, gefolgt von Stille. Totenstille und Eiseskälte.

„Hallo?!" Meine Stimme hört sich dumpf an. Ich muss in einem kleinen Raum sein. In einem Raum, der kalt ist, nach Desinfektionsmittel und penetrant süßlich riecht. *Scheiße! Ist es etwa das, was ich befürchte? Ein Leichenkeller oder so? O Gott! Bitte nicht!*

Es gelingt mir, das Tuch von meinem Kopf zu strampeln. Über mir befindet sich eine Stahldecke. Hinter meinem Kopf ist eine Wand und hinter meinen Füßen, sowie rechts und links neben meinem Körper. „Nein! Nein! Nein!"

Stundenlang brülle ich mir die Seele aus dem Leib, doch sie wird von dem kleinen Raum einfach verschluckt. Ich zittere am ganzen Körper und kämpfe gleichzeitig gegen die Panik und den Würgereiz an, den der Leichengeruch bei mir verursacht. Der Gedanke, dass ich hier möglicherweise nicht allein liege und mich nur eine Metallwand von Leichen trennt, bereitet mir Todesangst. *Ich werde erfrieren und sterben, elendig und allein!* Tränen laufen in Strömen über meine Wangen, während sich Gefühle von Wut und Ohnmacht in mir abwechseln.

Plötzlich höre ich Stimmen und die Tür zu meinen Füßen wird aufgerissen.

Der Arzt, den ich vor ein paar Tagen auf meinem Zimmer gesehen habe, steht hinter meinen Füßen und zieht die Bahre, auf der ich liege, zu sich nach draußen. Das Fahrgestell unter mir klappt sich automatisch auf.

Das helle Licht der Neonröhren blendet mich. Instinktiv kneife ich die Augen zusammen. Als ich sie wieder öffne, entdecke ich das Gesicht des Arztes mit den dicken Brillengläsern direkt über meinem Gesicht.

„Izvinite. Pardon", sagt er und dreht seinen Kopf zur Seite.

Neben ihm steht der Pfleger, der mich hierhergebracht hat.

„Ty idiot!", schimpft der Arzt mit einem finsteren Blick in seine Richtung.

Ich verstehe das alles nicht. War das ein Versehen? Doch nicht im Ernst, oder? Immer noch am ganzen Körper zitternd, kann ich nichts anderes tun, als den Arzt anzustarren.

Dieser tritt hinter meinen Kopf und schiebt das Bett aus dem Raum.

Es geht wieder über den dunklen Flur zum Aufzug.

„Was sollte das?! Warum tun Sie mir das an?", wimmere ich.

Der Arzt sieht mich nicht an, murmelt aber leise das Wort „Verwechslung" in gebrochenem Englisch.

„Sie haben mich mit einer Leiche verwechselt? Ich habe mich lautstark bemerkbar gemacht! Als ob das niemandem aufgefallen ist. Wen wollen Sie hier eigentlich verarschen?!", brülle ich entsetzt.

„Mund halten! Oder es geht zurück", zischt der Arzt drohend und schiebt mich in den Aufzug. Er drückt einen Knopf und sieht auf seine goldene Uhr.

Diese Mistkerle! Das war kein Versehen. Das war pure Absicht, um mich mürbe und gefügig zu machen. Aber nicht mit mir! Ich werde diese Bastarde erst einmal in dem Glauben lassen, dass sie Erfolg hatten. Und wenn ich einen Plan habe, wie ich von hier entkommen kann, werde ich sie austricksen und im Überraschungsmoment abhauen.

Fünf Minuten später bin ich wieder in „meinem Zimmer".

Der Arzt schiebt mich an die Stelle, wo mein Krankenbett zuvor gestanden hat und verschwindet, ohne ein Wort zu sagen. Irritiert und immer noch an Händen und Füßen fixiert starre ich an die Zimmerdecke. *Was war das bitte? Ein Albtraum in diesem Albtraum.*

Stunden später sehe ich die Sonne durch den kleinen Spalt der Jalousien untergehen. Zu Essen gebracht hat man mir nichts. Ich bin fix und fertig, doch ich werde nicht aufgeben.

17. KAPITEL

ARTJON

Russland
Einige Wochen später

Große Anspannung begleitet mich, als ich über den Flur der Klinik trete. Die ersten Wochen habe ich mich vor Ort oder per Telefon nach Alizée erkundigt. Irgendetwas in mir sah sich außerstande, ihr gegenüberzutreten. Von Dr. Jakowlew weiß ich, dass sie sehr abgenommen hat, da sie das Essen verweigert und über die Vene ernährt werden musste. In den ersten Tagen hat sie noch gesprochen, sich gewehrt, doch seit einer Woche ist ihr Zustand kritisch. Sie spricht mit niemandem und soll völlig geistesabwesend sein. Ich muss nach ihr sehen, denn wenn sich ihr Zustand nicht bessert, wird Dimitri ziemlich ungehalten sein. Halb tot ist sie nichts wert und die letzten Wochen wären umsonst gewesen. Keine Basis für Verhandlungen mit den Les Rois Noirs.

Nicht nur Dimitris Auftrag, sondern auch mein schlechtes Gewissen, das sich seit Ewigkeiten nicht bei mir gemeldet hat, treibt mich bis vor die Tür ihres Einzelzimmers. In der einen Hand halte ich eine Tüte mit ihren persönlichen Sachen, in der anderen etwas zu Essen. Etwas Richtiges. Ihre Kleidung habe ich von der

Klinik nach ihrer Ankunft mitgenommen. Eigentlich hätte ich sie entsorgen sollen, habe es aber aus unerklärbaren Gründen nicht über mich gebracht. Ich stelle die Tüte zwischen meinen Beinen ab und klopfe an die Tür. Obwohl ich keine Antwort erwarte, gehe ich erst nach wenigen Sekunden rein.

Im Zimmer ist es dunkel und es riecht nach abgestandener Luft.

Alizée sitzt mit dem Rücken zu mir in einem Rollstuhl und scheint aus dem Fenster zu starren, das durch die heruntergefallenen Jalousien weder Frischluft, noch einen Ausblick bietet. Ihre dürren Arme liegen schlaff auf der Lehne.

Mir ist, als würden mich zwanzig Ohrfeigen auf einmal treffen. Ein Kloß entsteht in meinem Hals und erschwert mir für einen kurzen Augenblick das Atmen. Ich schlucke hart und trete an Alizée heran.

Obwohl ihre Augen kurz zucken, erwidert sie meinen Blick nicht und starrt wie tot auf die Jalousien. Ihre Wangenknochen stehen leicht hervor. Doch ihr knöchernes und blasses Gesicht ist immer noch wunderschön. Was mich allerdings mehr erschreckt, als ihr abgemagerter Körper, sind ihre ausdruckslosen Augen.

Verdammt. Ihr Zustand ist noch schlimmer, als ich angenommen hatte. Ich hocke mich vor sie, sodass ich genau in ihrem Sichtfeld stehe, aber sie scheint durch mich hindurchzusehen. „Alizée?" Wartend und zunehmend nervös starre ich sie an. „Alizée, ich bin es: Artjon", sage ich und lege meine Hand auf ihrem Arm ab. Durch die dünne Haut sind bereits ihre Knochen zu spüren.

Erst als ich sie berühre, zucken ihre Augäpfel und sie gibt einen stöhnenden Laut von sich.

„Verdammt noch mal. Sie haben dich ja bis oben hin mit Medikamenten vollgepumpt. So war das nicht abgemacht! Diesen Jakowlew werde ich persönlich zur Strecke bringen", murmle ich in meiner Wut und packe die mitgebrachte Tüte aus. Vorsichtig ziehe ich Alizée das Oberteil ihres weißen Schlafanzuges aus und ziehe ihr die Bluse an, die sie am Tag ihrer Entführung getragen hat. Dann helfe ich ihr aus dem Rollstuhl und lege sie auf das Bett, um ihr die Krankenhaushose auszuziehen und sie mit ihrer Leggings zu bekleiden. Es ist das erste Mal seit dem Tod meiner Eltern, dass ich das Bedürfnis verspüre, mich um einen Menschen kümmern und ihn verteidigen zu wollen. „Bleib liegen. Ich gehe kurz zum Arzt. Bin gleich wieder da."

Wutentbrannt trete ich aus der Tür und steuere das kleine Büro von Dr. Jakowlew an. Ich schlage die Tür auf und platze unvermittelt in den Raum.

Der Doktor springt von seinem Schreibtisch auf und sieht mich erschrocken an. Noch bevor er etwas sagen kann, jage ich ihm die geballte Faust ins Gesicht und mache meiner Wut Luft.

„Ich habe gesagt, keine Medikamente! Und ich habe gesagt, ihr sollt mir genau berichten, wie es ihr geht! Genau! Was ist daran so schwer zu verstehen?", zische ich und blicke zornig auf den Arzt hinab, der hinter seinem Schreibtisch auf dem Boden kauert und sich die Nase hält. Blut läuft unter Jakowlews Hand hervor, während er schmerzverzerrte Laute von sich gibt.

„Das war erst der Anfang, Jakowlew! Prioritätsstufe eins, habe ich gesagt! *Eins!*" Ich bücke mich, ziehe den elenden Hund am Hemdkragen hoch und presse ihn gegen die Wand. „Die Kleine ist völlig am Ende. Sieht so etwa Prioritätsstufe eins aus?"

Seine Augäpfel zucken wild und er verfällt in Schnappatmung.

„Du weißt, was ich jetzt mit dir mache?", knurre ich.

Das darauffolgende Wimmern des Arztes geht mir so auf den Nerv, dass ich ihn mit einem zweiten Schlag zum Schweigen bringe. Um den Rest werden sich meine Männer kümmern. Voller Abscheu blicke ich auf den bewusstlosen Arzt, der wie ein nasser Sack auf den Boden liegt, und ziehe mein Handy aus der Tasche. Ich weise Anatolij an, sofort einen neuen Arzt einzustellen und herzuschicken und mir dieses Stück Scheiße vom Leib zu schaffen. Nach einer knappen Absprache lege ich auf und eile in Alizées Zimmer zurück. Sie liegt auf ihrem Krankenbett und scheint sich keinen Millimeter bewegt zu haben.

Besorgt beuge ich mich über sie und spüre den Beschützer in mir, der langsam aus seinem jahrelangen Winterschlaf erwacht. „Du bekommst ein neues Zimmer und einen neuen Arzt."

Ich meine, ein kurzes Zucken ihres Mundwinkels zu sehen, doch sie spricht kein Wort. Allerdings liegt nun etwas Klares in ihrem Blick. Offensichtlich habe ich gerade ihre volle Aufmerksamkeit.

„Wir kriegen dich schon wieder hin. So sollte das nicht laufen." Das Mitgefühl, das die Worte begleitet, ist mir so fremd, dass ich mich selbst kurz nicht erkenne.

Alizées Lippen bewegen sich.

Ich halte mein Ohr an ihren Mund, um die Worte besser hören zu können.

Es sind drei kleine Worte. Drei, die in Kombination mit ihrem flehenden Blick alles, was ich jemals an Gefühlen verspürt und unterdrückt habe, aufwirbeln, und in reines Chaos stürzen.

„Bitte hilf mir.

18. KAPITEL

LION

Über ein Monat ist vergangen und hat sich als Suche nach der Nadel im Heuhaufen gestaltet. Über einen Mittelsmann haben wir versucht herauszufinden, ob die Boullards oder die Russen für die Entführung infrage kommen. Schließlich fallen beide ins Raster unserer Erzfeinde. Allerdings ohne Ergebnis. Auch die Polizei tappt im Dunklen.

Dimitri und Artjon sind für uns nicht zu sprechen. Jedes Mal wenn wir sie kontaktieren wollen, sind sie auf Geschäftsreise. Auch unser Aufschlagen vor Ort hat uns nichts gebracht. Dimitri und Artjon waren nicht da. Einerseits bin ich froh, dass sie sich zurückgezogen haben und keinen Deal mit uns abwickeln wollen, andererseits bereitet mir dieser Rückzug Bauchschmerzen. Irgendetwas stimmt nicht. Und daran ist nicht nur unser letztes Zusammentreffen Schuld. Irgendetwas muss im Gange sein, von dem wir nichts ahnen. Noch nicht.

Zusammen mit Mia, Emilian und Monsieur Cartier sitzen wir im Konferenzraum und besprechen das weitere Vorgehen.

Cartier ist einer der besten Detektive Südfrankreichs. Wenn jemand Alizée finden kann, dann er und sein

Team. Der schmale Cartier, der höchstens zehn Jahre älter ist als ich, reibt über seinen weißen Oberlippenbart, während er sich auf einem Block Notizen macht. Der Hut, den er vorhin auf dem Kopf getragen hat, liegt neben ihm auf dem Tisch. Es fehlt nur ein Monokel, dann sähe er in seinem Anzug aus wie ein Herr der gehobenen Gesellschaft der zwanziger Jahre.

Mias Blick ist starr auf ihn gerichtet, als er schreibt. Sie hat tränenunterlaufene Augen und ich erinnere mich nicht, wann ich sie das letzte Mal habe lachen sehen. Ich kann es nicht länger ertragen, ihre große Trauer um Alizée mit anzuschauen. Schließlich ist es das zweite Mal, dass sie ihre schwesterliche Freundin verloren zu haben scheint. Da greife ich gern tief in die Tasche, denn Cartiers Stundensatz liegt im dreistelligen Bereich.

Dass Emilian das alles relativ nüchtern betrachtet, macht mich stutzig. Zwar weiß ich, dass er seine Beziehungen zu Frauen bislang eher oberflächlich betrieben hat, aber was Alizée betrifft, hatte ich den Eindruck, dass er es ernst meint. Zumindest anfangs.

„Entschuldigung, wenn ich das so direkt frage", wendet Cartier sich an Emilian, „aber Sie wirken während unseres Gespräches so unbekümmert. Wie kommt das?"

Das ist mein Mann! Ich hatte gehofft, dass er genauso hellhörig wird wie ich. Über die Bemerkung leicht amüsiert blicke ich von Cartier zu Emilian.

Verdutzt sieht Emilian zu ihm hinüber. Seine Augen zucken kurz, bevor sie sich unter den zusammengezogenen Augenbrauen verfinstern. „Ich soll unbekümmert wirken?", fragt er mit leicht aggressivem Unterton und rückt mit dem Stuhl ein Stück zurück, als würde er jeden Augenblick aufstehen und auf den Detektiv losgehen wollen. „Alizée ist meine Freundin, ja. Aber wir sind nicht verheiratet!"

„Meine Frage sollte Sie nicht beleidigen. Aber auch um seine Freundin kann man sich Sorgen machen, wie Sie an Monsieur Laurent und seiner Frau sehen."

Emilians Wangenknochen arbeiten und er stößt laut Luft zwischen den Zähnen aus. „Die kennen sich auch schon länger. Alizée und ich nicht. Natürlich ist die Bindung da nicht so eng. Außerdem ..." Er strafft die Schultern und rümpft arrogant die Nase. „Außerdem bin ich Geschäftsmann. In unserem Business haben Emotionen nichts verloren."

Ich spüre Mias Hand, die von der Tischplatte verdeckt auf meinem Oberschenkel liegt, zittern. Verdrossen sehe ich zu ihr.

Sie presst die Lippen aufeinander, als würde sie sich verbieten, loszuschimpfen. Als Emilian jedoch kurz darauf ein gerissenes Grinsen an den Detektiv schickt, springt sie von ihrem Stuhl auf, stürmt auf Emilian zu, der am anderen Tischende sitzt und knallt ihm eine. „Du bist so ein gefühlskaltes Arschloch, Emilian! Dir geht es nur ums Geschäft! Wer weiß, vielleicht steckst du hinter alledem!"

„Wie bitte?!", brüllt er pikiert, springt auf und baut sich vor meiner Frau auf. „Was hast du gesagt?" Unter einem böse-funkelnden Blick schiebt er drohend die Ärmel seines Hemdes hoch.

Sofort sprinte ich los, dränge Mia zur Seite und stelle mich schützend vor sie.

„Ich wette, du hast den Russen mehr Informationen gegeben, als du uns wissen lässt! Nur Lion, Zoé und du wusstet, wo wir leben! Zoé würde uns niemals verraten. Was hätte sie auch für Absichten? Aber du! Ja, du bist doch schon seit Lions Amtsantritt sauer, dass Mario dich nicht zum Boss ernannt hat!“

„Du blödes Miststück! Das stimmt nicht!“, zischt er und spuckt mir dabei ungewollt auf das Jackett.

„Hey, hey! Jetzt kommen wir alle wieder runter, ja?“, versuche ich die beiden zu beschwichtigen. „Das nützt keinem was.“

„Emilian hat gequatscht! Ich bin mir sicher, dass es so war! Er hat uns nicht das erste Mal in Gefahr gebracht. Ich sage nur: Sinners!“, schreit Mia wutentbrannt.

„Das war etwas völlig anderes, Mia!“ Emilian atmet hektisch, seine Augen sind verkniffen und Schweißperlen haben sich auf seiner Stirn gebildet.

„Solange du die Gefahr für Lion und mich aufrechterhalten kannst und wir uns verstecken müssen, bist du im Clan an der Macht. Das ist genau das, was du wolltest! Und damit das so bleibt, hast du Alizée den Russen ausgeliefert, um uns einzuschüchtern!“

„Nein!“, brüllt er aus tiefster Kehle. „Ich habe niemandem etwas über Auckland gesagt. Die einzige Person, mit der ich darüber gesprochen habe, war Zoé!“

„Zufällig hier im Konferenzraum?“, fragt Cartier, der unter dem Tisch am anderen Ende hervorkommt und etwas in der Hand hält.

„Ja. Wieso?“, fragt Emilian und wird ruhig.

„Weil jemand den Raum verwanzt hat! Hier, schauen Sie mal.“ Cartier hält auf uns zu und drückt mir die Wanze in die Hand. „Das ist garantiert nicht die Einzige hier im Schloss. Ich habe sie gerade entdeckt, als mir der Stift unter den Tisch gefallen ist."

Sofort reiße ich die Augen auf und halte mir den Zeigefinger vor den Mund.

„Sie können sprechen. Ich bin draufgetreten. Sie dürfte nicht mehr funktionieren", beruhigt mich Cartier.

„Verdammt", stoße ich verärgert aus. „Dann käme im Prinzip jeder unserer Geschäftspartner infrage, der sich hier aufgehalten hat."

„Seht ihr! Ich war das nicht! Ihr habt mich völlig umsonst beschuldigt", stellt Emilian beleidigt fest. Dann wendet er sich an Mia. „Hör mal, Alizée ist wirklich eine tolle Frau. Aber ich kann einfach nicht lieben. Das heißt jedoch nicht, dass ich mir keine Sorgen mache."

Mia nickt stumm. Offensichtlich ist sie ziemlich schockiert darüber, dass uns die ganze Zeit über jemand ausspioniert hat.

Mir geht es genauso. Doch wer zum Teufel steckt dahinter? „Können Sie den Kontakt zurückverfolgen?", frage ich den Detektiv und lege den Arm um meine Frau.

„Wenn wir noch eine intakte Wanze finden, vielleicht."

„Okay. Dann lasst uns mal anfangen zu suchen", weise ich alle an und hocke mich unter den Tisch. Ganz versteckt zwischen dem Verbindungsholz der beiden Tischplatten entdecke ich eine weitere Wanze. Sofort krampft sich mein Magen zusammen. Es macht mich furchtbar wütend, dass jemand denkt, er könnte uns auf eine so miese Art aufs Kreuz legen. Eines steht jedoch für mich fest: Emilian war das nicht. Er will vielleicht meinen Posten, aber nicht zu dem Preis, die Les Rois Noirs zu zerstören.

127

19. KAPITEL

ALIZÉE

Artjon hat das Versprechen gehalten, das er mir gegeben hat. Bereits zwei Wochen bewohne ich ein sauberes Zimmer im ersten Stock. Mit Heizung, Tageslicht und Essen, das mir endlich ein wenig zusagt. Er kommt mich jeden zweiten Tag besuchen und ist der einzige Mensch, der seit Wochen mit mir gesprochen hat. Durch die viele Aufmerksamkeit gibt er mir das Gefühl, zu ihm zu gehören. Allerdings gehen seine Besuche und die Art und Weise, wie und das er sich persönlich um mich kümmert, über alles hinaus, das ich in dieser Situation als natürlich bezeichnen würde. Schließlich arbeiten hier genug Menschen, die das für ihn übernehmen könnten. Warum also tut er das?

Durch die vielen Medikamente weiß ich nicht mehr, wie lange ich inzwischen hier bin. Es ist viel von meinem alten Leben aus meinen Erinnerungen verschwunden, weil ich damit beschäftigt bin, im Hier und Jetzt zu leben. Das neue Zimmer schenkt mir Hoffnung und neuen Mut, das Vergangene zu verarbeiten. Das, was man mir angetan hat, habe ich Dimitri zu verdanken. Das habe ich von einer der italienisch sprechenden Putzfrauen mitbekommen. Italienisch und Französisch sind sich in vielen Worten ähnlich. Somit weiß ich mehr, als ich sollte. Das Artjon etwas mit den Misshandlungen und der menschenunwürdigen Unterkunft zu tun hat, glaube ich nicht. Dafür war er zu aufgewühlt, als er mich das erste Mal hier besucht hat. Trotzdem hasse ich ihn, weil er zu Dimitri gehört. Und ich hasse Emilian, weil er mich nicht beschützt hat. Wegen ihm und seiner ständigen Gier nach mehr sind die Russen überhaupt erst in unsere Leben geraten. Durch alles Schlechte, das ich in den letzten Wochen erlebt habe, bin ich beinahe so ein mürrischer Menschenhasser geworden wie Artjon. Inzwischen verstehe ich ihn.

Meine Arme sind mittlerweile nicht mehr ganz so dünn. Ich habe mich recht schnell erholt und Artjon sagt, dass ich mich irgendwann an alles erinnern kann, was zuvor in meinem Leben passiert ist. Wir reden kaum, denn ich weiß, durch wen ich hierhergekommen bin und zu wem ich zuvor gehört habe. Doch ich lasse Artjon in dem Glauben, dieser Erinnerungen beraubt worden zu sein. Was mich allerdings wirklich fertig macht, ist, dass ich nicht mehr weiß, wie meine Eltern aussehen. Das ist eine der wenigen Erinnerungslücken, die ich habe.

„Wollen wir ein wenig an die frische Luft?", fragt Artjon und nimmt meine Jacke von der kleinen Garderobe.

Ich beantworte seine Frage mit einem Nicken, denn die Krankenhausluft ist fürchterlich. Auch wenn es hier bei Weitem nicht so schlimm riecht wie in meinem alten Zimmer. Schwerfällig hieve ich mich aus dem Rollstuhl und steige mit den Armen in die Jacke, die Artjon mir aufhält. Mit jedem Gramm, das ich zunehme, kehren meine Kräfte zurück. Mit dem Finger weise ich auf die Krücken.

„Bist du sicher? Der Rollstuhl wäre angenehmer. So stark bist du noch nicht."

Ich bin stärker, als du denkst. Augenrollend stoße ich laut Luft aus und hüpfe zu den Krücken, die an der Wand neben mir lehnen.

„Na schön. Aber dann gehen wir nur eine kleine Runde."

Ich weiß gar nicht, warum Artjon sich die Mühe macht, überhaupt mit mir rauszugehen. Das könnte schließlich auch jemand vom Krankenhauspersonal übernehmen. Vermutlich gab es wegen meines Zustands ganz schön Ärger und Artjon ist deswegen so fürsorglich. Ich werde wohl noch gebraucht. Vielleicht, um die Les Rois Noirs zu erpressen? Mir fehlen zwar ein paar Erinnerungen, aber verblödet bin ich nicht.

Artjon hat mich seit meinem Zimmerwechsel jeden zweiten Tag besucht. Miteinander gesprochen haben wir nicht. Das heißt, er hat mit mir geredet, aber ich habe meinen Stolz nicht überwinden können und eisern geschwiegen. Manchmal hat er mir aus einem Buch vorgelesen, das er mitgebracht hat. Artjon ist mir ein Rätsel. Ein unlösbares. Doch scheinbar eines mit menschlichen Zügen.

Er geht neben mir, als wir auf den Fahrstuhl zusteuern. Der funktioniert wenigstens. In dem Komplex, in dem ich zuvor untergebracht war, war alles baufällig und kaputt.

Wir treten in den Lift.

Artjon drückt die Taste für das Erdgeschoss und dreht sich anschließend zu mir. „Weißt du, was ich glaube, A-lizée?"

Angespannt atme ich ein, denn ich will nichts von dem wissen, was in seinem kranken Kopf vor sich geht. Auch, wenn er sich nun von der netten Seite zeigt, bleibt er für mich der eiskalte Mafioso, dessen Boss mich hier fast hätte sterben lassen. Ich rümpfe die Nase und lasse ihn durch meine hochgezogenen Augenbrauen wissen, dass ich auf seine Antwort warte.

Artjon lehnt sich an die Wand und spielt mit dem kleinen Siegelring an seinem Finger. Ich erinnere mich daran, dass auch Emilian so einen Ring getragen hat. Doch bei Artjon wirkt das Ganze nicht so aufgesetzt. „Ich glaube, du sprichst extra nicht mit mir, dabei bist du absolut in der Lage dazu."

Wütend darüber, dass er mich eiskalt erwischt hat, kräusle ich den Mund und wende den Blick ab.

„Du kannst mir nichts vormachen, kleine Französin." Aus dem Augenwinkel heraus sehe ich, dass er mich anstarrt.

„Komm schon. Gib es zu, Alizée." Die Art und Weise, wie er meinen Namen ausspricht, löst ein Prickeln zwischen meinen Beinen aus. Sofort verfluche ich mich dafür und umfasse die Krücken noch fester. Dieser Mistkerl macht mich wütend.

Schließlich drehe ich den Kopf in seine Richtung und werfe ihm einen bitterbösen Blick zu. „Fick dich, Artjon." Das sind die ersten Worte, die ich seit seinem Versprechen an ihn richte.

Überrascht zieht er eine Augenbraue nach oben und sieht mich interessiert an. „Was war das denn? Habe ich da etwa einen Satz aus deinem Mund gehört?"

Ich stoße ein beleidigtes „Pfff" aus und drehe mich von ihm weg.

Er packt mich sanft am Arm und zieht mich herum, sodass ich ihm in die Augen sehen muss. „Wiederholst du das für mich?", fragt er mit einem amüsierten Grinsen auf den Lippen.

Meine Augen wandern von seinem Mund wieder hinauf zu seinen blauen Iriden, aus denen er mich klar und eindringlich ansieht. Er hat den scharfsinnigen Blick eines Falken.

Als ich nicht antworte, umfasst er mein Kinn.

Ich kann seinen Arm nicht wegschlagen, weil ich sonst mit den Krücken wegknicke.

„Sag das noch mal", fordert er in einem strengen Befehlston, aus dem ein wenig Überraschung mitschwingt.

Ich schnaufe und werfe ihm einen verachtenden Blick zu. Der unwiderstehliche Duft, der von ihm ausgeht, dringt mir in die Nase. Unvermittelt schließe ich die Augen und sauge den verführerischen Geruch auf, der meine Mitte zum Beben bringt. Zum ersten Mal seit Wochen regt sich etwas in meiner inneren Gefühlswelt.

Verdammt! Ich will das nicht. Aber ich will ihn. Als ich die Augen erneut öffne, begegne ich seinem Blick.

Artjon kneift prüfend die Augenbrauen zusammen und scheint mich zu lesen. Dabei entsteht ein kleines Fältchen über seinem Nasenrücken. Er kommt einen Schritt auf mich zu, legt eine Hand auf meiner Schulter ab und drückt mich gegen die Wand des Fahrstuhls.

Das Knistern, das in der Luft liegt, scheint auch für ihn greifbar zu sein, denn seine Augen zucken merklich.

Mein Atem beschleunigt sich.

„Wiederhole, was du gesagt hast“, befiehlt er abermals und als ich immer noch nicht reagiere, drückt der den Stopp-Knopf des Aufzuges.

Scheiße. Was hat er vor? Nervös schlucke ich und starre auf Artjons Gesicht, das meinem bedrohlich nahekommt. Mir wird heiß und kalt gleichzeitig und ich wage nicht, mich zu bewegen.

Artjon hält inne, als nur noch eine Hand zwischen unsere Lippen passt.

Ich spüre seinen Atem, der stoßweise und heftig geht und obwohl ich mich sofort dafür verfluche, beiße ich mir auf die Unterlippe.

„Wiederhole, was du gesagt hast, Alizée“, raunt er, während seine freie Hand zwischen meine Schenkel wandert.

Ich erschauere, als er mich berührt, und erlebe ein Gefühlsfeuerwerk, das nach der wochenlangen Kälte, meine Sinne überflutet. „Ich sagte: Fick dich, Artjon“, antworte ich wispernd und hochkonzentriert, um aus dem Wort *dich* kein *mich* zu machen.

Artjon grinst zufrieden und weicht mit dem Kopf ein Stück zurück.

Meine innere Anspannung ist nicht mehr auszuhalten. Was macht dieser Mann mit mir? Er tut nichts und macht mich fertig. Ich lasse eine meiner Krücken fallen, greife ihm in den Nacken und ziehe ihn zu mir heran.

Artjon scheint überrascht, wehrt sich jedoch nicht. Er umfasst mit einer Hand meine Beine und hebt mich vor sich hoch, während ich meine Lippen auf seine lege. Dieser Mann ist wie ein Gott und schmeckt genauso, wie er riecht – himmlisch und böse zugleich. Ich hasse ihn und mich für das, was gerade passiert, doch ich kann nicht anders, als zuzulassen, dass unsere Zungen sich miteinander vereinen.

Wir küssen einander so wild, als ginge es um Leben und Tod. Ein unermüdlicher Kampf, der gerade erst begonnen hat und mir Kräfte zurückbringt, die längst verloren schienen. Ich glaube, auch er versteht nicht, was und warum das hier gerade passiert.

Kurz setzt er mich ab, um den Gürtel seiner Hose zu öffnen und mir meine herunterzuziehen. Schnell steige ich aus einem Hosenbein, als Artjon mich schon wieder vor sich hochhebt und ich meine Beine wie ein Äffchen um seine Hüfte klammere. Ich habe gar nicht mitbekommen, wann er sich das Kondom übergestreift hat und starre überrascht auf seinen prächtigen Schwanz, der mehr Kribbeln in mir auslöst, als ich aushalten kann. Unmittelbar recke ich ihm mein Becken entgegen.

Artjon küsst mich fordernd, dringt in mich ein und setzt meinen Körper damit völlig in Brand. Sein Schwanz füllt mich angenehm aus und lässt meine Mitte so heftig kontrahieren, dass ich mich zusammenreißen muss, nicht sofort zu kommen. Seine Stöße sind eine Qual und ein Genuss zugleich.

Es scheint, als kehrten meine alten Kräfte mit einem Mal zurück, denn so mit ihm vereint, fühle ich mich, wie mit neuem Leben gefüllt.

Ich keuche auf, als er mich immer härter vögelt und dabei stets auf mich zu achten scheint, um mir nur das zu geben, was ich aushalten kann.

Artjons Atmung beschleunigt sich und als ich meinen Orgasmus nicht mehr zurückhalten kann, spüre ich auch schon das kräftige Pulsieren seines Schwanzes in mir.

Wir kommen und keuchen im Gleichtakt.

Der Ausdruck in seinem Gesicht kann die Tatsache nicht verbergen, dass er mich aufs Tiefste begehrt und das – wie ich – zugleich absolut verabscheut.

20. KAPITEL

ARTJON

Scheiße! Wie konnte mir das nur passieren? Innerlich fluchend drücke ich die Stopptaste, woraufhin sich der Lift sofort wieder in Bewegung setzt.

Mit rotglühenden Wangen steht Alizée neben mir und versucht, sich mit einer Hand die Leggings anzuziehen. Allerdings gelingt ihr das wegen ihrer Krücken nicht gut.

Wortlos knie ich nieder und helfe ihr. Sie bedankt sich nur mit einem stummen Nicken.

Noch eine Sache, in der wir uns ähnlich sind. Wir sind stur und haben unseren Stolz.

Der Lift erreicht das Erdgeschoss und ich hoffe, dass niemand von dort einsteigt, denn hier riecht es unmissverständlich nach wildem Sex.

Das Glück ist nicht auf unserer Seite, denn als sich die Türen öffnen, stehen zwei Pfleger vor uns. Sie rümpfen die Nase und reißen die Augen auf, während sich ein breites Grinsen auf ihre Lippen legt.

Ich tausche einen knappen Blick mit Alizée. Zeitgleich geraten wir ins Schmunzeln, dass wir uns unter einem Räuspern sofort wieder verbieten.

„Warte", weise ich Alizée an, bevor wir nach draußen treten, und helfe ihr in ihre Jacke.

„Danke", antwortet sie knapp und ich sehe ihr an, wie verwirrt sie über die Sache im Lift ist.

„Alizée", setze ich zum Reden an, als wir nach draußen treten. „Wegen eben -"

„Artjon, lass es gut sein", unterbricht sie mich und geht samt Krücken durch den feinen Pulverschnee, obwohl der Fußgängerweg freigeschaufelt ist. „Du bist und bleibst ein Arschloch."

Grinsend nehme ich ihre Aussage zur Kenntnis. „Danke, das wusste ich schon. Aber was in dir steckt ... das hätte ich nicht gedacht", necke ich sie, woraufhin Alizée wieder errötet und böse das Gesicht verzieht.

Sie stellt ihre Krücken an einer Bank ab, die unvermittelt neben ihr steht und bückt sich.

Erst denke ich, dass sie Schmerzen hat, doch als mich ein riesiger Schneeball mitten im Gesicht trifft, wird mir klar, was sie vorhatte. Verdutzt sehe ich zu ihr herüber. Es haben schon Menschen auf mich geschossen oder Messer nach mir geworfen, aber einen Schneeball? Ich bin davon so überrascht, dass ich lachen muss.

„Wo sind denn deine Reflexe, Falke?", neckt sie mich und wirft einen zweiten Ball, der meinen Kopf nur knapp verfehlt. Sie wirkt ein wenig wie die taffe Alizée, die ich an der Seite des Croissant-Fressers kennengelernt habe.

Zu gern würde ich es ihr gleichtun und ihr ebenfalls einen Ball aus Schnee entgegenpfeffern, wie ich es zuletzt als Kind mit meinem Vater getan habe, doch das Klinikpersonal und auch die Kameras sind allgegenwärtig. Wenn Dimitri das erfährt, macht er mich nicht nur einen Kopf kürzer, sondern zwei. „Hör sofort auf damit!", knurre ich. „Wir werden beobachtet."

Alizées Lächeln erfriert. Sie lässt die Hand sinken, mit der sie gerade eine weitere Kugel nach mir werfen will.

Aus dem Augenwinkel entdecke ich Michail, der uns mit Argusaugen beobachtet. *Verdammt!* Schwerfällig seufze ich und verfluche mich für das, was ich jetzt tun muss. Ich hole aus und bestrafe Alizée mit einer leichten Ohrfeige für ihren Ungehorsam.

„Hast du sie noch alle?", flucht sie und hält sich die Wange. „Du bist doch total irre!"

Das lasse ich mir nicht bieten, erst recht nicht, weil wir beobachtet werden. Ich packe Alizée am platinblonden Schopf und reiße sie nieder.

Erschrocken starrt sie mich an.

„Hinten steht jemand, der uns in Dimitris Auftrag observiert. Willst du, dass er uns beide umbringt?", flüstere ich drohend.

„Nein", wispert sie ängstlich.

„Dann spiel mit!", zische ich und lasse sie los.

Alizée lässt sich extra in den Schnee fallen und fängt laut an zu wimmern. Eines muss ich ihr lassen – schauspielern kann sie.

Um noch einen draufzusetzen, trete ich nach ihr, halte jedoch inne, bevor ich sie treffe.

Reflexartig schreit sie auf und wirkt so überzeugend, dass ich mir für den Bruchteil einer Sekunde selbst nicht sicher bin, ob ich sie nicht doch erwischt habe.

Als ich mich umsehe, begegnen sich mein und Michails Blick. Er nickt mir zu und verschwindet kurz darauf um die Ecke.

Ich bücke mich zu Alizée herunter, ziehe sie hoch und werfe sie mir über die Schulter. Ihre Krücken nehme ich mit der anderen Hand und marschiere mit ihr in

Richtung Klinikeingang. „Genug für heute. Das war knapp.“

„Entschuldige“, sagt sie hörbar schuldbewusst und baumelt mit den Beinen.

„Kannst du das lassen? Ich glaube, du verstehst den Ernst der Lage nicht, kann das sein?“ Als ich sie kichern höre, gebe ich ihr einen sanften Klaps auf den Hintern.

„Doch. Ich verstehe den Ernst der Lage“, murrt sie schließlich und hört mit dem Baumeln ihrer Beine auf.

Ich trage sie auf ihr Zimmer zurück und setze sie auf ihrem Bett ab. „Ich muss jetzt los.“

„Kommst du übermorgen wieder?“, fragt sie und öffnet den Reißverschluss ihrer Jacke.

Am liebsten ja. Aber das geht nicht. Wir haben heute einen Punkt überschritten – was nicht hätte passieren dürfen. Also bleibt mir nichts anderes übrig, als sie zurückzuweisen. „Mal sehen. Ich habe geschäftlich noch einiges zu erledigen.“

„Ach, so läuft das. Jetzt hattest du ja, was du wolltest“, entgegnet sie patzig und streicht sich eine Haarsträhne hinter das Ohr.

„Du wolltest es auch. Also komm mir nicht so“, brumme ich und gehe in Richtung Tür.

Mit beleidigter Miene und vor der Brust verschränkten Armen sitzt Alizée auf ihrem Bett und starrt mich an.

„Was?“, gehe ich sie an. „Es gibt keinen Abschiedskuss.“

„Den wollte ich auch gar nicht!“

„Gut!“, stelle ich beruhigt fest.

„Gut", zitiert sie mich. „Dann geh!" Schmollend schaut sie in Richtung des Fensters und zeigt mir damit die kalte Schulter.

Sofort drehe ich mich um und verlasse den Raum, den ich in den nächsten Tagen nicht mehr betreten werde.

21. KAPITEL

ARTJON

Moskau

Mit dem „Problem" auf der Rückbank, das einen Sack über dem Kopf trägt und an Händen und Füßen gefesselt ist, fahre ich eine Woche später in meinem nachtschwarzen Jaguar XJR575 zu unserem Anwesen, einem alten Villenkomplex. Es liegt außerhalb Moskaus versteckt am Waldrand. Dimitri wird mir den Kopf abreißen, wenn er erfährt, dass ich Alizée hierher mitgenommen habe. Aber in der Klinik konnte sie nicht länger bleiben. Nachdem ich sie nicht mehr besucht habe, hat sie sämtliche Nahrung verweigert und sich gegen jegliche Hilfe gesträubt. Sie hat erneut an Gewicht verloren und hätte wahrscheinlich keine zwei Wochen überlebt, wenn ich sie dagelassen hätte. Ich verstehe nicht, warum sie so reagiert. Ja, ich war der Einzige, der sich mit ihr beschäftigt hat, doch wahrscheinlich war sie nicht stabil genug und dachte, dass ich nicht wiederkommen würde.

Auch wenn ich mich nach Kräften dagegen wehre, ist mir inzwischen klar, dass es mir längst nicht mehr darum geht, Alizée für Dimitris Zwecke am Leben zu halten, sondern für meine. Denn sie hält *mich* am Leben.

Seit dem Tod meiner Eltern habe ich mich nicht mehr so lebendig gefühlt, wie an Alizées Seite. Die ganzen letzten Jahre war ich nur noch ein Schatten meiner selbst. Doch der will ich nicht mehr sein.

Ich werfe einen flüchtigen Blick über meine Schulter, als ich meinen Wagen auf die Einfahrt unserer Villa steuere.

Die Kleine liegt betäubt auf der Rückbank und regt sich nicht. Das Chloroform wirkt wohl noch eine ganze Weile.

Als ich das große Eisentor erreiche, lasse ich das Seitenfenster herunter.

Der Monitor an der Gegensprechanlage leuchtet plötzlich auf und Lew, unser Sicherheitsbeauftragter, erscheint. „Artjon, willkommen. Ich lasse dich rein."

Ich quittiere seine Aussage mit einem mürrischen Brummen.

Das schwere Eisentor öffnet sich und gewährt mir Einlass auf das weitläufige Grundstück.

Ich passiere das Tor und fahre im Schritttempo über den frisch eingeschneiten Weg. Der Schnee knackt unter den Reifen meines Wagens.

Die Villa und die beiden Nebengebäude, die wie eine kleine Burg anmuten, geraten in mein Sichtfeld. Die Fassaden bestehen aus einer Kombination aus feinkörnigem Granit, Kalkstein und Ziegeln. Solch ein Gebäude findet man in dieser Umgebung selten. Das war auch der Grund, weshalb Dimitri es trotz seines Alters von über hundert Jahren kaufen wollte. Der Komplex ist umgeben von einer alten Mauer mit Türmen und Zinnen und wirkt wie eine gemütliche Villa. Es umfasst ganze sechs Schlafzimmer, fünf Badezimmer, ein

Wohnzimmer, ein Musikzimmer und einen Konferenzraum, einen Billardraum mit Bar und eine Sauna. Dimitri liebt den Luxus, daher konnte er gar nicht anders, als diesen Komplex für mehrere Millionen zu erwerben.

Mein Wagen kommt auf den Parkplatz unmittelbar vor der Villa zum Stehen. Mit einer unguten Vorahnung, dass Dimitri nicht gefallen wird, wen ich mitbringe, steige ich aus.

Der eisige Wind schlägt mir ins Gesicht, als ich zur hinteren Tür gehe und sie öffne.

Alizée liegt immer noch regungslos auf der Rückbank.

Ich ziehe sie an den Beinen in meine Richtung, hebe sie aus dem Wagen und werfe sie mir über die Schulter, während ich die Tür schließe.

Mit dem bewusstlosen Fliegengewicht stapfe ich durch den Pulverschnee, der angenehm unter meinen Schuhsohlen knackt. Dieses Geräusch habe ich als Kind geliebt; es erinnert mich an die Zeit mit meinen Eltern, als wir zusammen im Schnee getobt haben, oder Schlitten gefahren sind. Die einzig guten Erinnerungen in meinem Leben. Und sie werden ausgerechnet dann wach, wenn Alizée in meiner Nähe ist. Zigmal bin ich hier durch den Schnee gelaufen und nie war mir die Erinnerung an meine Eltern so bewusst wie jetzt. Schnell schüttle ich den Gedanken von mir und halte auf den Eingang der Villa zu. Ich will nicht, dass Alizée sich in ihrer dünnen Jacke den Tod holt, schließlich haben wir über minus zwanzig Grad.

Mir wird die Tür geöffnet, als ich die ersten Treppenstufen zum Eingang hinaufsteige.

Anna, eines unserer Dienstmädchen steht in der Tür und grüßt mich mit einem Nicken. „Guten Abend, Artjon."

„Abend", entgegne ich knapp, klopfe mir den Schnee von den Stiefeln und gehe an ihr vorbei. Eilig laufe ich über den Marmorboden der Eingangshalle mit der acht Meter hohen Decke und halte auf die Treppe zu, die ins erste Stockwerk führt. Sie ist mit einem roten Teppich ausgelegt. Stufe für Stufe steige ich hinauf und spüre die wohlige Wärme, die von Alizées Körper ausgeht auf meinen Schultern. Auf eine merkwürdige und mir höchst suspekte Art genieße ich ihre Nähe, weiß aber auch, dass das nicht richtig ist.

Vierzehn Stufen später stehe ich in der ersten Etage und nehme die nächste Treppe, die weiter nach oben führt. Ich werde Alizée im Turm unterbringen. So nennen wir den Raum neben dem Dachboden, weil er wie ein Turm seitlich aus dem Gebäude ragt. Dort krame ich mit der freien Hand in der Tasche meines Mantels nach dem Schlüssel. So langsam wird die Kleine ein wenig schwer. Ich stecke den alten Zinnschlüssel ins Schloss und drehe ihn um.

Die Tür springt mit einem lauten Knacken auf.

Es riecht muffig hier und Staub wirbelt durch den Raum, der nur ein kleines Fenster als Lichtquelle hat. Zwar sind hier Vorrichtungen für Fackeln an der alten Steinwand angebracht, die von innen wie die Außenwand des Gebäudes aussieht, aber Dimitri hat hier keine gewollt. Brandgefahr.

Im Turm steht ein altes, rotes Sofa aus den Dreißigerjahren, ein Tisch, auf dem ein Buch liegt und ein leeres Regal.

Ich trete vor das Sofa und lege Alizée darauf. Als ich mir sicher bin, dass sie nicht herunterfallen kann, ziehe ich ihr den Sack vom Kopf.

Sie hat die Augen fest geschlossen. Die platinblonden Haare liegen ihr wirr im Gesicht, und die Luft, die sie beim Atmen aus der Nase ausstößt, wirbeln ein paar Strähnen über ihrer Stupsnase auf. Erst jetzt entdecke ich die kleinen Sommersprossen, die mir zuvor nie aufgefallen sind. Ihr engelsgleicher Anblick lässt mich erstarren. Obwohl ich sie nicht leiden kann, weil sie mir viel zu aufmüpfig und taff ist, fasziniert sie mich. Normalerweise würde ich jetzt gehen, denn meine Arbeit ruft. Außerdem muss ich das Personal noch über Alizées Aufenthalt hier informieren und mir überlegen, was ich Dimitri sage, wenn er morgen von seiner Geschäftsreise zurückkommt. Doch ich will noch nicht gehen. Ich kann es nicht. Langsam knie ich vor dem Sofa nieder und betrachte sie. Vorsichtig ziehe ich meine Handschuhe aus, stecke sie in meine Manteltasche und streiche Alizée die Haare aus dem blassen Gesicht. Dabei berühre ich die sanfte Haut ihrer Wange. Sofort weiche ich zurück, als mich ein Schauer überkommt. Ich habe schon viele Frauen berührt, meist waren es Nutten oder Hostessen, aber keine hat je eine emotionale Regung in mir ausgelöst. Ich habe sie eiskalt gefickt, bis ich gekommen bin, und das war es.

Alizée hingegen löst etwas in mir aus, das ich nur aus Kindertagen kenne, die mir längst vergessen schienen. Wärme. Zuneigung. Beides Dinge, die ich seit meinem fünften Lebensjahr ständig zu verdrängen versucht habe, bis ich irgendwann nicht mehr wusste, wie sich das überhaupt anfühlt. Bis jetzt. Obwohl ich es nicht will, bringt dieses widerspenstige, wunderschöne Wesen mir diese Erinnerungen zurück.

Ein Schauer jagt über meinen Rücken, als mein Finger zu ihren geschwungenen Lippen wandert und sie für den Bruchteil einer Sekunde berührt. Sofort ziehe ich den Finger zurück und springe auf. *Nein! Ich darf das nicht zulassen. Die Kleine ist Gift für mich.*

Verwirrt über meinen Gefühlsausbruch greife ich in meine Hosentasche und ziehe mein Klappmesser heraus. Es wäre ein Leichtes sie jetzt umzubringen. Dann würde sie wenigstens diese unangenehmen Gefühle nicht mehr in mir auslösen. Langsam trete ich wieder an sie heran. Mein Messer wandert in ihre Richtung. Mit großer Vorsicht, damit sie nicht wach wird, schneide ich ihr die Handfesseln durch. So kann sie nachher essen und trinken, wenn Anna ihr etwas bringt. Die Fußfesseln bleiben jedoch. Ich trete von der Couch weg und gehe zur Tür. Meine Hand liegt auf der Klinke, doch ich kann nicht anders, als noch einmal zu Alizée hinüberzusehen. Je länger ich in ihrer Nähe bin, desto mehr nimmt ihre Präsenz von meiner Seele ein. *Scheiße! Ich muss hier raus.*

Meine Hand drückt die Klinke zitternd herunter. Schockiert starre ich auf sie hinab. Das hatte ich schon ewig nicht mehr. Zuletzt habe ich dieses Zittern bei der ersten Exekution erlebt, die ich mitansehen musste. Danach ist es irgendwann verschwunden. Kopfschüttelnd verlasse ich den Raum und noch während ich die Tür verschließe, schwöre ich mir, der Kleinen nie wieder so nahezukommen. Ich muss mich vor mir selbst beschützen, denn Gefühle sind hier fehl am Platz. Sie machen leichtsinnig und bereiten nur Kummer. Das brauche ich nicht.

22. KAPITEL

ALIZÉE

Als ich erwache, sehe ich leicht verschwommen. Nach mehrmaligem Blinzeln finde ich mich in einem kleinen Raum wieder, in dem es muffig riecht. Langsam setze ich mich auf und sehe mich um. *Moment mal! Das ist nicht die Klinik.* Ich bin verwirrt und glaube zu halluzinieren, doch einige Minuten später ist der Raum noch real.

Durch ein Fenster scheinen Sonnenstrahlen herein. Der gemauerte Raum ist kahl. Nur ein leeres Regal, ein Tisch, auf dem eine Flasche Wasser und ein Teller mit einem belegten Brötchen stehen und das Sofa auf dem ich sitze, befinden sich darin. Meine Füße sind gefesselt, doch meine Hände sind frei.

Behutsam stehe ich auf und hüpfe zu der kleinen Holztür. Ich drücke die Klinke herunter. Verschlossen. Frustriert rüttle ich daran. „Hallo? Ich will sofort hier raus!", brülle ich, presse mein Ohr an die Tür und warte auf eine Antwort. Nichts. *War ja klar.*

Traurig drehe ich mich um und lasse mich am Holz herabsinken. *Ich muss hier raus, verdammt! Wie bin ich überhaupt hierhergekommen?* Ich kann mich nicht erinnern. Das Letzte, das mir einfällt, ist, dass ich in meinem Krankenzimmer eingeschlafen bin. Ich glaube, ich habe von Artjon geträumt. Ich habe ihn schon viel zu lange nicht mehr gesehen. *Ob ihm etwas zugestoßen ist?* Wäre ja nicht der erste Mafioso, der bei einem Coup drauf geht. *Verdammt, wo bin ich hier? Hat man mich wieder in den alten, maroden Teil der Klinik verlegt?*

Das Fenster auf der gegenüberliegenden Seite des Raumes erweckt meine Aufmerksamkeit. Mit aller Kraft stemme ich mich vom Boden auf und hüpfe hinüber. Die Scheiben sind nicht geputzt, trotzdem erkenne ich durch das Glas die vielen mit Schnee bedeckten Eichen, Kastanienbäume, Tannen und Kiefern. Das ist definitiv nicht das Grundstück der Klinik. Dicke Schneeflocken wirbeln durch die Luft und fallen auf ein mir definitiv unbekanntes Terrain. Das Gebäude, in dem ich mich befinde, muss in einem Wald stehen. Um mich herum nichts als hohe Bäume und Schnee. Tonnen von Schnee. *Scheiße! Von einem Gefängnis ins nächste!*

Ich wende mich vom Fenster ab und starre mit knurrendem Magen auf den Tisch. Mein Hunger treibt mich in Richtung des Tellers, auf dem ein mit Brie belegtes Brötchen liegt. Ob ich das essen kann? Oder will man mich damit vergiften? Andererseits hätte man mich längst umbringen können, wenn das die Absicht meines Entführers sein sollte.

Ich erinnere mich plötzlich an den seltsamen Traum, bin mir aber nicht sicher, ob es nicht vielleicht doch real war. Ich bin mir nicht sicher, aber ich glaube, dass ich von Artjon geträumt habe. Von einem dunklen Raum, aus dem er mich gebracht hat. Ich kann mich an kaum etwas erinnern.

Mein Magen knurrt. Meine zittrigen Hände greifen nach dem Brötchen. Misstrauisch klappe ich es auseinander und rieche an dem Käse. Verdorben stinkt er schon mal nicht. Eigentlich riecht er ganz normal. Mir läuft das Wasser im Mund zusammen. Scheiß drauf. Ich werde sowieso sterben. Dann immerhin nicht hungrig.

Meine anfangs vorsichtigen Bisse gehen zu einem Schlingen über. Im Nu ist der Teller leer, genauso wie kurz darauf die Wasserflasche. Mein Blick schweift wieder zum Fenster. Langsam erhebe ich mich vom Sofa, greife nach dem Buch, das neben mir auf dem Tisch liegt, und setze mich damit auf die Fensterbank. Ich ziehe die Beine an und lege das Buch auf meinem Schoß ab. Der Buchdeckel ist noch gar nicht so alt. *Iwan Zarewitsch, der Feuervogel und der graue Wolf*, steht in Englisch auf dem Buchdeckel. Es verwundert mich sehr, ein englischsprachiges Buch vorzufinden, ich bin jedoch erleichtert, denn so habe ich wenigstens etwas zu lesen. Mit einem russischen Buch hätte ich nichts anfangen können. Ob meine Entführer es mir extra hier hingelegt haben? Als ich den Buchdeckel aufschlage, fällt mir ein kleiner Zettel entgegen. Mit Bleistift wurden darauf Buchstaben und Zahlen notiert, mit denen ich nichts anfangen kann. *S7Z14 S48Z9 usw. Eine ziemlich lange Liste. Aber was soll ich damit?*

Frustriert stecke ich den Zettel in das Buch zurück und presse es gegen meine Brust. Ein Tränenschleier entsteht vor meinen Augen, als ich in die verschneite Landschaft blicke und an Emilian denken muss. Es schneit und ich stelle mir vor, dass ich frei wäre. Wo würde ich hingehen? Zurück nach Auckland zu Mia und Emma? Oder nach Frankreich zu meinen Eltern oder Emilian? Ich weiß es nicht. Ich fühle mich von ihm verraten und je länger ich über sein Verhalten nachdenke, desto klarer wird mir, dass seine Gefühle für mich nicht so tiefgreifend sind wie meine für ihn. An seiner Stelle hätte ich mich niemals so verhalten. Doch nach dem, was mit Artjon passiert ist, ist die Erinnerung an Emilian lediglich ein dunkler Schatten. Wenn die Liebe zu ihm noch so groß wäre, wäre das im Lift nie passiert.

Es klopft an der Tür. Schnell reibe ich den Schleier aus Tränen aus meinen Augen und drehe mich herum.

Die Holztür öffnet sich einen kleinen Spalt und eine Flasche wird hereingerollt, die genauso aussieht, wie die, die ich zuvor gierig geleert habe. Ehe ich aufspringen und zur Tür hasten kann, ist sie auch schon wieder zu und ein lautes Geräusch, wie beim Abschließen erklingt. Verdammt!

„Hallo?", rufe ich und hüpfe zur Tür. Es kostet mich große Mühe, mich mit meinen gefesselten Füßen nicht hinzulegen. Ich presse mein Ohr ganz nah an das Holz und höre Treppenschritte, die leiser werden. Entmutigt mache ich mich wieder auf den Weg zu meinem Platz am Fenster. Die Knebel an meinen Füßen schmerzen sehr, doch hier ist nichts zu finden, um den Kabelbinder durchzuschneiden.

Als ich erneut meinen Platz auf der Fensterbank eingenommen habe, nehme ich das Buch zur Hand, weil ich nicht an Emilian denken will, der mir im Geiste erscheint. *Dieser Blödmann! Was habe ich mir auch eingebildet, dass er mich ernsthaft liebt?* Plötzlich läuft die Szene im Lift vor meinem inneren Auge ab und bereitet mir Gänsehaut. Artjon hat mich genauso alleingelassen wie Emilian. Beides feige Schweine. Keiner von beiden braucht mir je wieder unter die Augen treten. Ich verabscheue sie!

Kopfschüttelnd klappe ich das Buch auf, um mir Ablenkung zu verschaffen. Bevor ich anfange zu lesen, blättere ich darin herum. Mein Blick bleibt auf einer Seite mit einer Illustration hängen. Eine hübsche Frau, die eine Krone auf dem Kopf trägt, sitzt auf einem Pferd. Vor ihr reitet ein Mann, der Pfeile bei sich trägt auf einem großen Wolf. Die beiden befinden sich in einem Wald, wie der, den meine Augen erblicken, wenn ich aus dem Fenster sehe.

Die Zeichnung hat meine Neugierde geweckt, also beginne ich zu lesen.

Als ich auf Seite sieben angekommen bin, halte ich inne, als ich ein eingekreistes G weiter unten entdecke. Sofort hole ich den Zettel hervor, der in dem Buch gesteckt hat, und zähle die Zeilen. Vierzehn. Das Gekritzel hat also doch etwas zu bedeuten. Hektisch überprüfe ich alle auf dem Zettel angegebenen Seiten und ritze mit meinem Fingernagel den passenden Buchstaben hinter den jeweiligen Verweis.

Als ich den letzten zusammen habe, starre ich schockiert auf den Zettel und bin mir nicht sicher, ob ich den gebildeten Satz als gut gemeinten Ratschlag oder Drohung auffassen soll.

Gehorsam ist dein Überleben.

23. KAPITEL

ARTJON

Die letzten Sonnenstrahlen des Tages lassen die Eiszapfen glitzern, die vom Vordach wie gefährliche Speere herabhängen. Der Geschäftstermin war anstrengend und ich bin froh, endlich zu Hause angekommen zu sein. Dimitri hat mich auf der Rückfahrt angerufen, um mir mitzuteilen, dass er erst in ein paar Tagen zurückkommen würde. Ein Glück. So kann ich die Diskussion wegen der kleinen Französin noch etwas aufschieben. Anna ist die einzige unserer Angestellten, die von Alizées Anwesenheit weiß. Ein dicker Schein bringt sie für ein paar Tage zum Schweigen.

Ob Alizée inzwischen etwas gegessen und das Buch gelesen hat? Wenn sie so schlau ist, wie ich vermute, wird sie das Rätsel gelöst haben und sich an die Anweisung halten. Meine Mutter hat Rätsel geliebt. Daher hat mein Vater ihr und mir immer welche gestellt. Ich schließe den Wagen ab und gehe die Stufen zum Eingang hinauf.

Anna hält mir bereits die Tür auf. „Guten Abend, Artjon."

„Abend", grüße ich knapp, allerdings nicht, weil Unfreundlichkeit meine Art ist, sondern weil ich mich und andere vor dem, was wir hier treiben, schützen will. Je weniger die Angestellten wissen, desto besser.

„Artjon?", bemerkt Anna vorsichtig und sieht mich an, als ob ihr etwas auf der Zunge brennt.

Verwundert bleibe ich hinter der Türschwelle stehen und blicke sie an. „Was ist?"

Anna beugt sich ein Stück vor, als würde sie mir ein Staatsgeheimnis verraten wollen. „Das Fräulein im Turm macht Ärger."

„Wie meinst du das?" Verdutzt schaue ich Anna an und lasse den Schlüssel meines Wagens, den ich unbewusst immer noch in den Händen gehalten habe, in meine Manteltasche gleiten.

„Sie randaliert. Ich glaube, sie hat den Tisch gegen die Tür geworfen. Ich habe etwas scheppern hören, mich aber nicht getraut, die Tür aufzuschließen."

„Wann war das?" Mein Magen zieht sich zusammen.

„Gerade eben erst. Ich glaube, es hat sonst niemand mitbekommen."

„Danke. Ich sehe gleich nach ihr." Frustriert rolle ich mit den Augen. So viel zum Thema *Gehorsam*. Mit einem mulmigen Gefühl gehe ich an Anna vorbei und halte auf die Treppe zu, die geradewegs nach oben führt. Während ich die Stufen nach oben steige, kann ich nichts Auffälliges hören. Ich habe den ersten Stock erreicht und nehme die Treppe zum Turmzimmer. Augenblicklich zucke ich zusammen, denn etwas Lautes kracht gegen die Tür im Turm. *Scheiße. Was ist da los?* Sofort hetze ich die Stufen hoch. Vor der alten Tür, hinter der ich hysterisches Frauengeschrei vernehme, bleibe ich stehen und krame den kleinen Zinnschlüssel hervor. Während ich aufschließe, verstummen die Schreie plötzlich. Mir ist unwohl, denn ich habe keine Ahnung, was mich hinter der Tür erwartet. Ob Alizée den ganzen Raum auseinandergenommen hat? Wohl kaum. Dieses zierliche Püppchen kriegt es doch gerade mal zustande, den Tisch umzuwerfen.

Vorsichtig schiebe ich die Tür auf, nachdem ich aufgeschlossen habe, und linse in den kleinen Raum. Entsetzt sehe ich mich um. Ich habe mit einem umgeworfenen Tisch gerechnet, aber nicht damit, dass diese hysterische Barbie auch das Sofa auseinandernimmt. Es ist in der Mitte zusammengebrochen, als wäre etwas ziemlich Schweres darauf gefallen. Ich trete ein und mustere das Sofa. *Wie hat sie das bitte hinbekommen?* Mein Blick wandert suchend nach Alizée durch den Raum, die plötzlich wie aus dem Nichts mit einem Tischbein in der Hand auf mich zustürmt und nach mir zu schlagen versucht. Sofort weiche ich dem Tischbein aus, mit dem sie meinen Kopf nur um ein Haar verfehlt.

„Du elendes Dreckschwein! Lass mich sofort hier raus!", kreischt sie und will abermals ausholen.

Schnell trete ich die Tür zu, damit sie nicht an mir vorbeilaufen kann, und halte mit der anderen Hand ihre Waffe fest, die auf mich zu schnellt. „Bist du völlig irre?!"

„Ich?! Wohl eher du! Erst nimmst du dir, was du haben willst, dann lässt du mich fallen und nun stehst du hier und ich muss feststellen, dass du mich verschleppt hast! Was kommt als Nächstes? Werde ich wieder in einen Kühlraum für Leichen gesteckt?!", brüllt Alizée und versucht, nach mir zu schlagen.

Schnell packe ich sie und ziehe sie mit überkreuzten Armen von vorn vor meine Brust. Dabei verliert sie den Knüppel aus der Hand. Ihr Atem geht hastig. Ich lege meinen Kopf seitlich an ihren Hals. „Mach das nie wieder oder ich werde dich auf der Stelle umbringen“, knurre ich.

„Mach doch!“, schimpft sie und verpasst mir eine Kopfnuss, die sich gewaschen hat.

Meine Nase schmerzt und aus dem Augenwinkel sehe ich, wie Blut auf Alizées Schulter tropft. Trotzdem halte ich sie weiterhin fest im Griff. „Du kleines Miststück! Ich hätte dich in der Klinik deinem Schicksal überlassen sollen! Oder dich gleich umbringen.“

„Tu dir keinen Zwang an, Artjon Solokow“, zischt die Kleine wütend und spricht meinen Namen wie ein Schimpfwort aus. Sie ist wohl nachtragend, weil ich sie zurückgewiesen habe. Ihr Problem. Anderenfalls wäre es zu meinem geworden.

Ihre provokante Art beeindruckt mich auf eine schräge Art und Weise. Ich lasse sie los, packe sie an den Schultern und reiße sie herum, sodass sie mich ansehen muss.

Ihre türkisblauen Augen glänzen vor Wut und ihr Atem geht angestrengt, doch sie weicht meinem Blick nicht aus. Herausfordernd starrt sie mich an und scheint auf eine Reaktion meinerseits zu warten. „Ich hasse dich! Ich habe dich von der ersten Sekunde an gehasst, denn ich wusste, was für eine miese Ratte du bist.“

„Ach ja? Hast du das?“ Einen schwachen Augenblick lang lasse ich mich auf ihr Niveau herab und verfluche mich sofort dafür. Was rede ich überhaupt mit ihr? Ich sollte sie umbringen. Die Frau ist ein einziger Tsunami. Unberechenbar und mitreißend. In jeder Hinsicht.

„Ja, das habe ich. Du und dein ekelhafter Boss, Onkel, oder was auch immer er ist." Die Kälte in ihren Augen gleicht meiner eigenen so sehr, dass sie eine gewisse Faszination auf mich ausübt. „Was gaffst du so? Macht es dich etwa an, mich zu halten, wie ein Tier? Bist du so ein krankes Schwein?!"

Ich ganz bestimmt nicht. Aber Dimitri würde das mit Sicherheit große Befriedigung verschaffen. „Pass auf, wie du mit mir redest."

Das Funkeln in ihren Augen nimmt Beschlag von mir und sie riecht so verführerisch, dass ich die aufkeimende Erektion zwischen meinen Beinen zu unterdrücken versuche. *Bitte nicht schon wieder.*

Die Luft ist zum Schneiden dick.

Alizée hält meinem Blick nach wie vor stand. Ich jedoch bin kurz davor, die Beherrschung zu verlieren, wenn sie mich weiter so provoziert. Das hat noch nie eine Frau gewagt.

„Gehorsam ist dein Überleben", zitiert sie die Lösung meines Rätsels in einem zynischen Ton. „Dass ich nicht lache. Du wirst mich doch so oder so umbringen. Aber nicht, bevor du dir mit Dimitri den Besitz der Les Rois Noirs unter den Nagel gerissen hast, was?"

Mir reicht es. Ich greife nach ihrem Kinn, ziehe es zu mir und presse dabei meine Finger gegen ihre Wangenknochen. „Ich werde noch ganz andere Dinge mit dir tun, bevor ich dich umbringe!", knurre ich und werfe ihr einen finsteren Blick zu, der für einen kleinen Moment ein Zweifeln in ihr Gesicht zaubert. Doch dieses widerspenstige Biest fängt sich schnell wieder und gibt sich unbeeindruckt.

„So? Was denn? Willst du mich vergewaltigen? Oder schlagen?" Herausforderung liegt in ihrer Stimme.

Ohne ihr Gesicht loszulassen, komme ich ihr ganz nahe. Ihr verführerischer Duft hüllt mich ein, doch mein Innerstes wehrt sich gegen einen Moment der Schwäche. Ich denke daran, was Dimitri früher mit mir gemacht hat, wenn ich schwach geworden bin. Die Schläge, die Strafen. Blitzschnell gelingt es mir, Alizées betörenden Geruch auszublenden. „Glaub mir, das kannst du dir in deinen schlimmsten Albträumen nicht vorstellen. Mit deinem Patenkind fängt Dimitri an, wenn du nicht Ruhe gibst."

Alizée schluckt. Ich glaube, sie hat endlich verstanden, dass sie den Kürzeren ziehen wird, wenn sie sich noch einmal gegen mich auflehnt.

„Du wirst dich jetzt benehmen. Und das Sofa, das du zerstört hast, wird deine einzige Schlafmöglichkeit sein. Es sei denn, du bevorzugst den kalten Boden."

Alizée starrt beschämt auf das zerstörte Sofa, als würde ihr gerade erst klarwerden, was sie da angerichtet hat.

„Dimitri wird in ein paar Tagen zurück sein. Bis dahin wirst du den Luxus hier noch genießen dürfen. Was er dann mit dir macht ..." Ich stoße laut Luft aus, weil ich mir vorstellen kann, welche seiner Lieblingsbestrafungen sie kennenlernen wird. „Daran kann ich nichts mehr ändern. Aber sag nicht, ich hätte dich nicht gewarnt."

Alizée wirkt wie versteinert. Selbst als ich sie loslasse, regt sie sich nicht. Sie wirkt blass und ihre Augen glänzen, doch sie hält ihre Tränen zurück.

Es ist alles gesagt, also gehe ich zur Tür und werfe A-
lizée einen letzten Blick zu, bevor ich die Klinke herunterdrücke.

Wie ein Häufchen Elend steht Alizée immer noch mit
dem Blick auf die Couch gerichtet im Raum und reagiert nicht.

Irritiert gehe ich aus der Tür und verschließe sie,
nachdem sie ins Schloss gefallen ist.

Mit gemischten Gefühlen verlasse ich die obere Etage
und steige die Treppen hinab. Einerseits ist Alizée eine
Kämpferin, schlau und gerissen wie ich, was ich sehr
bewundere. Doch andererseits hasse ich sie, weil sie Gefühle in mir weckt, die für mich mit großer Unsicherheit verbunden sind. Und das kann ich weiß Gott nicht
gebrauchen. *Artjon, Artjon. Du manövrierst dich geradewegs in den Abgrund.*

24. KAPITEL

ALIZÉE

Zwei Tage bin ich schon in diesem kleinen Raum eingesperrt. Den *Feuervogel* habe ich inzwischen dreimal gelesen und vergessen, wie viele der herabfallenden Schneeflocken ich gezählt habe. So viele Tränen, wie in den letzten Tagen, habe ich noch nie vergossen. Eigentlich bin ich nicht der Typ Mensch, der schnell heult und erst recht nicht der, der Sachen zerstört und auf anderen Menschen einschlägt. Doch nach allem, was ich in den letzten Wochen durchmachen musste, ist es kein Wunder, dass ich so reagiere. Ich fühle mich verloren, verraten und erniedrigt. Das Essen reicht gerade mal zum Überleben und ich muss meine Geschäfte zu festen Zeiten in eine Bettpfanne verrichten, die durch die Tür hereingeschoben wird. Ich glaube nicht, dass es Artjon ist, der das macht. Der hat sich seit vorgestern nicht mehr blicken lassen.

Ob er bereits mit Emilian und Lion Verhandlungen führt und ich bald freigelassen werde? Oder wird man mich umbringen? Wenn Artjon nicht gelogen hat, wird Dimitri jeden Tag hier aufkreuzen. Ob mir Schlimmes blüht? Andererseits glaube ich nicht, dass Artjon Scherze macht. Dafür klang er zu überzeugend.

Ich sitze am Fenster, habe die Beine angezogen und starre auf die Wunde, die der Kabelbinder an meinen Fußgelenken hinterlassen hat. Sie sind grün und blau. Mir ist furchtbar kalt. Ich trage nur meine Bluse und eine Leggings. Meine Sneaker-Socken wärmen meine Füße nur wenig. Hier oben zieht es durch die Fenster und ich zittere wie Espenlaub.

Lethargisch starre ich durch das Fensterglas in die weiße Winterlandschaft und träume von einem warmen Bad, in das ich jetzt gern eintauchen würde. Zwar bekomme ich täglich in der Früh eine Waschschüssel und ein sauberes Handtuch ins Zimmer gestellt, aber trotzdem fühle ich mich schmutzig.

Das Türschloss knackt. Ist schon wieder Bettpfannenzeit? Ich mache mir nicht die Mühe, mich umzudrehen. Mir ist inzwischen alles egal. Sollen sie mich umbringen, wenn dafür Mia und Emma in Sicherheit sind. Die beiden sind, neben meinen Eltern, das Wichtigste auf der Welt für mich.

„Du hast dein Essen nicht angerührt", höre ich Artjons auffallend sanfte Stimme hinter mir.

„Hau ab", entgegne ich gleichgültig.

„Komm, du musst etwas essen. Morgen kommt Dimitri. Wer weiß, ob du dann noch etwas bekommst. Sei froh, dass er noch ein paar Tage an seine Geschäftsreise drangehängt hat."

„Ist mir egal." Ich wische mir eine Träne aus dem Auge und drehe mich nicht um, denn ich will nicht, dass dieser Arsch sieht, wie fertig ich bin.

Schritte nähern sich. „Man wird nachdenklich, wenn man so lange irgendwo eingesperrt ist."

„Sprichst du aus Erfahrung?“, antworte ich patzig und spüre, wie mein Kampfgeist durch Artjons Stimme geweckt wird. Er provoziert und motiviert mich gleichzeitig.

Artjon antwortet mir nicht. Seine Schritte allerdings nähern sich und schließlich spüre ich ihn direkt hinter mir.

Ich schlucke hart und wage es nicht, mich zu bewegen. Es irritiert mich, dass er sich ebenfalls nicht regt. Wie ein Geist steht er hinter mir, berührt mich nicht und schweigt.

Ein Knistern liegt in der Luft, dass ich zu ignorieren versuche, anderenfalls würden wir uns im Nu in einer ähnlichen Situation, wie im Lift befinden. *Was ist das für eine kranke Scheiße?* Ich kann doch nicht jemanden anziehend finden und gleichzeitig verabscheuen! Ich wette, Artjon wurde auch mal eingesperrt. Warum sonst weiß er, wie ich mich fühle? Schnell schüttle ich das Mitleid, das ich für ihn entwickle, von mir. Er ist ein Arschloch. Ich muss ihn hassen.

Plötzlich spüre ich seinen festen Griff um meine linke Schulter. Seine Berührung durchzuckt mich wie ein Blitz. Als ich meinen Kopf ein Stück in seine Richtung drehe, zucke ich zusammen, denn direkt vor meinen Augen springt eine Klinge auf.

Artjon hat ein Messer gezückt und schneidet damit den Kabelbinder durch.

„Wie? Warum?“ Verwundert starre ich ihn an.

„Wolltest du den Kabelbinder noch tiefer in deine Haut reiben?“, fragt Artjon und steckt das Messer weg.

„Danke.“ Mit schmerzverzogenem Gesicht reibe ich über meine Knöchel.

„Tu dir selbst einen Gefallen und verhalte dich ruhig. Wenn du Dimitri verärgerst, kann ich für nichts garantieren." Das Mürrische in seiner Stimme erschreckt mich nicht mehr. Der Inhalt seiner Aussage jedoch schon.

„Wann genau kommt er zurück?"

Artjon tritt einen Schritt zurück. „Morgen. Gegen Abend."

Mein Herzschlag gerät ins Stocken, als hätte mir Artjon den Zeitpunkt meines Todes genannt. Als ich bemerke, dass Artjon sich zum Gehen wendet, greife ich hinter mich und bekomme seine Hand zu fassen.

„Was ist?", fragt er verdrossen und zuckt bei der Berührung zusammen.

Mit dem Kopf deute ich vorsichtig in Richtung Fenster. „Darf ich noch einmal den Schnee sehen, bevor ihr mich kaltmacht? Ich werde auch nichts nach dir schmeißen." Ich werfe ihm einen eindringlichen Blick zu. „Bitte."

Artjon schüttelt lächelnd den Kopf. Lächelnd.

Es steckt ja doch noch ein wenig Wärme in ihm. Nach unserem letzten Gespräch hatte ich sie schon verloren geglaubt.

„Das geht nicht. Was sollen die Angestellten denken? Wenn Dimitri das erfährt."

„Und wenn du mich heimlich hier rausschaffst?"

Sein ungläubiger Blick ist schon fast komisch. Doch dann hat der Falke sich wieder fest im Griff und seine eben noch weichen Gesichtszüge verhärten. „Vergiss es, kleine Französin. Noch einmal gehe ich das Risiko nicht ein." Er reißt sich sachte von mir los und verschwindet kurz darauf aus dem Raum.

„Merde!", fluche ich und wieder schießen mir Tränen in die Augen. *Ich werde sterben. Morgen. Garantiert. Und mein eigener Freund hat mich auf dem Gewissen. Hätte er mich bloß aus allem herausgehalten.*

25. KAPITEL

LION

Südfrankreich

Zusammen mit Mia, Emma und Emilian sitze ich im Speisesaal und nehme das Mittagessen zu mir. Es schmeckt mir heute überhaupt nicht, denn obwohl ich meine Frau und Tochter an meiner Seite und in Sicherheit weiß, bedrückt mich die Tatsache, dass Alizée verschwunden geblieben ist und wir nicht mal einen Anhaltspunkt haben, wo wir sie finden könnten.

Auch Mia stochert in ihrem Essen herum, während Emilian sich eine Portion nach der anderen hineinschaufelt, als sei nichts passiert.

Mia sieht immer wieder misstrauisch zu ihm hinüber.

Wir tauschen knappe Blicke aus, während Emilian die Reste auf seinem Teller zusammenkratzt.

Ich lege mein Besteck seitlich vom Teller ab und wische mir mit einer Serviette über den Mund. „Emilian, dir scheint der Appetit ja ganz und gar nicht vergangen zu sein", bemerke ich scharf.

Emilian sieht zu mir auf und kaut langsamer. „Was soll das denn heißen?"

„Dass du dir erstaunlich wenig Sorgen um deine Freundin machst!", schießt Mia dazwischen.

„Geht das schon wieder los?" Emilians Blick verfinstert sich.

Plötzlich werden wir von Zoé unterbrochen, die mit weit aufgerissenen Augen in den Speisesaal eilt. In ihrer Hand hält sie einen Zettel, den sie mir in die Hand drückt, als sie mich erreicht. „Hier, der hing am Tor!", keucht sie atemlos.

Neugierig wende ich den Zettel. „Telefon. 12:30 Uhr", lese ich vor und sehe auf das Zifferblatt meiner Rolex. *Das ist ja schon in zwei Minuten.* „Zoé, bringen Sie mir das Telefon. Schnell."

Zoé hetzt aus dem Raum.

Emilian und Mia starren mich ungläubig an. Keiner wagt es, einen Satz zu sagen, denn aus dem Flur ertönt ein Klingeln.

Zoé rennt mit dem Telefon in der Hand auf mich zu. Vermutlich ist Alizées Entführer dran und gibt endlich seine Forderung preis. Er hat uns wahrscheinlich so lange im Dunklen tappen lassen, um uns mürbe zu machen.

Ich springe von meinem Platz auf und nehme das klingelnde Gerät entgegen. Eine ungute Vorahnung beschleicht mich, als ich auf den grünen Hörer drücke und mir das Telefon ans Ohr halte. „Hallo?"

„Lion, Lion, Lion", tadelt mich eine dunkle Stimme, die mir auf der Stelle einen Schlag in die Magengrube verpasst. „Mit mir hast du wohl nicht gerechnet, oder?"

Ich muss mich setzen.

Mia und Emilian verfolgen mit großen Augen jede meiner Bewegungen.

Eigentlich hatte ich Dimitri oder Artjon am Telefon erwartet, was naheliegend gewesen wäre, doch nicht ihn. „Was willst du, Raphael?" Ich schalte den Lautsprecher an.

Mia fällt vor Schreck die Gabel aus der Hand, die sie apathisch festgehalten hat und auch Emilian verliert an Farbe.

„Was ich will? Och, ich wollte mal fragen, wie es euch so geht", erwidert Raphael zynisch. „Ich erhole mich ganz gut im Sanatorium und weiß, wem ich meinen Aufenthalt zu verdanken habe."

Ich schlucke hart. Meine innere Anspannung raubt mir fast den Atem und mir ist für einen Augenblick, als stünde ich außerhalb meines Körpers.

„Was macht denn meine kleine Nichte? Wächst und gedeiht, nehme ich an? Sie sitzt bestimmt jetzt auf dem Schoß ihrer Patentante, was?"

Woher weiß er, dass Alizée Emmas Patin ist? Mein Magen krampft sich zusammen, als mir klar wird, dass wir einen Verräter unter uns haben müssen. Es kann gar nicht anders sein.

„Ach, nein. Warte mal. Die blonde Schnepfe ist ja gar nicht da. Na sowas." Raphael klingt gehässig und kalt wie nie zuvor. „Ich habe gehört, sie ist ... verloren gegangen."

Scheiße! Ich war so blöd! Warum wird mir das erst jetzt klar? Raphael steckt hinter alledem! Verärgert über mich selbst presse ich kurz die Lippen aufeinander. „Konnte ich es mir doch denken, dass du etwas damit zu tun hast!", knurre ich verächtlich in den Hörer.

„Mein Freund Dimitri war mir noch einen Gefallen schuldig. Und da ich selbst körperlich nicht in der Lage bin, mich persönlich bei dir zu revanchieren, habe ich ihn vorgeschickt."

Meine Hände ballen sich zu Fäusten und die Wut in mir steigt immer weiter an. Oh, wie ich Raphael verabscheue! „Du mieses Stück Scheiße! Das wirst du noch bitter bereuen!"

„Wer bitter bereuen wird, wirst du noch sehen, Lion! Mit Alizée fange ich an, mit Mia mache ich weiter und vor eurer Kleinen werde ich keinen Halt machen! Dieses Kind dürfte es gar nicht geben!"

„Pass auf, was du sagst, Raphael. Glaube mir, ich werde deinen kleinen verfluchten Arsch finden und ich werde dich so durchprügeln, dass du dir wünschst, du wärst niemals aus dem Koma aufgewacht!", brülle ich und bin völlig außer mir.

Aus dem Augenwinkel sehe ich, wie Zoé Emma aus dem Raum bringt. Besser so. Sie soll ihren Vater so nicht erleben müssen.

Mia hockt regungslos auf ihrem Stuhl und zittert. Emilian hat sich neben sie gesetzt und den Arm um sie gelegt. Immerhin hat er noch einen Funken Anstand.

Raphaels dreckiges Lachen dröhnt aus dem Hörer.

„Dein dämliches Grinsen wird dir noch vergehen, du erbärmliches Stück Scheiße!"

„Dafür musst du mich erst finden. Aber ich fürchte, dann kannst du nicht nach der kleinen Blonden suchen, bevor sie einen Kopf kürzer ist. Und das meine ich wortwörtlich, mein Freund. Du musst dich wohl entscheiden."

„Oh, ich werde dich finden! Das verspreche ich dir!", zische ich, springe von meinem Platz auf und tigere aufgebracht durch den Raum.

„Wir könnten uns auch auf einen Deal einigen. Sechzig Prozent deines Besitzes und deiner Geschäftskontakte gehen an mich. Der Rest an die Russen. Dafür bekommst du achtundvierzig Stunden, dir mit deiner Familie ein Versteck zu suchen", schlägt er großzügig vor, als hätte er mir den Deal meines Lebens unterbreitet. Leider wird mir gerade klar, dass es der Deal meines Lebens ist. Und der von Mia und Emma. Vor dem Tisch bleibe ich stehen und starre ins Leere.

„Was sagst du zu meinem Angebot, Löwe?"

„Vergiss es!", brülle ich entschlossen und sehe zu Emilian herüber, der bejahend nickt.

„Ich gebe dir vierundzwanzig Stunden Zeit, um deine Entscheidung zu überdenken. Wenn du immer noch ablehnst, schicke ich dir Alizées hübschen Kopf per Expresszustellung. Dann kannst du ihn irgendwo aufhängen und dir vorstellen, welche Köpfe schon bald daneben hängen."

„Fick dich!", brülle ich und schmeiße das Telefon gegen die Wand.

Es zerschellt in mehrere Teile, die völlig zerstört auf dem Boden landen.

Mia springt von ihrem Platz auf und rennt weinend aus dem Raum.

Emilian will ihr nachlaufen, doch ich hebe die Hand. „Lass sie. Ich werde gleich mit ihr reden." Mein Herz schmerzt bei der Vorstellung, wie es gerade in ihr aussieht. Ich muss Raphael finden. „Wenn wir den Kerl in die Finger bekommen würden, könnten wir die Russen zurückpfeifen und mit ihnen neu verhandeln."

Emilian stellt sich neben mich und verschränkt die Arme vor der Brust. „Wie sollen wir das anstellen?"

„Wir müssen herausfinden, wo er sich aufhält. Die einzige Person, die das in Erfahrung bringen kann, ist Mia.“

„Du willst sie zu ihrer Mutter schicken, habe ich recht?“

„Bist du irre? Ich lasse sie anrufen. Auch wenn Zazou uns schon einmal geholfen hat, können wir nicht mit Sicherheit ausschließen, dass Raphael sie nicht beschatten lässt. Wenn Mia sich mit ihr trifft und der Bastard davon erfährt, wird sie sofort zur Zielscheibe.“

Emilian nickt zustimmend. „Glaubst du, Zazou würde Mia Raphaels Aufenthaltsort verraten?“

Grübelnd lege ich die Stirn in Falten. „Wenn sie ihre Tochter und ihre Enkelin wirklich liebt, dann schon.“

26. KAPITEL

ARTJON

Das Feuer im Kamin meines Arbeitszimmers knistert und das Pfeifen des eisigen Windes ist durch das Fenster zu hören. Ich bin gerade dabei, wichtige Papiere zu sortieren, als mein Handy klingelt. Ich nehme einen Zug von meiner Zigarette und stoße angespannt den Qualm aus, bevor ich den Anruf von Dimitri annehme, dessen hässliche Fresse mir auf dem Display entgegengrinst. Dabei asche ich mir beinahe auf den Anzug.

„Dimitri. Was gibt es?"

Ein Rauschen ist in der Leitung zu hören. „Läuft alles nach Plan, Johnny? Ich bin noch im Sanatorium. Die Boullards brauchten ein bisschen Unterstützung beim Verhandeln."

Während Dimitri spricht, puste ich Qualmkreise in die Luft.

„Was macht die Kleine?"

„Wimmert und heult in ihrem Gefängnis", antworte ich knapp und kritzle mit meinem Kugelschreiber auf ein Schmierblatt.

Dimitris gehässiges Lachen dringt aus dem Hörer. Ich hasse dieses Lachen. „Wir haben Lion und seinem Verein noch vierundzwanzig Stunden Bedenkzeit gegeben. Deshalb kann ich nicht früher zurückkommen. Wenn die sich nicht auf unseren Deal einlassen, werde ich Lion und seinen Idiotenpartner höchstpersönlich umbringen. Und du machst die Kleine kalt. Ich will ihren Kopf. Den überreiche ich höchstpersönlich als kleines Präsent, wenn ich den Idioten mit den besten Grüßen von Raphael meine Aufwartung mache." Wieder lacht er grunzend in den Hörer.

Ein Schauer kriecht über meinen Rücken bei der Vorstellung, Alizée enthaupten zu müssen. „Du weißt aber schon, dass die Les Rois Noirs nicht nur aus zwei Personen bestehen, oder?"

„Natürlich weiß ich das, du Schwachkopf. Ich bin ja nicht blöd. Ich werde das zusammen mit den Boullards und ein paar von unseren Leuten erledigen. Anatolij und seine Männer sind schon unterwegs nach Frankreich."

Mir ist nicht wohl bei der Sache, obwohl mich solche Dinge kalt lassen.

„Morgen um zwölf bringst du die Kleine um", hallt Dimitris tonlose Stimme aus dem Hörer und trifft mich wie ein Paukenschlag.

„Und wenn die Franzosen sich auf den Deal einlassen?" Mein Kugelschreiber kratzt immer fester auf das Papier.

„Dann bringst du sie natürlich auch um. Sie hat zu viel mitbekommen."

Der Kugelschreiber gleitet mir aus der Hand und ich weite pikiert die Augen.

„Um ein Uhr kommt ein Kurier, um das Paket abzuholen."

„Alles klar", antworte ich und lege auf, nachdem Dimitri das Gespräch beendet hat.

Völlig überfordert reibe ich mir mit den Händen über das Gesicht. Dann wandert mein Blick auf das kleine Schmierblatt, das ich während des Telefonats unbewusst vollgekritzelt habe. Darauf ist ein Vogel mit einem flammenden Schweif zu sehen. Der Feuervogel. Das Lieblingsmärchen aus meiner Kindheit. Eine Erinnerung an meine Eltern. Ich bin nicht abergläubisch, doch das ist ein Zeichen.

Hektisch erhebe ich mich vom alten Sekretär, schnappe mir meinen Mantel von der Garderobe und eile aus dem Zimmer.

Ich haste die Treppenstufen hinauf und währenddessen liefern sich der Engel und der Teufel in mir einen bitteren Kampf. Sätze wie „Es war nur Sex" und „Da ist eine tiefe Bindung zwischen euch" fliegen wie Wurfgeschosse durch meinen Kopf. Das alte Holz knarzt unter meinen Füßen. Je näher ich dem Turmzimmer komme, desto langsamer werde ich, um niemanden auf mich aufmerksam zu machen. Neben dem Zimmer befindet sich eine kleine Kammer. Ich greife ins Regal, das dort in die Wand eingelassen ist, und schnappe mir einen schwarzen Sack und Kordeln.

Tu das nicht, meine ich die Stimme meiner Mutter im Geiste zu hören, schüttle mich und stelle mich vor die Tür zum Turmzimmer. Mein Atem geht schwer und mein Herz tobt. Ich weiß nicht, warum ich nicht einfach eintrete und kaltblütig wie immer meinen Auftrag ausführe. Stattdessen lege ich mein Ohr auf das harte Holz und lausche.

Aus dem Inneren des Raumes ist ein leises Murmeln abgewechselt von einem Schluchzen zu hören. Alizée liest sich wohl selbst aus dem Feuervogel vor. Ich erkenne die Worte genau, die sie spricht. Offensichtlich versucht sie, sich selbst damit zu beruhigen. Genau wie ich es früher immer getan habe.

Meine Hand, die locker auf dem Holz gelehnt hat, ballt sich wie von selbst zu einer Faust zusammen. Die Kombination aus dem Gelesenen, dem Klang ihrer Stimme und der hohen Emotionalität, machen mich völlig mürbe. Sie zerstört alles, was mir je als Grundlage gedient hat, meine eiskalte Fassade, aufrechtzuerhalten. Meine innere Schwäche, die ich als kleiner Junge in die tiefsten Abgründe meiner Emotionalität gedrängt habe, kriecht mehr und mehr hervor. *Nein, das darf nicht passieren. Es darf nicht.* Je höher sie kriecht, desto klarer wird das Bild meiner Eltern, das vor meinem inneren Auge zum Vorschein kommt. „Mach das nicht, mein Junge", spricht mein Vater zu mir, während meine Mutter ihm nickend beipflichtet.

Ich weiß nicht, was ich tun soll, spreche ich in meinen Gedanken zu ihnen und erhoffe mir einen Rat.

„Erfüll ihr diesen einen Wunsch und hör darauf, was dein Herz dir sagt. Es gibt auch ein Leben abseits der Barkows." Meine Mutter lächelt mir noch zu, bevor sich das Bild in meinem Kopf verflüchtigt. Einerseits hat sie recht, aber wenn Dimitri das herausbekommt, sind wir beide tot. Andererseits soll ich Alizée beiseiteschaffen und nichts anderes wird Anna oder einer der Angestellten sehen, wenn ich sie hier rausbringe.

Das Weinen hinter der Tür wird lauter.

Scheiße, Artjom, was machst du? Es ist das erste Mal, dass ich mich selbst wieder bei meinem richtigen Namen nenne. Ich atme tief durch und wäge dabei meine

Optionen ab. Als ich mir sicher bin, die richtige Entscheidung getroffen zu haben, schließe ich das Schloss auf, lege meine Hand auf die Klinke und trete ein.

Die Tür öffnet sich laut quietschend.

Alizée sitzt am Fenster. Es scheint ihr Lieblingsplatz in diesem Raum zu sein. Verweint und mit verschrecktem Gesicht sieht sie vom Buch auf, das auf den Knien ihrer angezogenen Beine liegt.

„Aufstehen", weise ich sie streng an, so kühl, dass ich mich selbst erschrecke. Die Kälte in mir ist zurück.

Wortlos legt Alizée das Buch beiseite und steht auf. Den Sack und die Seile, die ich hinter meinen Rücken halte, hat sie noch nicht gesehen, aber ich glaube, sie kann sich schon denken, was ihr bevorsteht.

„Die Hände hinter den Rücken und umdrehen."

Alizée schluckt. „Was hast du vor?" Angst hallt mit jedem ihrer Worte mit.

„Denk an den Zettel." Mehr Anweisungen braucht es nicht. Wenn sie schlau ist, wird sie gehorchen.

Und das tut sie. Langsam dreht sie sich um, und hält die Hände überkreuzt hinter dem Rücken.

Unvermittelt trete ich an sie heran, greife nach ihren Handgelenken und wickle das Seil darum. Ich ziehe es fest, doch nicht so, dass es ihr Schmerzen bereitet. Dann öffne ich den Knoten meiner Krawatte und ziehe sie aus. Behutsam verbinde ich ihr damit die Augen.

Ihre Lippen beben und eine Träne läuft unter der Krawatte hindurch.

Ich greife nach dem Sack und halte einen Augenblick inne. Mein Blick ruht auf Alizées Bluse, unter der sich ihr Brustkorb hektisch hebt und senkt. Ihr verführerischer Duft dringt in meine Nase und droht mich erneut wie ein Virus zu befallen. Ganz langsam streiche ich ihr die Träne von der Wange und lege den Zeigefinger anschließend auf ihren vollen, weichen Lippen ab.

Sie öffnet sie einen kleinen Spalt und ihr heißer Atem dringt an meinem Finger vorbei. Er hinterlässt ein aufregendes Prickeln. *Scheiße, verdammt!*

Schnell weiche ich zurück und fahre mir, wütend über mich selbst, durch die Haare.

27. KAPITEL

ALIZÉE

Der Knall meiner Zimmertür lässt mich zusammenzucken, nachdem Artjon sich beinahe geräuschlos von mir entfernt hat. Perplex, blind und hilflos stehe ich im Raum und lausche der unheimlichen Stille. Ich spüre, dass sich Artjon noch im Raum befinden muss, denn seine dunkle Präsenz eines engelhaften Teufels ist allgegenwärtig.

Als ich mich seitlich an den Schultern zwei Hände berühren und langsam daran hinabgleiten, überkommt mich ein Schauer. Einen Wimpernschlag später spüre ich Artjon dicht hinter mir. Etwas zieht vorn an meiner Bluse. Mir wird ganz heiß, als ich begreife, dass er sie aufknöpft. Er zieht sie von meinen Schultern, sodass sie direkt über meinen gefesselten Handgelenken hängenbleibt. Der Klang eines Klappmessers treibt meinen Puls in die Höhe. Ich bin irritiert, weil erst etwas die Träger meines BHs strammzieht und ich sie dann nicht mehr auf meinen Schultern spüren kann. Zwei Finger öffnen den Verschluss meines BHs und kurz darauf spüre ich Artjons heißen Atem in meinem Nacken. Gänsehaut legt sich auf meinen Körper und ein eigenwilliges Kribbeln breitet sich in meiner Brust aus.

„Egal, was passiert: Sei leise", raunt er und beißt mich sachte ins Ohrläppchen.

Erschrocken kneife ich die Augen zusammen, schlucke den Schmerz hinunter und nicke als Antwort auf seine Anweisung. Es ist eine kranke Mischung aus Neugierde, Hass und Erregung, die meinen Verstand benebelt. Ich weiß nicht, wie er das macht und erst recht nicht, wie ich mich dagegen wehren kann.

Artjon legt seine Hände auf meine Brüste und zwirbelt meine Brustwarzen zwischen seinen Fingern, was zur Folge hat, dass sich meine Mitte sofort zusammenzieht. Dann lässt er von ihnen ab und stellt sich vor mich. Langsam streift er meine Leggings ab und die Kälte des Raumes legt sich auf meine Haut. Wieder erklingt die Messerklinge. Kurz darauf hat Artjon mich meines Slips entledigt. *Fuck.* Ich stehe obenrum blind und nackt, in der Mitte gefesselt und untenrum nackt vor ihm. Keine gute Kombination. Aber eine verdammt aufregende. Irgendetwas versichert mir, dass er mir nichts antun wird. Zumindest nicht jetzt.

Ich keuche auf, als er meine Perle mit seinen Lippen berührt und seine Zunge meine Klit umkreist. Eine angenehme Hitze jagt von meiner Mitte aus durch meinen Körper und das Kribbeln, das Artjons Zunge auslöst, fühlt sich wie ein Waldbrand an, dessen Feuer er mit jeder weiteren Berührung weiter anfacht. Ich schnappe nach Luft, als er auch noch einen Finger in mich schiebt, und werfe den Kopf in den Nacken.

Artjon weiß, an welchen Stellen er mich berühren muss. Seine Zunge entfernt sich, doch sein Finger bleibt in mir. Ich spüre, wie er hinter mich tritt, während sein Finger mich ungestüm massiert. Dann hält er inne.

„Weißt du noch, was deine ersten Worte waren, als du wieder mit mir gesprochen hast?", raunt er mir ins Ohr und bringt damit mein Herz fast zum Stolpern.

„Ja", keuche ich leise.

Artjon umfasst mit der freien Hand mein Kinn und zieht meinen Kopf seitlich zurück. „Sag es mir. Aber so, wie du es jetzt meinst", knurrt er mit erwartungsvollem und zugleich herrischem Unterton.

Ohne nachzudenken, drücke ich meinen Kopf an seinen, bis ich sein Ohr an meinen Lippen spüre. „Fick mich, Artjon", hauche ich und wünsche es mir wirklich. Ich will, dass er mich berührt, dass er mich hier und jetzt nimmt.

Ich höre ihn schmunzeln. Dann lässt er gänzlich von mir ab.

Einen Augenblick später ist es still. *Wo ist er hin? Was passiert jetzt? Wollte er das nur von mir hören und lässt mich stehen?* Bevor ich meine Gedanken vertiefen kann, werde ich an den Beinen gepackt und hochgehoben. Kopfüber baumle ich über seiner Schulter.

Mein Herz schlägt schnell, als ich mich kurz darauf auf dem kaputten Sofa wiederfinde. Ich spüre die Bruchstelle genau unter meinem Rücken.

Artjon packt mich und hebt mich ein Stück höher. Dann dreht er mich auf die Seite und löst die Fesseln. Doch frei lässt er meine Hände nicht. Er hält sie mit einer Hand über meinem Kopf fest. Ich schlucke hart, als er zwischen meine Beine steigt und ich das Klappern seiner Gürtelschnalle höre. Etwas knistert leise. Wahrscheinlich hat er ein Kondom ausgepackt. *Gott, kann er nicht schneller machen?* Meine Mitte kribbelt so sehr, dass ich es kaum aushalten kann.

Sein Gesicht kommt meinem ganz nah. Er atmet angestrengt und beugt sich über mich.

Ich bin inzwischen so nass vor Erregung, dass ich mir auf die Unterlippe beiße und die Augen zusammenkneife. Nichts zu sehen und nur ahnen zu können, was als Nächstes geschieht, befördert mein Sexleben auf eine ganz neue Ebene.

Artjons Lippen legen sich auf meine und knabbern sachte an der Stelle, auf die ich zuvor gebissen hatte. Dann atmet er genussvoll ein und berührt meine Pussy mit der Spitze seines Schwanzes.

Der prickelnde Schauer, der mich dabei überkommt, erfasst mich wie eine Welle, die mich schließlich überrollt. Ich atme aufgeregt und schiebe Artjon mein Becken entgegen.

Artjon taucht in mich ein und füllt mich aus. Es ist wie eine Mischung aus Feuerwerk und Fliegen, Hochgenuss und Qual zugleich. Wir tauchen in ein völlig neues Universum ein. Ein Universum aus Dunkelheit und unbändiger Lust.

Artjons Stöße werden schneller und härter, er bringt meine Mitte zum Glühen.

Ich kann mich nicht mehr wehren, winde mich unter ihm hin und her, während er zustößt und unermüdlich meine Arme festhält. Schließlich erliege ich dem Orgasmus, der mich wie ein Orkan erfasst und mich meines Atems, und all meiner Sinne beraubt. Als ich langsam wieder zu mir komme, zieht Artjon sich aus mir zurück, lässt meine Hände los und dreht mich auf alle viere um. Die letzten Wellen des Orgasmus hallen noch nach, als er wieder in mir ist und mich noch heftiger vögelt.

Wir brennen. Füreinander und miteinander.

Ich will schreien, doch ich darf es nicht. Will ihn sehen, doch ich kann es nicht. Was mir niemand nehmen kann, ist das intensive Gefühl, als wir beide gleichzeitig kommen und eins werden.

Sein Schwanz pulsiert in mir, Artjon lehnt sich vor und ich spüre seinen kräftigen Herzschlag an meinem Rücken. Schwer atmend verharrt er über mir, beugt sich zu meinem Kopf herab und küsst mich seitlich in den Nacken. Sein Kuss trifft mich wie tausend Nadelstiche, denn es ist ein liebevoller. Niemals habe ich es für möglich gehalten, dass dieser Mensch auch eine sanfte Seite haben kann. „Vertraust du mir?", höre ich seine warme Stimme an meinem Ohr.

„Ja", hauche ich sanft und meine es auch so.

„Gut." Seine Stimme erklingt in gewohnter Strenge. Er zieht sich aus mir zurück und löst die Krawatte um meinen Kopf. „Zieh dich an und stell dich mit dem Gesicht zum Fenster."

Geblendet vom Tageslicht, blinzle ich, bis ich wieder richtig sehen kann. „Okay." Ich gehorche und tue, was er mir gesagt hat. Mir ist ziemlich unwohl dabei, denn der angenehme Teil scheint vorbei zu sein. Es bereitet mir Angst, nicht zu wissen, was passieren wird. Als ich vor dem Fenster stehe, zittere ich am ganzen Leib vor Erschöpfung, Kälte und Angst. In der Spiegelung des Fensterglases sehe ich wie Artjon auf mich zutritt und mir die Hände wie zuvor fesselt. Ich schlucke und versuche das Zittern niederzukämpfen. Es scheint mir zu gelingen, doch als er den schwarzen Sack hinter seinem Rücken hervorzieht, habe ich das Gefühl, dass mir mein Herz jeden Augenblick aus der Brust springt. Unvermittelt legt sich Dunkelheit in Form eines Baumwollstoffes um mich. Wieder werde ich hochgehoben und auf Artjons breite Schulter geworfen. Vor Schreck schreie ich auf. „Artjon, was soll das?!"

„Brüll nur, kleine Französin. Schrei so lange du noch kannst."

Ich begreife nicht, was geschieht, doch spüre die panische Angst, die mit jedem Schritt, den er mit mir macht, weiter in mir aufsteigt.

Das Knarzen von Treppenstufen ist zu hören und es wackelt. Es ist deutlich zu spüren, dass es abwärts geht. Nicht nur physisch, sondern mit allem. Das war's. Ich bin erledigt. Nach dreiundsechzig Stufen, von denen mich jede einzelne geängstigt hat, treten wir durch einen Raum, in dem Artjons Schritte laut hallen und schließlich ins Freie.

Kalter Wind rauscht um meinen Körper, mit dem ich mich unter lautem Schreien tretend zu befreien versuche. Doch es nützt alles nichts.

Ein müdes Auflachen ist die einzige Reaktion, die ich bei Artjon hervorrufe. „Was soll der Mist?! Lass mich sofort frei!", schreie ich und versuche, ihm durch den Stoff hindurch in die Schulter zu beißen.

Er brüllt schmerzerfüllt auf, als ich ihm meine obere und untere Zahnreihe ins Fleisch jage. „Fuck!", zischt er und kurz darauf lande ich mit einem dumpfen, aber recht harten Aufprall im kühlen Nass.

Während Artjon irgendwelche Worte auf Russisch flucht und ich mich aufzusetzen versuche, höre ich das Öffnen einer Kofferraumklappe. „Nein!", schreie ich und reiße die Augen auf, habe aber durch den dunklen Stoff nicht den Hauch einer Chance, etwas zu sehen.

Ich werde gepackt und in den Kofferraum gelegt, in dem es nach Vanille-Duftbaum riecht. Sofort muss ich daran denken, dass hier kurz zuvor noch eine Leiche gelegen haben könnte und daher der Duftbaumgeruch nötig ist. „Artjon! Tu das nicht! Artjon!", schreie ich, bis ich schließlich ein Kratzen in meiner Kehle spüre und meine Stimme versagt.

„Denk an das Rätsel", sagt er, bevor sich über mir die Kofferraumklappe laut schließt und das dramatische Pfeifen des Windes ausschaltet. Es ist totenstill um mich herum. Meine Sinne sind geschärft. Eine Tür wird geöffnet und wieder geschlossen. Kurz darauf heult ein Motor auf und das Knacken der Reifen auf dem Schnee ist direkt unter mir zu hören.

Scheiße! Wo bringt er mich hin? Mir fällt ein, dass Dimitri heute Abend zurückkommen wird. Mein Magen krampft sich bei der Vorstellung zusammen, dass meine Lebenszeit fast abgelaufen ist. Dabei habe ich mich eben noch so lebendig gefühlt. War das alles nur Show? Was ist Artjon für ein Mensch? Bis vor ein paar Minuten habe ich noch fest an das Gute in ihm geglaubt und gedacht, dass ich ihm trauen kann. Jetzt bin ich mir nicht mehr sicher.

Der Wagen, der nach hinten ausschert, stoppt. Es ruckelt kurz und die Reifen scheinen sich zu drehen. Dann gibt Artjon Gas und der Wagen nimmt Fahrt auf. Genau wie mein Herz, das wie das eines Läufers nach einem Marathon schlägt. „Artjon! Ich will sofort hier raus! Du elender Mistkerl!", schreie ich und warte unter Herzklopfen auf eine Reaktion von ihm. Anstatt zu antworten oder mich freizulassen, dreht er das Radio auf und tritt das Gaspedal durch.

Meine Schreie gehen unter dem Gesang von Tove Lo unter, die passend in dem Lied *My Gun* darum bittet, vorsichtig abgeknallt zu werden. „Du Arschloch! Dreh das sofort leiser!“

„Vergiss es!“, schnauzt er und lacht auf. „Genieß es lieber! Das ist vielleicht die letzte Musik, die du in deinem Leben hören wirst.“

„Du elender Mistkerl! Ich hasse dich! Ich hasse dich! Ich hasse dich!“

Artjon lacht amüsiert und dreht das Radio noch lauter.

Ich gebe es auf, weitere Kräfte durch Schreien zu verschwenden, wenn er mich ja doch nicht hört, und überlege mir lieber einen Plan, wie ich heil aus der Nummer rauskomme. *Ich werde nicht sterben! Nicht heute und nicht durch seine Hand!*

28. KAPITEL

LION

Mit Hilfe von Zoé ist es uns gelungen, ein Treffen mit Zazou zu organisieren. Wir sind in einem kleinen Waldstück verabredet. Ihre Bedingung war es, dass wir Emma mitbringen. Schließlich hat sie ihre Enkelin noch nie gesehen. Wissend, dass Cartier und seine Leute in der Nähe sein werden, haben wir eingewilligt.

Auf den letzten Metern, die ich mit meinem Wagen zurücklege, checkt Mia noch einmal die Verkabelung an ihrem Körper. „Ich fühle mich nicht wohl dabei, wenn wir abgehört werden."

„Es ist nur zu unserem Schutz."

„Wir treffen uns doch nur mit meiner Mutter."

„Die unserem Feindes-Clan angehört", unterbreche ich Mia und werfe ihr ein überlegenes Lächeln zu.

Sofort rollt sie mit den Augen und zieht einen Schmollmund. „Sie ist deine Schwiegermutter und hat mir das Leben gerettet."

Kapitulierend hebe ich kurz die Hände, die daraufhin wieder fest das Lenkrad umgreifen und meinen Wagen auf eine kleine Seitenstraße in Richtung Wald lenken.

„Ich weiß, aber der Rest deiner Familie wollte uns umbringen.“

Mia schluckt und hat dem nichts entgegenzusetzen. Nervös reibt sie die Hände aneinander.

Emma ist in ihrem Autositz eingeschlafen und bekommt zum Glück nichts von unserer Aufregung mit.

Der Weg, der in das Waldstück führt, ist ziemlich holprig. Mia sieht besorgt nach hinten.

„Emma wird von dem Geschaukel schon nicht aufwachen“, beruhige ich sie. „Jetzt mach dich mal locker. Es ist nur deine Mutter“, zitiere ich Mia schmunzelnd und steuere die Parkfläche an, die wir als Treffpunkt ausgemacht haben. Hier befinden wir uns weit ab der Stadt an einer nicht einsichtigen Stelle mitten im Grün. Der perfekte Ort für ein geheimes Treffen. Oder einen Mord. Hier würde es niemand mitbekommen.

Im Schritttempo fahre ich auf den von dichten Bäumen umrandeten Parkplatz, auf dem ich bereits einen schwarzen SUV ausgemacht habe. Das wird Zazous Wagen sein. Die Fahrertür wird geöffnet und eine Frau mit Sonnenbrille steigt aus, obwohl kaum Licht durch die dichten Baumkronen dringt.

Aufmunternd streichle ich Mia über den Oberschenkel. „Bleib ruhig. Ich glaube nicht, dass außer Zazou jemand von den Boullards auftauchen wird. Außerdem sind Cartiers Leute in der Nähe und hören uns.“ Ich deute mit dem Finger unauffällig auf mein Hemd, unter dem sich ebenfalls eine Verkabelung mit Mikrofonen befindet. Sicher ist sicher.

„Okay“, wispert Mia und stößt aufgeregt Luft aus.

Ich parke neben dem SUV und stelle den Motor ab. Nun bin auch ich nervös.

Mia öffnet die Beifahrertür und hält inne.

„Geh ruhig. Ich hole Emma aus dem Sitz."

„Okay", haucht Mia, holt noch einmal tief Luft und steigt aus. Langsam geht sie auf Zazou zu, die daraufhin die Sonnenbrille absetzt und ihrer Tochter mit geöffneten Armen entgegentritt. Sie trägt ein feines Kostüm und eine Hochsteckfrisur und erinnert mich daran, woher Mia ihren Sinn für Stil hat.

Die beiden umarmen sich innig. Kein Wunder, sie haben sich eine ganze Weile nicht mehr gesehen.

Ich steige aus und beschließe, erst einmal den Buggy aus dem Kofferraum zu holen, während sich die beiden Frauen in den Armen liegen. Drei Minuten später trete ich mit der fest schlafenden Emma im Buggy auf die beiden zu.

Zazou hält freudestrahlend auf uns zu. „Lion", begrüßt sie mich freundlich und nimmt mich in den Arm. Dann sieht sie zu Emma herab. Ein süßer Glanz bildet sich in ihren Augen, als sie in die Hocke geht und der Kleinen mit dem Handrücken über die Wange streichelt. „Sie ist so hübsch. Habt ihr gut hingekriegt. Danke, dass ihr sie mitgebracht habt."

„Wenn auch nicht ganz ungefährlich", ergänze ich und versuche, die Stimmung nicht kippen zu lassen.

Doch Zazou verzieht keine Miene. „Mir ist niemand gefolgt. Ganz bestimmt nicht."

„Komm wir gehen ein Stück, Mama", schlägt Mia vor und weist mit dem Kopf auf den Fußgängerweg, der durch den Wald führt.

„Gern. Also, ihr wolltet mich sprechen. Warum?", geht Zazou recht schnell zum Wesentlichen über. Sie weiß, dass das hier kein gewöhnlicher Familienausflug ist, sondern jede Minute eine Gefahr darstellt.

Mia räuspert sich und sieht zu mir herüber.

Sofort nicke ich, denn es ist wirklich besser, wenn sie Zazou unser Anliegen nahebringt.

„Mama, du erinnerst dich vielleicht noch an meine Trauzeugin auf der Hochzeit?"

Zazou setzt die Sonnenbrille wieder auf ihre Nase. „Ja, so eine quirlige Blonde, richtig?"

„Genau. Sie ist mit Emilian, Lions Partner, zusammen", fügt Mia hinzu und sieht mich unsicher an.

„Was willst du mir damit sagen, Kind?"

Mia schluckt. „Sie ist seit Wochen verschwunden. Wir haben wirklich alle Hebel in Bewegung gesetzt, um sie zu finden."

„Das tut mir leid, aber warum bestellst du mich deswegen her?"

Weil ich sehe, wie schwer Mia das Gespräch zu fallen scheint, greife ich ein. „Dein Sohn hat sie mit Hilfe der Russen entführen lassen, um uns zu erpressen. Weißt du etwas darüber?"

Zazou schiebt die Sonnenbrille ins Haar und sieht mich überrascht an.

Nein, sie weiß nichts. Ihr Gesicht spricht Bände.

„Was sagst du da? Mit den Russen?"

Mia nickt. „Mama, wenn du etwas weißt, dass uns helfen kann, dann sag es uns bitte. Alizée ist wie eine Schwester für mich." Tränen schießen ihr in die Augen. Mias Nervenkostüm hat in den letzten Wochen sehr gelitten.

„Nein, davon weiß ich nichts. Mir war nicht einmal bekannt, dass wir überhaupt Kontakte zu den Russen haben. Wer soll denn das sein?"

„Dimitri Barkow", werfe ich mit strengem Ton ein.

Zazou schüttelt den Kopf. „Sagt mir nichts."

„Aber der Name des Sanatoriums, wo sich dein Schweinesohn aufhält, der sagt dir sicher etwas, oder?" Sofort kassiere ich einen mahnenden Blick von Mia, während ich den Kinderwagen vor mir herschiebe.

„Lion!", tadelt sie mich und schüttelt langsam den Kopf.

„Schon gut", sagt Zazou und lächelt bedrückt. „Raphael ist kein Engel. Aber ich kann euch nicht sagen, wo er ist. Er muss sich erholen."

„Erholt genug, um mit den Russen miese Pläne zu schmieden, scheint er ja zu sein", sage ich beifällig und ein klein wenig gehässig. Ich hasse den Kerl. Was soll ich da nette Worte in den Mund nehmen?

Zazou seufzt und bleibt stehen. Ihr Blick wandert zu Emma.

„Du bringst auch deine Enkelin in Gefahr, wenn wir nichts unternehmen. Die Russen wollen sich einen nach dem anderen von uns vornehmen und machen auch vor der Kleinen nicht Halt", erkläre ich, sehe aber, dass sie sich bereits im Klaren darüber ist, da sie mir zunickt. „Wir wollen nur reden. Dann kann Raphael sich von mir aus noch etwas erholen, bis wir das endgültig klären."

„Wir wollen nicht ständig in Angst leben, Mama. Emma soll unbeschwert aufwachsen. Mit ihrer Patentante und in Frankreich." Mia greift nach Zazous Hand und wirft ihr einen flehenden Blick zu. „Bitte, Mama."

„Und wie wollt ihr erklären, wie ihr zu der Adresse gekommen seid, wenn ich sie euch aushändige?", stellt Zazou eine berechtigte Frage.

„Ein Hacker hat in unserem Auftrag dein Handy abgehört?", schlägt Mia vor. Nicht schlecht, meine Frau.

Zazou steigen hektische Flecken ins Gesicht. Mit sich ringend, wandert ihr Blick zwischen Mia und mir hin und her. Dann sieht sie zu Emma, die in diesem Moment ihre großen Kulleraugen aufschlägt, die sie von Mia und somit von Zazou geerbt hat. Diese ist wie schockverliebt. Zumindest lässt das ihr Lächeln und das Funkeln in ihren Augen erahnen. „Also schön. Habt ihr etwas zu schreiben dabei?"

29. KAPITEL

ARTJON

Über eine Stunde bin ich bereits unterwegs. Kupanskoye liegt hinter uns und mein Weg besteht nur noch aus Wald. Hier ist niemand und kein Mensch wird uns hier finden. Was weder Dimitri noch sonst jemand weiß: Im Waldgebiet hinter Kupanskoye liegt ganz versteckt die Jagdhütte meines Großvaters. Den Schlüssel dafür hat er mir vor seinem Tod heimlich zugesteckt. Da war ich sechzehn und wusste nichts damit anzufangen. Noch nie bin ich dort gewesen. Bis heute.

Im Kofferraum ist es ruhig geworden, sodass ich die Fahrt entspannt hinter mich bringen kann. Laut meines Navigationsgeräts werden wir in zehn Minuten die Hütte erreichen. Um uns herum ist nichts als Wald. Fernab der Zivilisation liegt die Hütte gut versteckt und ist nur mit den Koordinaten zu finden, die niemand außer mir kennt, da mein Großvater längst verstorben ist.

Der Weg wird ziemlich holprig und sollte Alizée eingeschlafen sein, wird sie spätestens jetzt aufwachen.

„Hey, wo bringst du mich hin?", ertönt ihre Stimme, als hätte ich eine Uhr danach stellen können.

„Lass dich überraschen!", rufe ich sarkastisch zurück und grinse in mich hinein, da ich langsam Gefallen an dem Katz- und Mausspiel finde.

„Du Arschloch! Ich hasse dich, Artjon!"

Ein amüsiertes Lächeln legt sich auf meine Lippen, während ich mir vorstelle, wie sie da gerade völlig angsterfüllt im Kofferraum liegt und zu glauben scheint, dass die Welt gleich untergeht. Dabei sind wir nur auf einer holprigen Waldstraße.

Es sind noch wenige hundert Meter. Die kleine Hütte müsste bald zu sehen sein. Doch was sich in mein Sichtfeld drängt, ist Dimitri vor meinem inneren Auge. Sofort ist meine gute Laune dahin. „Morgen um zwölf bringst du die Kleine um!", höre ich seine Stimme, die mir einen Schlag in die Magengegend versetzt.

Mein Blick gleitet zur Uhr an meinem Handgelenk. Ich habe es, um die Zeit abzulesen. Gleich achtzehn Uhr. Maximal noch zwanzig Stunden, dann wird Dimitri uns ausfindig gemacht haben, wenn der Bote mit leeren Händen auftaucht. Und dann wird Dimitri zwei Pakete schnüren können. Er wird keine Sekunde zögern, auch mich umzubringen, wenn ich ihm meinen Dienst verweigere. Neffe hin oder her.

Hinter einer Kurve kommt die Hütte zum Vorschein. Ich muss zweimal hinsehen, um sie auszumachen. Sie ist durch den Schnee und den wilden Efeu gut getarnt, der sie komplett überwuchert hat.

Mein Großvater hat sie als Kind zusammen mit seinem Vater gebaut und als Jagdhütte benutzt. Die beiden waren oft tagelang im Wald, um Rehe und Wildschweine zu erlegen. Sämtliches Werkzeug für die Arbeit müsste noch vorhanden sein. Wofür ich es benutzen werde, ist die Frage.

Wer weiß, vielleicht schieße ich nachher noch etwas. Mein Großvater war wie ich ein ziemlich gerissener Hund, hatte neben der Hütte sogar noch ein Versteck im Moskauer U-Bahn-Untergrund und ich bin froh, dass ich sehr viel von ihm lernen durfte.

Ich steuere auf die Jagdhütte zu und parke dahinter, denn da hört der Weg auf. Als ich den Motor ausstelle, höre ich die kleine Französin keifen, doch blende sie aus. Schnell gehe ich in den Wald und sammle große Äste, um den Wagen zu tarnen. Das Laub ist von einer feinen Schneedecke bedeckt, der unter meinen Fußsohlen knackt und knirscht. Zehn Minuten später erreiche ich vollbepackt wieder den Wagen. Vorsichtig verteile ich die großen Äste auf dem Jaguar und verschwinde abermals im Wald. Allerdings nicht, um noch mehr Geäst zu sammeln, sondern Schnee. Damit alles unversehrt aussieht, darf ich diesen nicht unmittelbar neben der Hütte sammeln. Sofort würde auffallen, dass jemand hier war. Die Schneespuren, die meine Schuhe hinterlassen, verraten schon viel zu viel. Von einer Tanne knicke ich einen kleinen Ast ab und verwische damit die Spuren im Schnee. Nach mehrmaligem Laufen ist der Wagen unter einer dünnen Schneedecke verschwunden. Zu warten, bis er von selbst eingeschneit wird, dauert mir zu lange, denn der Schneefall ist heute eher gering. Den Kofferraum habe ich ausgelassen, da ich Alizée erst noch ins Haus bringen muss. Damit sie keine Faxen macht, muss ich sie wohl oder übel noch einmal betäuben, damit mir genug Zeit bleibt, noch auf Jagd zu gehen.

Aus meiner Manteltasche ziehe ich ein Stofftaschentuch und träufle etwas Chloroform darauf. Langsam öffne ich die Kofferraumklappe und sehe eine zitternde Alizée vor mir. Ihre Lippen sind blau und ihr Atem in der kalten Luft in Form kleiner Wölkchen sichtbar. Während ich auf der Fahrt die Heizung hatte und im Warmen gesessen habe, ist im Kofferraum nichts davon angekommen. „Scheiße", fluche ich und rüttle an ihr.

Scheinbar ist sie schon halb weggetreten. Durch die Krawatte kann ich nicht sehen, ob sie die Augen geöffnet hat.

„Alizée?"

Sie gibt keinen Laut von sich, zittert aber.

Gut, wahrscheinlich spielen wir jetzt wieder: „Wer schweigt am längsten?". Das kann sie haben. Vorsichtig hebe ich Alizée aus dem Kofferraum und trage sie auf beiden Händen zum Eingang der Hütte. Da ich so nicht aufschließen kann, werfe ich sie mir über die Schulter.

Das Schloss springt unter einem lauten Knacken auf und gibt den Weg ins düstere Innere frei. Jahrzehnte ist niemand mehr hier gewesen und so muffig riecht es auch. So lange uns niemand vermisst, kann ich Feuer machen und die Bude aufwärmen. Aber erst einmal wird gelüftet.

Ich trage Alizée zum alten Sofa, das bereits meiner Urgroßmutter gehörte, und lege sie darauf. Unweit daneben liegt eine Decke sorgfältig zusammengefaltet. Schnell greife ich danach und lege sie über Alizée. Dann eile ich zu den Fenstern, schiebe die dicken Vorhänge beiseite und reiße sie auf. Blendendes Tageslicht dringt von außen herein. Um mich zu orientieren, blicke ich mich um.

Die Hütte ist etwa vierzehn Quadratmeter groß, verfügt über eine Küche, in der Großvater und ich damals die rote Arbeit erledigt haben, den Aufenthaltsraum, in dem ich mich gerade befinde, ein kleines Bad und eine Schlafnische. Seitlich von mir befindet sich der Kamin, den ich nachher in Betrieb nehmen werde. Hinter der Hütte müsste noch ein Stapel Holzscheite liegen. Dort hat mein Großvater sie früher immer gelagert.

Nachdem ich die Fenster geschlossen und die Vorhänge wieder halb zu gezogen habe, trete ich an das Sofa heran und löse die Krawatte um Alizées Kopf.

Sie hat die Augen fest geschlossen.

Ich betrachte sie eingehend, kann meinen Blick kaum von ihr abwenden. Doch ich darf keine Zeit verlieren. Schnell drehe ich mich um und hole ein paar Holzscheite von draußen, die zum Glück noch an derselben Stelle liegen wie früher, als ich zuletzt hier war.

Als das Feuer im Kamin schließlich anfängt zu lodern und zu knistern, schnappe ich mir das Jagdgewehr meines Großvaters aus der Küche und verschwinde nach draußen.

30. KAPITEL

ALIZÉE

Es ist wohlig warm und düster, als ich langsam die Augen aufschlage. Ich muss gähnen und kann mich nicht strecken, weil meine Hände und Füße gefesselt sind. Nach mehrmaligem Blinzeln sehe ich klar und blicke mich um. Artjon hat mich auf einem Sofa abgelegt. Der Raum, in dem ich mich befinde, ist durch das Feuer, das ein paar Meter vor mir im Kamin knistert gut aufgeheizt. Im Auto habe ich furchtbar gefroren.

Ich zucke zusammen, als ich neben mir auf einem Regal ausgestopfte Tiere und Jagdtrophäen entdecke. Geweihe, Hörner und Fell von Rotwild. Vor dem Kamin liegt Bärenfell mit einem ausgestopften Kopf daran.

Die einfachverglasten Fenster wackeln jedes Mal, wenn der Wind von außen dagegen pfeift. Draußen ist es dunkel. Ich habe jegliches Zeitgefühl verloren und kann nur vermuten, dass wir späten Abend haben.

„Artjon?", rufe ich in den Raum hinein, doch die einzige Antwort, die ich bekomme, ist das wilde Pfeifen des Windes am Fenster. Er ist nicht da. Auch gut. Dann passiert mir wenigstens nichts. Ich kann diesen Menschen nicht einschätzen. Vielleicht leidet er an einer psychischen Störung. Wie kann jemand so schnell von liebevoll auf eiskalt umschalten? Klar, die Mafiosi sind knallhart, da ist für Zuneigung wohl kein Platz, aber ein Liebesleben haben diese Menschen doch auch. Wenn ich an Mia und Lion denke, können sie sogar sehr familiär sein. Ob das bei der russischen Mentalität anders ist?

Das Knacken des Türschlosses lässt mich aufblicken. Kurz darauf öffnet sich die Eingangstür. Schnee wird vom kalten Wind hineingeweht und lässt das Kaminfeuer bedrohlich flackern. Eine vermummte Gestalt kommt mit schweren Schritten und einem leblosen Reh auf dem Rücken in die Hütte. Als sie sich die Fellmütze hochschiebt, erkenne ich Artjons Augen darunter. In seinen Augenbrauen haben sich Schneeflocken gesammelt. Er hat sich einen Schal bis über die Nase gezogen und dreht den Kopf in meine Richtung.

Sofort spüre ich seine festnagelnden Blicke und beginne erneut zu zittern, doch dieses Mal nicht vor Kälte.

„Gut geschlafen, Furie?", neckt er mich streng, doch mit einem mürrischen Grinsen.

Es ist fast niedlich, wie er versucht, seinen inneren Schweinehund zu besiegen und zu lächeln, obwohl es scheinbar nicht seine Art ist. Mir fällt wieder ein, dass ich sauer auf ihn bin und drehe beleidigt den Kopf weg.

Ohne darauf zu reagieren, tritt Artjon in einen Nebenraum und legt hörbar das Reh ab. Hinter dem Türrahmen flackert Licht auf. Dann quietscht eine Schranktür und kurz darauf klappert etwas, das sich wie Messer anhört. *Er wird doch nicht etwa …?* Von Neugierde getrieben, hieve ich mich vom Sofa hoch und hüpfe in Artjons Richtung. Gespannt spähe in den Raum hinein. *Krass. Er macht es wirklich.*

Ein Messer in der Hand haltend, führt er einen gekonnten Schnitt in der Mitte des Tieres aus. Schockiert und angeekelt halte ich mir die Hand vor den Mund, als ein Stück Darm aus dem Bauch des Tieres quillt. Ohne auf mich zu reagieren, nimmt Artjon das Tier aus und legt die Organe in eine Schüssel neben sich auf dem Tisch. Mein Magen krampft sich zusammen, denn noch nie habe ich dabei zugesehen, wie ein Tier ausgenommen wird.

„Etwas gewöhnungsbedürftig, was?", fragt Artjon schmunzelnd, ohne von dem Tier wegzuschauen.

„Ein wenig", entgegne ich und presse mich seitlich an den Türrahmen, weil mir schummrig wird.

Artjon zieht einen kleinen Stuhl unter dem Tisch hervor. „Setz dich lieber."

Obwohl er es nicht sehen kann, nicke ich und hüpfe zum Stuhl. Vorsichtig nehme ich darauf Platz und versuche, den Blick auf Artjon, nicht auf das Tier und erst recht nicht auf die Schüssel zu fokussieren.

„Das machst du nicht zum ersten Mal, oder?", frage ich vorsichtig und bewundere, wie souverän er das Tier ausnimmt, obwohl es mich ekelt. Ein Mann wie Artjon würde unter Garantie nie verhungern, wenn man ihn irgendwo im Wald aussetzen würde. Ich dagegen schon. Ich wüsste gerade einmal, welche Beeren genießbar wären, aber das war es auch schon. Ein Tier zu töten würde ich mir nicht zutrauen.

„Nein, mein Großvater und ich haben früher oft gejagt."

„Liegt wohl in der Familie, was?" Angewidert drehe ich mich weg, als Artjon den Darm des Tieres entnimmt.

„Quasi. Ich habe leider nicht so viel Zeit mit meinem Opa verbracht. Aber die, die ich mit ihm hatte, habe ich sehr genossen." Artjon legt den Darm in die Schüssel und sieht so unbekümmert zu mir herüber, als hätte er nie etwas anderes getan. Ein kleines Lächeln huscht über seine Lippen. „Bist du mir noch wegen dem unkomfortablen Transport hierher böse?"

Mit einem mürrischen Brummen ziehe ich eine Schnute.

„Wir wurden beobachtet und so sah es wenigstens echt aus." Artjon spielt mit dem Messer in seiner Hand herum und betrachtet mich eingehend. „Alizée, ich sage es dir ganz direkt. Wir sind nicht ohne Grund hier. Morgen um zwölf Uhr Mittag will Dimitri dich tot sehen."

Ich schlucke hart, habe allerdings schon mit solch einer Hiobsbotschaft gerechnet.

„Drei Mal darfst du raten, wer das für ihn erledigen soll." Er wiegt das Messer in den Händen hin und her und jagt mir damit Gänsehaut über den Körper.

Der Gedanke, dass es hier und mit dieser Waffe passieren könnte, gefällt mir ganz und gar nicht. „Und, wird dir das genauso leichtfallen, wie das Reh zu töten?"

Artjon wischt das Messer mit einem Tuch sauber. Er legt es auf den Tisch, wäscht sich das Blut im Waschbecken von der Haut und hockt sich schließlich vor mich. Mit seinen großen, rauen Händen greift er nach meinen. Mit dem Messer entledigt er mich all meiner Fesseln.

Sofort liegt wieder diese Spannung in der Luft, die eine einzige Berührung von ihm entfacht hat.

„Was machst du mit mir?", fragt er plötzlich und zieht die Augenbrauen grübelnd zusammen.

„Was mache ich denn?" Nervös schlucke ich. „Ja, wir hatten tollen Sex, aber … Ich kann dich ja nicht einmal leiden und du mich auch nicht." Ungläubig muss ich über meine eigene Aussage lachen.

Auch Artjon schmunzelt. „Du bist eine widerspenstige Furie, kleine Französin."

„Und du ein ungehobeltes Arschloch, du Misanthrop." Spitzbübisch sehe ich ihn an und verliere mich in dem klaren Blau seiner Iriden.

„Sag so etwas nicht. Das beleidigt mich. Ich bin nicht ohne Grund so geworden. Außerdem hasse ich nicht alle Menschen." Sein Griff um meine Hand festigt sich.

„Warum bist du so?"

Artjon seufzt und rollt mit den Augen. „Lass uns das Thema wechseln."

„Sag es mir. Morgen bin ich sowieso tot. Wem soll ich also davon erzählen?"

„Dimitri hat mich zu dem gemacht, was ich bin. Mehr musst du nicht wissen", brummt er.

Da ist er wieder – der Menschenhasser. Besser, ich gehe nicht weiter auf dieses Thema ein. „Ist okay", wispere ich und beuge mich zu ihm vor. „Ich bin auch ein Menschenhasser. Dich hasse ich zum Beispiel", füge ich vorlaut hinzu, woraufhin er mich grob am Kinn packt und mich mit durchdringendem Blick fixiert.

„Ich warne dich, Kleine. Treib es nicht zu weit", knurrt er unter immer düsterer werdendem Blick.

Nach einem erfolglosen Versuch, mein Kinn zurückzuziehen und mich aus seinem Griff zu befreien, schnaufe ich. „So? Was dann?"

Artjon zieht mein Gesicht noch näher zu seinem. „Hinten liegt ein Messer, du hast selbst dabei zu gesehen, wie ich damit umgehe. Noch Fragen?"

„Nein", antworte ich trotzig und zugleich erschrocken.

„Hm", brummt er, lässt mein Kinn los und weicht ein Stück zurück.

„Artjon?"

Sein Blick ruht schon wieder auf dem Reh, als er aufsteht. „Was?"

Mir brennt diese Frage so auf der Zunge, dass ich von meinem Stuhl aufspringe, nach seiner Hand greife und ihn zu mir ziehe.

Verwundert dreht er sich zu mir um.

„Warum hasst du mich so?" Mir schlägt das Herz bis zum Hals bei der Frage, auf die ich mir so sehr eine ehrliche Antwort wünsche. Ich will diesen Mann endlich verstehen. Begreifen, was in ihm vorgeht.

Perplex starrt Artjon mich an, was mich ziemlich verunsichert und tritt auf mich zu.

O nein. Ich glaube, das war eine Frage zu viel.

Artjon greift mit beiden Händen nach meinem Kopf und zieht ihn mit einem Ruck zu sich. Dabei drückt er seine Stirn gegen meine. „Ich hasse dich, weil ich dich nicht lieben will. Denn meine Liebe zu dir würde unser beider Tod bedeuten."

31. KAPITEL

LION

Im Süden Frankreichs

Frische Waldluft hüllt mich ein, als ich mit Emilian fünfhundert Meter vor unserem Ziel aus dem Wagen steige. Die Vögel zwitschern in den hohen Baumkronen und unweit des Sanatoriums riecht es nach frisch gemähtem Gras.

„Ein idyllisches Fleckchen für so eine Ratte", bemerkt Emilian spitz und schließt die Beifahrertür. „Und jetzt? Einfach reinmarschieren?"

Unvermittelt wende ich meinen Blick von der Umgebung ab und zeige meinem Partner den Vogel. „Spinnst du? Nein."

„Was willst du denn machen? Dich als Pfleger reinschmuggeln?" Emilians Bemerkung ist offenbar als Scherz gemeint, findet bei mir allerdings großen Anklang. „Gar keine schlechte Idee", bemerke ich und verschränke beim Nachdenken die Arme vor der Brust. Ein fast meditatives Brummen entfährt meinen Lippen auf der Suche nach dem richtigen Plan. Wir dürfen uns keinen Fehler erlauben.

Ein Schatten flimmert durch mein Sichtfeld. „Huhu, noch anwesend, Löwe?"

Angespannt dränge ich Emilians Hand von meinem Gesicht weg. „Wir sind hier nicht im Kindergarten. Ich versuche nachzudenken."

„Dann denk mal etwas schneller, bevor uns jemand sieht."

Erschrocken reiße ich meinen Kopf herum, entdecke zum Glück keine Menschenseele. „Ich muss es allein machen." Entschlossen sehe ich meinen Partner an.

„Was? Bist du lebensmüde? Wer weiß, wie viele Pfleger geschmiert sind und die Augen nach uns offenhalten. Raphael wird garantiert vorgesorgt haben. Mit Sicherheit gibt es einen Security-Dienst, dessen Männer gut platziert sind und die sofort die Waffen auspacken, wenn sie dich entdecken."

„Das habe ich bedacht. Hast du deine Beretta und den Schalldämpfer dabei?"

Emilian rollt mit den Augen, weil er mir seine Lieblingswaffe aushändigen muss. Dann öffnet er eine der hinteren Wagentüren und greift nach einem Koffer, der im Fußraum liegt. Er dreht am Zahlenschloss und stellt den richtigen Code ein, woraufhin es ein leises Knacken von sich gibt. Geschützt durch ein Polster blickt Emilian sehnsuchtsvoll auf die Beretta, die er am liebsten nicht aus der Hand geben würde. Er ist ein absoluter Waffennarr und dies ist sein Lieblingsspielzeug. Schnell schraubt er den Schalldämpfer darauf und seufzt. „Hier, pass gut darauf auf", sagt er schwerfällig, als er sie mir entgegenhält.

Mit einem Nicken stecke ich sie rücklings unter die Gürtelschnalle.

„Pass auf dich auf." Emilians Blick ist besorgt.

„Jetzt guck nicht so. Fahr lieber den Wagen ein Stück weg von hier und warte auf mich.“

„Ich parke am Waldeingang. Einen Kilometer von hier.“

„Okay.“

„Dann hast du aber ganz schön was zurückzulegen“, wirft Emilian ein. „Packst du das?“

Gespielt pikiert hebe ich eine Augenbraue. „Sehe ich aus wie ein Rentner?“

Mein Kumpel grinst und steigt in den Wagen, der kurz darauf anspringt. Der Parkplatzkies knackt laut unter den Rädern, als Emilian ausparkt und langsam davonfährt.

„So, Lion Laurent, jetzt bist du auf dich allein gestellt. Dann wollen wir mal los“, murmle ich zu mir selbst und begebe mich auf den schmalen Waldweg. Es beginnt zu tröpfeln. „Verdammt, auch das noch“, fluche ich und beschleunige meinen Gang. Ich weiß, dass unmittelbar neben dem Sanatorium ein kleiner Wildtierpark liegt, durch den garantiert einige Patienten spazieren, aber bestimmt nicht bei Regen. Das könnte mir zum Vorteil werden. Je weniger Menschen ich begegne, umso besser. Leisen Schrittes eile ich vorwärts über den Weg, der immer schmaler wird und von hohen Büschen umgeben ist. Nervosität steigt mit jedem Meter auf, den ich mich dem Sanatorium nähere. Als eine der großen Hecken endet, entdecke ich ihn – den Aufenthaltsort meines Erzfeindes.

Das Sanatorium kommt eher einer überdimensionalen Villa gleich, ist in einem sehr gepflegten Zustand und seitlich von akkurat geschnittenen Efeuranken überwachsen. Es hat einen beigen Anstrich unter dem roten Ziegeldach und wirkt auf den ersten Blick bereits wie ein Schickimicki-Laden. Womöglich erholen sich hier nur die Reichsten der Reichen. Umso schwieriger wird es, unbemerkt hereinzukommen.

Ich schleiche mich in den Sichtschutz der Buchsbaumhecke, die das Sanatorium seitlich abschirmt und entdecke über dem Eingang die erste Kamera. Auch der Bereich hinter der Hecke ist kameraüberwacht. Alles außerhalb jedoch, wo ich mich befinde, mutmaßlich nicht, da es öffentliches Gelände ist.

Den Haupteingang kann ich vergessen. Zu viele Kameras und auch zwei Securitys habe ich links und rechts hinter der gläsernen Eingangstür entdeckt. Ich erstarre in meiner Bewegung, als ein weißer Lieferwagen auf mich zukommt. Schnell verstecke ich mich hinter einem kugelförmig gestutzten Buchsbaum. Mein Herz klopft wild in meiner Brust. *Scheiße, das war knapp.* Hoffentlich hat mich niemand gesehen. Vorsichtig linse ich aus meinem Versteck, als der Wagen an mir vorbei und hinter das Sanatorium fährt. In letzter Sekunde entdecke ich die rote Aufschrift *Catering* auf dem Wagen, unter der ein dampfender Teller mit einem Braten zu sehen ist.

Das ist meine Chance. Ich werde nicht als Pfleger, sondern als Caterer in das Sanatorium schleichen. Schnell husche ich vorwärts und bleibe dabei dicht an der Hecke. Als ich am Ende angekommen bin und mein Puls höher schnellt, blicke ich um die Ecke. Der Lieferwagen hat seine Hecktüren geöffnet und zwei Caterer sind gerade dabei, große Töpfe auszuladen.

Einer von ihnen ist ein kleiner, dicker Mann mit grauem Haar und Schnauzbart. Der andere scheint kaum volljährig zu sein und ist offenbar ein Azubi.

„Pass gut mit dem Topf auf", mahnt der Dicke den Kleinen und geht voran in Richtung Hintereingang. Er öffnet die Tür und steckt einen Keil darunter.

Als die beiden durch den Hintereingang treten, jogge ich auf den Lieferwagen zu und steige auf der Suche nach einer Schürze, wie sie die beiden Männer getragen haben, hinein. Auf einem Haken über weiteren Töpfen, aus denen ein herrlicher Duft strömt, entdecke ich schließlich eine. Schnell schlüpfe ich hinein, greife nach einer Hygienehaube, die neben den Töpfen in einer geöffneten Kiste liegt, und schnappe mir eine Suppenschüssel. „Auf geht's Raphael. Dir werde ich deine Suppe heute ordentlich versalzen", spreche ich in Gedanken, während sich ein räuberisches Grinsen auf meine Lippen legt.

32. KAPITEL

ALIZÉE

Waldhütte, Russland

Seine Worte berühren mein Herz und treffen mich bis ins Mark. Das erste Mal habe ich wirklich das Gefühl, den wahren Artjon vor mir zu sehen. Artjon, der Mann mit Emotionen und nicht die eiskalte Killermaschine.

Er hat die Augen prüfend zusammengekniffen und scheint auf eine Reaktion meinerseits zu warten.

Innerlich fluchend stelle ich fest, dass ich fünf vor zwölf erkannt habe, dass auch ich ähnlich empfinde. Es ist genau, wie Artjon gesagt hat. Ich will ihn nicht lieben, also hasse ich ihn. Ich will nicht, weil er mein Entführer, ein Verbrecher und ein gnadenloser Killer ist. Doch mein Herz schlägt für ihn, weil er der Mann ist, der in mir etwas auslöst, das ich nicht in der Lage bin, zu beschreiben. Es ist, als wären wir füreinander geschaffen, weil wir uns in vielen Dingen sehr ähnlich sind und uns anziehen wie zwei Magnete. Noch nie habe ich mich gegen meine Gefühle so wehren müssen wie jetzt, was die Tatsache, dass es ihm genauso geht, nur noch schwieriger macht. Und etwas in mir sagt mir, dass er mich nicht töten wird, weil er es nicht kann.

Die Luft brennt, als er mich zu sich zieht und wortlos ansieht.

Mein Herz macht einen Sprung, da meine Nervosität rasant ansteigt.

„Scheiß auf Dimitri", flüstert er, greift mir beherzt in den Nacken und zieht mich zu sich. Dann küsst er mich so fordernd, dass sich meine Mitte zusammenzieht.

Ich lege meine Arme um seinen Hals und drücke mich an ihn.

Er atmet schwer und scheint in völlige Ekstase zu fallen, als ich meine Hände schamlos und ungefragt zu seiner Gürtelschnalle wandern lasse und sie öffne.

Artjon drängt mich unter seinen Küssen in Richtung Aufenthaltsraum. Vor dem Kamin hält er an und drückt mich sanft zu Boden.

Rücklings lege ich mich auf das Bärenfell neben dem knisternd-warmen Kamin.

Artjon klettert über mich und nimmt meine Hände über dem Kopf zusammen. Mit einer kleinen Kordel, die er aus der Hosentasche zieht, bindet er sie zusammen und knotet sie an der Halterung des Kaminbestecks, die an der Wand befestigt ist. Wie es scheint, darf ich dieses Mal dabei zusehen, wie er mich entkleidet. Als ich völlig entblößt und mit klopfendem Herzen vor ihm liege, greift er nach dem Schürhaken über meinem Kopf. Die schmiedeeiserne Spitze ist wie die eines Pfeiles geformt und ziemlich spitz, die Seiten sind jedoch flach. Mit einem Tuch, das auf einem Stuhl neben dem Kamin liegt, reibt er den Haken sauber.

Artjon steht über mir, hat seine Beine links und rechts neben meiner Mitte aufgestellt und legt den Schürhaken behutsam auf meinem Schlüsselbein ab.

Mein Herz flattert wie ein Schmetterling, als er den Haken langsam über meinen Körper in Richtung Brust streicht. Der Mix aus Prickeln und Gefahr treibt mich in Ekstase. Es macht mich an, obwohl ich nicht einmal verstehe, warum – denn eigentlich ist die ganze Situation vollkommen irre.

Die Pfeilspitze wandert weiter über meinen Körper, umkreist meinen Bauchnabel und macht kurz vor meiner Bikinizone Halt.

Artjons Blicke scheinen mich am Boden festzunageln, denn ich bin nicht mehr fähig, mich zu bewegen. Die Anspannung ist riesig. Er legt den Schürhaken beiseite, beugt sich über mich und dreht mich um. „Schön brav sein, kleine Französin", raunt er mir ins Ohr, nachdem er mich in den Vierfüßlerstand gebracht hat.

O Gott, was kommt jetzt?

Artjon legt mir einen seidig weichen Stoff über die Augen. *Also doch wieder die Krawatte.*

Ein leises Klirren ist zu hören und kurz darauf streicht etwas Spitzes von meinem Rücken in Richtung meines Pos. *Der Schürhaken.*

Plötzlich ist der Haken weg und saust einen Wimpernschlag später mit der flachen Seite auf meinen Po. Ich zucke zusammen und bin leicht erschrocken. Der brennende Schmerz hallt ein wenig nach, als mich der nächste, aushaltbare, aber stimulierende Klaps trifft.

„Wie gefällt dir das?", raunt Artjon, dessen eigene hörbare Erregung die meine überschattet.

Ich kann nicht leugnen, dass es mir gefällt, aber von einem Killer den Arsch versohlt zu bekommen und das heiß zu finden, ist schon recht bizarr.

Weil ich offenbar nicht schnell genug geantwortet habe, folgt ein weiterer Klaps. Diesmal etwas fester. Unter schmerzverzerrtem Gesicht stöhne ich auf.

Plötzlich höre ich das Klappern einer Gürtelschnalle und kurz darauf, wie etwas leise zu Boden gleitet. Dann spüre ich Artjon hinter mir, er zieht mich ein Stück zurück und dringt in mich ein. Erst langsam und dann immer schneller. Er füllt mich komplett aus und mein inneres Feuerwerk ist in vollem Gange.

Artjon packt beherzt an meine Brust und knetet sie, während er mit der anderen Hand meine Mitte festhält und an sich presst. Sein Atem geht angestrengt. Er stößt immer schneller zu, lässt schließlich meine Brust los und reibt über meine Perle.

Das ist zu viel! Ich kann nicht verhindern, dass meine Pussy kontrahiert und ich von einer heftigen Lustwelle überrollt werde. Ich keuche und winde mich, doch Artjon zieht sich sofort aus mir zurück, als der Orgasmus abgeebbt ist, statt weiterzumachen. Er zieht mich hoch und lässt mich wie ein Hund auf dem Boden knien. „Du hast mir vorhin meine Frage nicht beantwortet. Ich habe gefragt, ob dir das gefällt, Alizée", seine Stimme klingt belehrend.

„Ja, es gefällt mir", antworte ich immer noch schwer atmend, während Artjon hörbar die Schürzange in die Hand nimmt und sie auf meinen Po sausen lässt.

Es ist ein süß-schmerzvolles Gefühl, das sich auf meiner Haut ausbreitet und meinen Körper wie ein Stromschlag durchzuckt.

Ich höre Artjon dunkel schmunzeln, bevor er die Stelle küsst, die immer noch wie Feuer brennt.

„In meiner Welt gibt es keine Bienchen und Blümchen, kleine Französin. Keine Côte d'Azur und keinen Sonnenschein. In meiner Welt herrschen Dunkelheit und rohe Gewalt. Sie ist so gnadenlos und lieblos, dass du sie mit deinem zarten Gemüt nicht ertragen könntest. Nicht einen einzigen Tag lang."

Ich schlucke hart, als mich seine Worte wie Pfeilspitzen treffen und mir klar wird, dass er die Schönheit des Lebens gar nicht kennt. Oder nicht kennen will.

„Glaub mir, wir passen nicht zusammen." Er küsst mich noch einmal auf die brennenden Stellen meines Pos und bindet mir die Augenbinde los.

Perplex drehe ich mich um und sehe ich ihn an.

Er ist so wunderschön. Seinen Oberkörper zieren einige Narben, doch jede von ihnen liebe ich. „Warum sagst du das?" Ich will nicht, dass vorbei ist, was gerade erst begonnen hat.

Während ich in meiner Position ausharre, kniet Artjon sich vor mich und zieht mein Kinn zu sich heran. „Weil es so ist. Schau uns doch an. Du bist das liebliche Püppchen, Tochter eines Pastors -"

„Woher …?", stammle ich.

„Ich habe mich nach dir erkundigt. Das gehört zu meinem Job", fällt er mir ins Wort und legt die Stirn in Falten. „Es passt vorn und hinten nicht, Alizée."

Mein Magen krampft sich zusammen, als er diese Worte spricht, denn ich will es nicht wahrhaben. Ein Schleier legt sich über mein Sichtfeld, sodass Artjons hübsches Gesicht vor mir zu verschwimmen droht.

„Jetzt heul mir nicht los."

„Pfff, davon träumst du wohl", entgegne ich beleidigt, indessen sich zeitgleich die erste Träne aus meinem Auge stielt.

Plötzlich packt er mich an den Schultern und drängt mich nach hinten, dass ich auf dem Rücken liege. Dann klettert er über mich und kommt meinem Gesicht gefährlich nahe.

Mein Herz springt in meiner Brust hin und her, und bringt mein Blut zum Rauschen. Ich fühle mich wie das Reh in der Küche, bevor Artjon es geschossen hat: Ihm grenzenlos unterlegen und ausgeliefert. Er bestimmt, was als Nächstes passieren wird, und ich kann nichts dagegen tun. Ich hebe meine linke Hand und lege sie auf seine Brust. In ihr schlägt ein entfesseltes Herz. Vehement und ungestüm. Unsere Blicke treffen sich, als ich zu ihm aufschaue. Ich tauche in das intensive Blau seiner Iriden ein, das tiefer als der Ozean scheint.

„Hör auf damit", knurrt er und bedenkt mich mit einem strengen Ausdruck aus seinen Augen.

Der Versuch, mich aufzurichten, verläuft schon beim Ansatz im Sande. „Sonst was?" Herausfordernd sehe ich ihn an, während ein kalt-süßer Schauer über meinen Rücken läuft.

Artjon stößt den Atem deutlich hörbar aus, greift mit einem Arm unter meinen Kopf und packt mein Haar.

Ich schnappe nach Luft, als seine Spitze in mich eintaucht und sich die Muskeln tief in meinem Inneren zusammenziehen.

Die Nase in meinem Haar vergraben, liebkost er meinen Hals und scheint meinen Duft intensiv in sich aufzunehmen. Sein Atem geht schwer. Er verharrt einen

Augenblick, nachdem sein Schwanz durch seine kreisenden Beckenbewegungen meine Perle massiert hat.

Dieser Mann bringt mich noch völlig um den Verstand.

Er taucht von meinem Hals auf und betrachtet mich eingehend. Etwas Diabolisches liegt in seinen Augen. Ohne den Blick von mir abzuwenden, dringt er vollends in mich ein.

Ich stöhne auf und kneife genussvoll die Augen zusammen. Sämtliche Reizsensoren meines Körpers schlagen aus.

Artjon lächelt triumphierend und küsst mich daraufhin so leidenschaftlich, dass seine Zunge meine Lustschreie erstickt. Er steigert das Tempo, was zur Folge hat, dass mich ein Orgasmus der Größe eines Megalodons übermannt.

Dieser mürrische Bösewicht fickt wie ein Gott und befördert mich aus seiner Hölle geradewegs in den Himmel. Die Intensität seiner Stöße steigert sich, während er animalische Laute von sich gibt. Für einen Augenblick schließt er genussvoll die Augen. Kurz darauf spüre ich das heftige Pulsieren seines Schwanzes, während ihm zeitgleich die pure Erlösung ins Gesicht geschrieben steht und er immer langsamer in seinen Bewegungen wird.

33. KAPITEL

ARTJON

Es ist kurz nach zwei in der Nacht, als ich aus einem unschönen Traum erwache und mit halb zusammengekniffenen Augen auf das Handydisplay sehe. Dimitris Stimme liegt mir in den Ohren und war Grund für meinen schlechten Traum. „Um zwölf Uhr Mittag ist sie tot." Seine Worte waren so kalt und endgültig. Nichts und niemand würde ihn dazu bringen, nicht an seiner Meinung festzuhalten. Vorsichtig drehe ich den Kopf zur Seite.

Alizée liegt eng an mich geschmiegt in meinen Armen und schläft, während das Feuer im Hintergrund auf kleiner Flamme lodert. Sie sieht so friedlich aus und es tut gut, sie so nah bei mir zu spüren. Alizée ist der erste Mensch, der es geschafft hat, mein verschlossenes, kaltes Herz zu öffnen und ihm Leben einzuhauchen. Es tut gut und schmerzt zugleich, denn in ein paar Stunden wird dieses Gefühl für immer aus meinem Leben verschwinden.

Das Ticken meiner Armbanduhr, die mir den fortschreitenden Ablauf von Alizées Lebenszeit verdeutlicht, macht mich mürbe. „Um zwölf Uhr Mittag, ist sie tot", hallt Dimitris Stimme erneut durch meinen Kopf und lässt sich meine Fäuste wie von Geisterhand zusammenballen.

Alizées Duft ist überall an mir. Er riecht nach Freude und Leben und nach dem verborgenen Wunsch, der mit jedem Atemzug mehr zum Vorschein kommt – Liebe.

Dimitri wird mir diese Liebe nehmen. Schlimmer noch. Dieser Sadist erwartet, dass ich Alizée mit eigenen Händen töte. Anderenfalls wird er es tun. Wahrscheinlich sogar vor meinen Augen. Das ist gewiss. Ich schlucke hart bei der Vorstellung, dass Dimitri Alizée das Leben nimmt. „Nein! Das werde ich nicht zulassen." Alizée gehört zu mir.

Mit glasigen Augen blicke ich auf sie herab, drücke ihren zarten Körper an mich und beschließe, sie nicht mehr loszulassen. Es würde mir das Herz aus der Brust reißen, wenn ihr etwas passieren würde.

Dimitri darf mit seinem Plan nicht durchkommen und wenn das bedeutet, dass ich ihm den Rücken kehren und mich den Les Rois Noirs anschließen muss – dann ist es eben so.

Ich habe gar nicht mitbekommen, dass ich wieder tief eingeschlafen bin, als ich von Sonnenstrahlen geweckt werde. Verschreckt schlage ich die Augen auf, denn jede Sekunde, die ich nicht bewusst mit Alizée verbringe, ist verschenkte Zeit.

Sie sitzt vor mir und sieht mich aus verliebten Augen an. Ihre Wangen sind gerötet und sie wirkt glücklich. Dabei ist heute der Tag, an dem sie sterben soll.

„Guten Morgen, Brummbär", neckt sie mich lächelnd. „Wie lange siehst du mir schon beim Schlafen zu?"

„Lang genug, um genau zu wissen, wovon du geträumt hast“, kichert sie verlegen. „Du hast meinen Namen gesagt.“

Perplex ziehe ich die Augenbrauen zusammen und stemme mich mit dem Armen vom Boden ab. „So ein Quatsch.“

Schmunzelnd hält Alizée die Hand vor den Mund. „Doch, hast du.“ Ihr platinblondes, leicht gelocktes Haar ist verwuschelt und sieht trotzdem toll aus. Sie braucht diesen ganzen Make-up-Kram überhaupt nicht. Sie ist von Natur aus eine Schönheit. Ich erinnere mich nicht daran, geträumt zu haben, seit ich nach dem Albtraum wieder eingeschlafen bin. „Habe ich noch etwas von mir gegeben, von dem ich wissen sollte?“

„Ein Schnarchen“, antwortet sie und prustet los, woraufhin ich sie am Arm packe und zu mir ziehe.

Von hinten greife ich um ihren Oberkörper und drücke ihren Rücken gegen meine Brust. Meine Hand liegt genau über ihrem Herzen, dessen kräftige Schläge gegen meine Finger pochen. Ich vergrabe meine Nase in ihren Haaren und komme ihrem Ohr ganz nah. „Nicht so frech. Du weißt, wie das endet“, raune ich und deute mit dem Finger auf den Schürhaken.

„Bin schon still“, wispert Alizée und scheint sich ziemlich am Riemen reißen zu müssen, nicht erneut loszulachen. „Obwohl ...“

„Obwohl, was?“, hinterfrage ich kritisch und denke an den gestrigen Abend. Es hat mich derart angemacht, ihr den Hintern mit dem Teil zu versohlen.

„Obwohl ich gern noch eine zweite Runde hätte“, flüstert sie und bringt meinen Schwanz damit zum Pochen.

Auch ich hätte große Lust. Doch ein Blick auf die alte Kuckucksuhr an der Wand, treibt meinem Verstand Ernüchterung ein. Gleich zehn Uhr. Noch zwei Stunden. „Das geht nicht. Wir müssen etwas besprechen."

Alizée nimmt meine Hand und presst sie zwischen ihre Beine.

Oh, shit! Es fällt mir verdammt schwer, jetzt nicht in Versuchung zu geraten. „Lass das, Alizée. Das geht jetzt wirklich nicht."

„Och, warum nicht?", quengelt sie gespielt und aus dem Augenwinkel sehe ich, wie sie eine Schnute zieht.

Sanft lege ich meinen Finger auf ihre weichen Lippen. „Die nützt dir jetzt auch nichts. Uns rennt die Zeit davon." Ich drücke Alizée fest an mich und atme tief durch. „In zwei Stunden will Dimitri dich tot sehen. Wenn ich es nicht tue, wird er persönlich dafür sorgen und uns beide töten. Also müssen wir verdammt noch mal einen Plan finden, unsere beiden Ärsche zu retten."

Alizée ist nach meiner Hiobsbotschaft wie erstarrt. „Scheiße. Was machen wir jetzt? Weiß er, wo wir sind?"

„Noch nicht. Aber das wird sich schnell ändern. Wir haben maximal zwei Stunden. Dann wird's eng."

34. KAPITEL

LION

Südfrankreich

Mit dem fest umklammerten, heißen Suppentopf in den Händen schleiche ich zum Hintereingang. Mit angehaltener Luft linse ich ins Gebäude hinein und stoße sie erleichtert aus, als ich einen leeren Flur vorfinde. *In der Ruhe liegt die Kraft.*

Ungefähr zehn Meter von mir entfernt steht eine Tür offen, die sich entweder als Versteck oder Falle entpuppen kann. Vom Ende des Flurs hallen plötzlich zwei männliche Stimmen. *Verdammt!* Schnell jogge ich auf die Tür zu, hinter der sich zum Glück ein leerer Raum befindet und halte inne. Mit hämmerndem Herzen warte ich, bis die sich nähernden Stimmen an mir vorbeiziehen.

Der Caterer und sein Azubi schlendern über den Gang und bemerken mich nicht. *Glück gehabt.*

Ich beschließe, noch einen Augenblick zu warten und als kurz darauf das Geräusch zweier sich öffnender und dann zuklappender Autotüren erklingt, atme ich durch. Mich umsehend schäle ich mich wie ein Schatten aus meinem Versteck und nehme den Topf mit. Angetrieben von Rachelust und angestauter Wut mache ich mich auf die Suche nach Raphael und spähe in jede offen stehende Tür, an der ich vorbeikomme. Die Zimmer auf der unteren Etage sind von normaler, aber nicht gehobener Ausstattung. Hier brauche ich nicht zu suchen. Ich wette, der Bastard lässt sich hier mit Gold den Arsch pudern.

Es gelingt mir, unbemerkt ins Treppenhaus zu gelangen. Ich wette, er hat sein Zimmer da oben.

Den warmen Suppentopf dicht an meinen Körper gedrückt, steige ich Stufe für Stufe hinauf.

Plötzlich kommt mir ein Pfleger entgegen.

Ich nicke ihm beiläufig zu und hoffe, dass er einfach weitergeht.

Doch er bleibt stehen. „Entschuldigung, was haben Sie hier zu suchen?"

Perplex bleibe ich stehen. Mein Puls nimmt Tempo auf. „Ich gehöre zum Catering. Monsieur Boullard hat Suppe bestellt." *Hoffentlich hat der Kerl nicht mitbekommen, dass der Cateringwagen bereits weggefahren ist.*

Der Pfleger weitet die Augen, als habe er eine Eingebung. „Ach so. Ja, der mit seinen Extrawünschen. Sie wissen, wo Sie hinmüssen?"

„Nicht genau."

„Zimmer 1.12."

„Danke." Ich nicke ihm zu, woraufhin er seinen Weg nach unten wieder aufnimmt. *Genial. Jetzt kenne ich seine Zimmernummer. Na warte, du Ratte.*

Die letzten Stufen nehme ich voller Vorfreude. Oben angekommen, öffnet sich die Glastür automatisch. *Willkommen im Reich der Vergeltung.*

Ein großes Schild hängt im Flur der ersten Etage. Links sind die Zimmer eins bis acht und rechts neun bis sechzehn. Ich drehe mich nach rechts und marschiere entschlossen los. Zwei Schwestern, die mir auf dem Flur entgegenkommen, nicke ich zu und werde zum Glück nicht angesprochen. Dann stehe ich auch schon vor der Tür von Zimmer zwölf.

Ich atme tief durch. Mit dem Ellbogen drücke ich die Türklinke hinab, da meine Hände den warmen Suppentopf halten. Die Tür ist halb offen, als sie von innen aufgerissen wird.

Eine Schwester steht vor mir und sieht mich überrascht an. Als sie den Suppentopf in meinen Händen entdeckt, verdreht sie die Augen. „Schon wieder eine Extrawurst, Monsieur Boullard?“, ruft sie in den Raum hinein, doch erhält keine Antwort. „War ja klar. Stellen Sie sie auf den Tisch“, weist sie mich freundlich und sichtlich entnervt von Raphael an und geht an mir vorbei aus dem Raum.

„Was für eine Extrawurst?“, fragt Raphael viel zu spät. Er steht mit dem Rücken zu mir vor dem Fenster.

Leise schließe ich die Tür, schleiche vor und hebe den Deckel des Suppentopfes. Heißer Qualm hüllt mich ein. Den Deckel lege ich lautlos auf dem Tisch ab, den ich neben mir entdecke und wage mich weiter in den Raum vor.

„Ich habe dich was gefragt, Schwester“, knurrt Raphael mürrisch und dreht sich dabei nicht um.

„Ich bringe Suppe für die Ratte“, antworte ich ebenso knurrend.

Sofort fährt Raphael herum und starrt mich mit weit aufgerissenen Augen an. Er sieht fertig aus, die Wangen hohl, die Augen blutunterlaufen und nun ist ihm binnen Sekunden auch noch sämtliche Farbe aus dem Gesicht gewichen. „Was -“, setzt er an und starrt auf den Topf in meiner Hand, dessen Inhalt ich ihm augenblicklich entgegenschütte.

Die heiße Brühe trifft ihn mitten ins Gesicht. *Volltreffer.*

„Ahhh! Fuck!“, brüllt Raphael und hält sich die Hände vor die Augen.

In der Zwischenzeit stelle ich die Schüssel auf dem Boden ab und stürze mich auf ihn, um das Überraschungsmoment zu nutzen. Es gelingt mir, den Penner zu überwältigen und ihm den Mund zuzuhalten. Ich nehme ihn in den Schwitzkasten. „Hast du mich vermisst, du Stück Scheiße?“

Raphael flucht irgendetwas Unverständliches in meine Handfläche, die sich daraufhin feucht anfühlt und versucht sich aus dem Schwitzkasten zu befreien.

Dank ein paar Griffen aus der Kampfkunst bringe ich ihn bäuchlings zu Boden und drücke mit einer Hand seine geballten Fäuste auf seinen Rücken. Mit der anderen Hand ziehe ich die Beretta aus meiner Hose und halte Raphael den Lauf an die Stirn. „Halt bloß die Fresse, sonst bist du tot!“

„Du Pisser“, zischt er und hört auf zu zappeln.

Vollgepumpt mit Adrenalin komme ich seinem Gesicht ganz nah und habe Mühe, ruhig zu bleiben. „Wir beide machen jetzt einen kleinen Ausflug und du erzählst mir alles, was ich von dir wissen will, klar?“

„Vergiss es!“ Das hörbare Entsichern der Beretta ändert offenbar seine Meinung, denn plötzlich seufzt er.

„Was willst du von mir? Und wie hast du mich gefunden?“, fragt er murrend. Schweißperlen haben sich auf seiner Stirn gebildet und sein Atem geht angestrengt.

„Ich will, dass du die Russen abziehst! Sie sollen Alizée auf der Stelle freilassen. Lebend!“ Ich klettere von ihm, während die Beretta keinen Millimeter von seiner Schläfe weicht. „Du rufst sie sofort an!“

Schwer atmend erhebt sich mein Erzfeind und hält die Hände kapitulierend nach oben. Solange ich die Waffe an seine Stirn presse, hat er keine Chance – das ist auch so einer Dumpfbacke wie Raphael bewusst.

„Jetzt mach schon!“, zische ich harsch, nehme die Beretta von seiner Stirn und gebe ihm einen Tritt in den Arsch in Richtung des Sekretärs am anderen Ende des Raumes, auf dem sein Handy liegt. „Eine falsche Bewegung, ein falscher Satz – und ich knall dich ab!“

„Ist ja gut“, entgegnet er zornig und tritt auf den Schreibtisch zu.

Dicht hinter ihm verfolge ich jeden seiner Schritte.

Er greift nach dem Handy und lässt sich sichtlich erschöpft auf den Stuhl vor dem Sekretär fallen.

„Jetzt wähl schon!“

„Ist ja gut“, zischt er und tippt auf das Display.

Ich stelle mich direkt vor ihn und halte den Lauf der Waffe wieder an seine Schläfe.

Raphael schluckt nervös und hält das Handy an sein Ohr.

„Lautsprecher an!“

„Fuck, ja!“, murrt Raphael, folgt meiner Anweisung und hält das Handy vor sich.

Nach zweimaligem Klingeln hallt Dimitris kratzige Stimme aus dem Mobiltelefon. „Raphael, mein Freund.

Was gibt es? Ich wollte mich gerade auf den Weg zu dir machen."

Mit zusammengekniffenen Augen beginnt der Wichser das Gespräch. „Es geht um die Les Rois Noirs." Die abfällige Art, mit der er den Namen unserer Organisation ausspricht, treibt meine Wut noch weiter nach oben.

„Was ist mit denen? Haben sie zugesagt?", höre ich Dimitri und stoße meinen wutgeschwängerten Atem laut zwischen den Zähnen aus.

„Nein. Wir canceln das", presst Raphael zähneknirschend hervor.

„Was?! Warum?"

Raphael sieht mich zornig an, woraufhin ich die Beretta von seiner Stirn nehme und direkt auf seinen Schwanz richte. Erschrocken zuckt er zusammen und starrt mich mit weit aufgerissenen Augen an.

„Hallo?", dringt Dimitris ungehaltene Stimme in den Raum.

„Mein Vater hat mich vorhin über ein Abkommen informiert, von dem ich nichts wusste. Der Deal ist geplatzt."

„Was für ein Abkommen?"

„Darüber darf ich nicht sprechen. Glaub mir, mich ärgert das genauso, aber wenn ihr die Kleine nicht frei und die Finger von den Les Rois Noirs lasst, werden meine Leute und unsere gesamten Kontakte euch auslöschen", erklärt Raphael und reibt sich mit der Hand den Schweiß von der Stirn.

„Das wollen wir erst einmal sehen! Von dir lassen wir uns nicht verarschen!", brüllt Dimitri und beendet das Gespräch.

Raphael tippt auf die rote Taste und sieht mich wütend an. „Ich habe getan, was du wolltest, also hau ab.“

Ich denke gar nicht daran. „Wo halten sie Alizée versteckt?“

„Keine Ahnung. Irgendwo in Russland, nehme ich an. Jetzt nimm die Waffe runter!“

„Vergiss es. Ich wollte, dass du den Deal mit den Russen rückgängig machst!“ Mein Ton ist harsch und der Druck auf dem Abzug, dem ich endlich nachgeben will, wird immer stärker.

„Habe ich doch! Was kann ich dafür, wenn Dimitri nicht darauf eingeht?“

„Ruf Artjon an! Sofort!“, weise ich den Penner an, bevor ich dem Verlangen klein beigebe und ihm erst den Schwanz und dann den Schädel wegschieße.

Mit zittrigen Händen wählt er eine Nummer und stellt den Lautsprecher an.

„Hallo?“ Eine mürrische Stimme dringt aus dem Handy.

„Artjon!“, übernehme ich das Gespräch, bevor Raphael es erneut vergeigt. „Hier ist Lion Laurent. Dein feiner Freund Raphael sitzt neben mir und scheißt sich gerade in die Hosen, weil ich ihm gleich den Schwanz in Fetzen schießen werde.“

Plötzlich ist es totenstill in der Leitung.

„Lion?“ Beim Klang von Alizées Stimme überkommt mich ein Schauer. Sie ist bei ihm. Ein Glück.

„Alizée? Geht es dir gut?“, frage ich aufgeregt und konzentriere mich auf Raphael, der jede Unaufmerksamkeit meinerseits gnadenlos ausnutzen wird.

„Ja, noch. Dimitri will mich töten lassen. Wir müssen von hier verschwinden!“

Raphael reißt plötzlich den Kopf herum und versucht nach meiner Waffe zu greifen.

Blitzschnell drücke ich den Abzug.

Binnen Sekunden färbt sich seine Hose blutrot und Raphael schreit auf.

„Scheiße!", fluche ich, hebe die Beretta und verpasse dem Mistkerl einen Kopfschuss.

Sofort sackt er zusammen und landet regungslos auf dem Boden.

„Lion? Was ist da passiert?" Alizées aufgebrachte Stimme holt mich aus meiner Erstarrung.

„Ich musste den Kerl erledigen. Wie meinst du das: *Wir müssen verschwinden*? Artjon ist derjenige, der dich entführt hat! Oder nicht?" Verwirrt starre ich zwischen Handy und Raphaels Leiche hin und her.

Es knistert am anderen Ende der Leitung. „Ich bringe sie dir. Unversehrt." Artjon ist wieder am Hörer. „Ich gehöre nicht länger Dimitris Organisation an."

„Ich traue dir nicht, Artjon." Nervös sehe ich mich im Raum um. Ich muss hier verschwinden, bevor man mich erwischt.

„Du kannst ihm trauen", höre ich wieder Alizée.

„Na schön. Und wie schützen wir dich jetzt vor Dimitri? Ich glaube, er ist hier in der Nähe, aber wo er als Nächstes auftauchen wird, weiß ich nicht. Ich habe versucht, den Deal mit Hilfe dieser toten Ratte zu beenden, aber Dimitri hat sich nicht darauf eingelassen."

„Das war abzusehen", sagt Artjon und wieder ist ein Knacken zu hören. „Die Verbindung ist schlecht. Ich melde mich auf deinem Handy in einer Stunde."

„In Ordnung. Ich muss ohnehin von hier verschwinden."

„Gut. Bis später."

Ich lege auf und werfe das Handy zu Boden. Mit einem kräftigen Tritt zerspringt das Display. Niemand soll diesen Anruf nachvollziehen können. Schnell öffne ich das Fenster und schmeiße das Handy in die umliegenden Büsche.

Mein Herz rast, als ich auf die Zimmertür zuhalte, mir die Haube tief ins Gesicht ziehe und die Klinke herunterdrücke. Der Flur ist leer. Schnell husche ich aus der Tür und ziehe sie hinter mir ins Schloss. Ich halte hastig auf das Treppenhaus zu und trete durch die Glastür.

Meine Schritte hallen laut durch das Treppenhaus, als ich Stufe für Stufe hinablaufe. Jede Sekunde zählt. Unten herrscht hektisches Treiben, denn eine Putzkolonne ist bei der Arbeit. Unauffällig gehe ich an den Arbeitern vorbei, die gerade den Flur wischen und entschuldige mich mit einem legeren Pardon, dafür, dass ich durch das Nass trete. Die Tür des Hinterausgangs gerät in mein Sichtfeld. Nur noch ein paar Meter. Mein Puls hat einen neuen Rekordwert erreicht, als ich der Tür näher komme und beruhigt sich erst, als ich zwei Minuten später im Freien stehe und die Tür hinter mir ins Schloss gleitet. Sofort renne ich los. Immer tiefer in den Wald hinein zum verabredeten Treffpunkt.

Obwohl ich sportlich bin, beginnen nach einem halben Kilometer die ersten Seitenstiche. Doch zum Verschnaufen bleibt keine Zeit. Das Laub raschelt laut unter meinen Schuhsohlen, als ich über den kleinen Pfad in Richtung Treffpunkt eile. Es sind nur noch wenige Meter. Am Ende einer Kurve, die von hohen Büschen umgeben ist, komme ich mit einer Vollbremsung zum Stillstand.

Zehn Meter vor mir steht unser Wagen. Emilian lehnt im Fahrersitz. Die Windschutzscheibe vor ihm weist ein Loch auf, das ich beim zweiten Hinsehen ebenfalls zwischen seinen Augen entdecke. Emilians Gesicht ist voller Blut. *Scheiße, verdammt! Jemand ist in der Nähe, der entweder zu den Boullards oder den Russen gehört! Wahrscheinlich zu den Russen. Dimitri meinte ja, dass er auf dem Weg ist.* Der Schock über Emilians Anblick lässt mir das Blut in den Adern gefrieren und drängt die Trauer über seinen Tod beiseite. *Ich muss sofort von hier weg!*

Mein Handy vibriert kurz. Ich schäle mich zurück in den schützenden Schatten der Büsche und ziehe es aus der Hosentasche.

Dein Flug nach Moskau geht in einer Stunde. Weitere Infos folgen. Artjon.

35. KAPITEL

ALIZÉE

Moskau

Mein Herz schlägt aufgeregt in meiner Brust, als Artjon und ich durch einen verlassenen Teil Moskaus laufen. Es schneit stark und der Himmel ist dunkel, obwohl es noch nicht Abend ist. Die Gegend gefällt mir nicht, doch ich muss Artjon wohl oder übel vertrauen, wenn ich den Tag überleben will.

Artjon stapft vor mir auf das Feld neben einer Schnellstraße und hält eine Tüte in der Hand. Was darin ist, wollte er mir nicht zeigen, als ich danach gefragt habe.

In der Ferne ist ein leises Rauschen zu hören, das hin und wieder vom Straßenlärm überschattet wird.

Ich äuge unter der schweren Kosakenmütze hervor, die Artjon mir gegeben hat und ziehe den Fellmantel vor meinem Hals zusammen, um mich vor der Kälte zu schützen. Vor uns liegt ein kleiner Kanal. „Wo sind wir?"

„Das ist einer der kleinen Abwasserkanäle von Moskau", antwortet Artjon, ohne sich umzudrehen, und stapft weiter durch den Schnee auf den Kanal zu. „Komm, wir dürfen keine Zeit verlieren."

Wir erreichen den Kanal, der mit Gittern abgedeckt ist.

„Und was jetzt?", rufe ich, da das Rauschen hier extrem laut ist.

Artjon deutet auf eine Stelle am Rande, die nicht abgedeckt ist.

„O nein! Auf keinen Fall!", widerspreche ich ihm und schüttle vehement den Kopf.

„Doch!"

„Du willst mich in einem Kanal verstecken? Bei den Ratten?" Pikiert starre ich Artjon an, der in Richtung der Öffnung tritt und die Tüte auspackt. Gänsehaut legt sich auf meinen Körper und ich muss mich schütteln.

„Ja. Das ist der einzige Ort, wo niemand so eine schöne Frau vermuten würde." Er greift in die Tüte und holt zwei Anglerhosen heraus. Die Stiefel, die wir tragen, sind zum Glück wasserdicht. „Anziehen!"

„Du spinnst doch!", schimpfe ich und verschränke beleidigt die Arme vor der Brust.

„Jetzt macht schon!", schimpft er und steigt in die Hose. „Du scheinst nichts über die Kanalisation Moskaus zu wissen, kann das sein?" Er stemmt die Arme in die Hüfte und wirft mir einen mürrischen Blick zu. „Mein Großvater hatte ein geheimes Lager da unten. Dimitri weiß nicht, wo es ist. Dort bist du erst einmal sicher", erklärt er und winkt mich zu sich.

„Dein Opa hat wohl überall seine Verstecke, was?"

„Na klar. Jetzt komm!"

Mein Magen zieht sich nervös zusammen. „Gibt es keinen anderen Weg?"

„Doch. In der Metro, aber der ist zu gefährlich. Man könnte uns entdecken." Ungeduld zeichnet sich in Artjons Augen ab. „Los! Beeil dich!"

Schnell ziehe ich die Hose über. Das Unbehagen in mir wächst immer weiter, doch mir bleibt keine andere Option. Ohne Widerspruch zu leisten, folge ich Artjon und klettere hinter ihm über eine schmale Eisenleiter fünf Meter in die Tiefe. Die Luft schmeckt widerlich und es wird immer düsterer, je weiter wir hinabsteigen.

Unten stehe ich knöchelhoch im stinkenden Abwasser, über dem eine schmale Wand aus Wasserdampf schwebt. Ich will gar nicht wissen, was außer Ratten noch darin herumschwimmt. Hier muss es von Spinnen und Schlangen nur so wimmeln. Im Fernsehen habe ich mal einen Bericht gesehen, in dem eine Sonde in North Carolina, die in der Kanalisation nach Lecks gesucht hat, neben einem Kanal-Alligator, eine fleischfarbene Masse entdeckt hat. Das Gebilde war lebendig und schien sogar eine gewisse Intelligenz aufzuweisen. Es heißt, dass Experten aus aller Welt sich das Videomaterial angesehen haben und niemand konnte das Ding identifizieren.

„Pass auf, wo du hintrittst!", Artjons mahnende Worte holen mich zurück ins Hier und Jetzt. „Manche Stellen sind so tief, wie diese hier, manche aber auch gut einen halben Meter. Geh am besten dicht hinter mir." Artjon zieht eine Taschenlampe aus der Manteltasche und schaltet sie ein.

Es ist laut und düster hier unten. Würde es nicht um Leben und Tod gehen, würden mich keine zehn Pferde hier heruntertragen.

Wir schleichen dicht an einer glitschigen Steinwand entlang ins Kanalinnere. Das Rauschen des Wassers ist so laut, dass ich Artjon nur verstehe, wenn er schreit.

„Wo genau willst du denn hin? Hier ist doch nichts!", rufe ich.

Artjon bleibt stehen und kommt meinem Ohr mit seinem Gesicht ganz nah. „Hier gibt es neben versteckten Abwasserkanälen viele Flussläufe und verschollene Militäranlagen." Sein warmer Atem, während er spricht, legt sich sanft auf meine Haut. „Eine dieser Anlagen gehörte meinem Großvater. Da bringe ich dich hin."

„Okay", antworte ich bibbernd. Eisige Kälte schlägt mir hier im zugigen Kanal brutal ins Gesicht.

Wir waten weiter und kämpfen uns gegen die Strömung vor.

Mein Herz rast heftig, als Artjon stehenbleibt und auf ein dickes Rohr knapp über der Wasseroberfläche zeigt. Menschen mit Klaustrophobie würden spätestens an dieser Stelle in Ohnmacht fallen. „Ich will da nicht rein", quengle ich und schaue immer wieder um mich herum, in der Hoffnung keine Schlange, Ratte oder einen Alligator zu entdecken.

Artjon lächelt verschmitzt. „Das wirst du wohl müssen, wenn du leben willst."

Scheiße. Selbst wenn ich diesen Tunnel hinter mich gebracht habe, so muss ich ihn noch ein weiteres Mal bewältigen, denn den ganzen Weg muss ich irgendwann auch wieder zurück.

Ein Geräusch, das sich als menschliche Stimmen entpuppt, lässt uns zusammenschrecken.

„Verdammt!“, flucht Artjon und beugt sich zu mir herüber. „Das sind wahrscheinlich wieder irgendwelche Digger, die das Tunnelsystem erkunden. Wir sollten schnell hier weg. Sei bloß still.“

Mit einem hektischen Nicken quittiere ich seine Anweisung.

Artjon steckt sich die Taschenlampe zwischen die Zähne, beugt sich in das Rohr und kriecht hinein.

Mir schlägt das Herz bis zum Hals. Nicht nur, dass mir nicht wohl bei der Enge des Rohres ist, nein, ich habe Angst, dass man uns hier erwischt. Als ich Artjon hinterherschaue, erblicke ich zu meiner Erleichterung bereits das recht kurze Ende des Rohres. Mutig krieche ich hindurch. Ein paar kleine Spinnen kreuzen dabei meinen Weg. Ich muss mich beherrschen, nicht aufzuschreien, weil ich Spinnen hasse und steige hinter Artjon wieder hinaus.

„Okay, hier sind wir sicher vor den Diggern. Die kleinen Rohre führen nicht zu den großen Militärverstecken und sind daher für die Digger uninteressant.“

Neugierig, adrenalingeladen und verängstigt schaue ich mich um. In dem Abschnitt, in dem wir uns jetzt befinden, ist das Rauschen nicht mehr so laut, aber ein Blick nach oben lässt mich innehalten.

Von der Decke hängen dicke Zapfen, umgeben von dichten Nebelschwaden, die den ganzen Raum ausfüllen. Wir befinden uns in einer Art Tropfsteinhöhle.

„Das sind Stalaktiten“, erklärt Artjon und zeigt auf die Zapfen. „Die entstehen, wenn kohlensäurehaltiges Wasser in das Gestein eindringt und durch die Oberflächenspannung an der Decke eines Hohlraums Calcit ablagert.“ Artjon streicht mit seiner Hand über einen der Stalaktiten. „Mein Großvater hat mir das erklärt, als wir gemeinsam hier waren. Das war an meinem zwölften Geburtstag. Kurz danach ist er verstorben."

„Hattet ihr ein gutes Verhältnis zueinander?"

„Ja, ich war nach dem Tod meiner Eltern, wie ein eigenes Kind für ihn." Artjon zieht die Hand zurück und reibt sich die Hände.

„Und Dimitri? Ist das nicht sein Sohn?", frage ich neugierig und reibe mir ebenfalls fröstelnd über die Arme.

„Doch. Aber mein Großvater hat ihn gehasst, weil Dimitri schon immer einen verdorbenen Charakter hatte. Er hätte am liebsten mich zu seinem Nachfolger gemacht, aber ich war noch zu jung. Also wurde Dimitri Chef unserer Organisation."

„Verstehe."

„So, komm weiter. Und pass auf deinen Kopf auf. Mit den Dingern ist nicht zu spaßen. Wenn die abbrechen, kann das im wahrsten Sinne des Wortes ins Auge gehen. Es gab schon einige schwere Unfälle und Todesfälle, wo jede Hilfe zu spät kam. Ein Handy funktioniert hier unten nämlich nicht."

Bei diesen Worten zieht sich mein Magen krampfhaft zusammen und ein kräftiger Schauer erfasst mich, der mich nicht nur vor Kälte zum Zittern bringt.

Wir treten auf einen Wasserkanal zu. Das Rohr, durch das es jetzt geht, ist nur knapp über einen Meter fünfzig hoch, sodass selbst ich gebückt gehen muss. Der eisige Boden ist glatt, es stinkt und die Luft ist feucht. Einfach nur widerlich. Artjon scheint recht zu behalten – hier wird mich niemand vermuten. Allerdings werde ich ohne seine Hilfe auch niemals mehr hier herausfinden.

Der Nebel wird dichter, je weiter wir uns vorwagen und das Rauschen lauter. Der trübe Schein der Taschenlampe, der von der Nebelsuppe regelrecht verschluckt wird, ist unsere einzige Licht- und Orientierungsquelle.

Nach ein paar Metern endet das Rohr und wir finden uns in einem größeren Abschnitt wieder, in dem ich die Deckenhöhe nicht ausmachen kann, weil sie tief in der Dunkelheit verborgen liegt.

Artjon bleibt stehen und dreht sich seitlich zur Wand. Er legt den Kopf in den Nacken und leuchtet an der Wand hoch.

Dort mache ich eiserne Aufstiegshilfen aus, die über einen kleinen Wasserfall führen. *Nicht auch noch klettern!*

Artjon greift nach dem ersten Eisengriff und zieht sich hoch. „Komm!"

„Du bist doch geisteskrank! Das schaffe ich nicht!"

„Jetzt mach schon!", schreit Artjon, der bereits zwei Meter über meinem Kopf klettert.

„Ich hasse dich, Artjon! Ich hasse dich einfach!", fluche ich und mir ist total egal, ob er mir deswegen böse sein wird. Trotz aller Zuneigung der vergangenen Stunden – in diesem Augenblick hasse ich ihn.

Neben mir taucht plötzlich eine riesige Ratte auf, deren nasses Fell wirr in alle Richtungen absteht. Ihr langer Schwanz schleift durch das Wasser und ihre Augen leuchten. Vor Schreck und Ekel stoße ich einen spitzen Schrei aus, greife nach dem Eisen und ziehe mich rauf.

Artjons schadenfrohes Lachen hallt durch den Raum.

„Sehr witzig, du Arschloch!", brülle ich wütend und kämpfe gegen die aufkommenden Wuttränen an. Am liebsten würde ich Artjon erwürgen, für das, was er mir schon wieder antut, und blende kurz aus, dass er mir damit das Leben rettet. Inzwischen bin ich ein Nervenwrack. Mein Körper ist ein einziges Zittern, als ich weiter nach oben steige. „Nicht nach unten schauen", murmle ich zu mir selbst und blicke zu Artjon, der bereits auf einer Plattform über dem Wasserfall angekommen ist. Schnell klettere ich weiter und habe ihn bald darauf erreicht.

Er greift nach meiner Hand und hilft mir zu sich herüber.

Ein ganzer Felsbrocken fällt von mir ab, als ich wieder festen Boden unter den Füßen habe.

Es geht noch durch zwei weitere Betonrohre. Mittlerweile sind wir so tief ins weit verzweigte Tunnelsystem vorgedrungen, dass auch Artjon auf eine kleine Karte schaut, die er in der Tasche seines Mantels aufbewahrt. Die ganze Zeit über hallen unheimliche Geräusche aus den düsteren Ecken, die mir das Blut in den Adern gefrieren lassen. Als wir schließlich vor einer schweren Eisentür ankommen, bin ich zwar erleichtert, dass es nicht durch weitere Rohre geht, doch der Gedanke, darin eingeschlossen zu werden, lässt einen dicken Kloß in meiner Kehle entstehen.

Zwei massive Schlösser vor der Tür verwehren Unbefugten den Zutritt.

Artjon wühlt in seiner Jackentasche und zieht ein Schlüsselbund heraus. Die schweren Schlösser sind so eingefroren, dass sie erst beim zweiten Versuch aufspringen. Mit aller Kraft zieht Artjon die schwere Tür auf, die sich nur langsam und unter einem lauten Quietschen bewegt.

Gebannt halte ich den Atem an.

Hinter der Tür liegt nichts als Dunkelheit und erst, als Artjon mit der Taschenlampe hineinleuchtet, entdecke ich einen kleinen, roten Teppich auf dem Boden, der um eine Ecke führt. Mehr kann ich von außen nicht einsehen.

Artjon tritt ein und winkt mich zu sich.

Zitternd halte ich auf ihn zu und bleibe knapp hinter der Türschwelle stehen.

Artjon zieht die schwere Tür von innen zu. Hier drin ist es zwar kalt, aber bei Weitem nicht so wie im Tunnel, und auch nicht zugig. Artjon leuchtet auf einen Schalter, der sich knapp neben meinem Kopf an der Wand befindet und legt ihn um.

Das gleißende Licht von Neonröhren an der Decke blendet mich.

„Willkommen zu Hause", sagt Artjon beinahe stolz, während ich noch gegen die Helligkeit anblinzele. Einen Augenblick später habe ich mich an das Licht gewöhnt.

Artjon ist um die Ecke verschwunden. Seine Schritte sind unweit von mir zu hören.

Mutig wage ich mich vor und finde einen häuslich eingerichteten Raum vor. In der Mitte des Raumes stehen ein Sofa und ein alter Röhrenfernseher mit Videorekorder. Daneben ein Tisch mit zwei Stühlen. Auf der linken Seite des Raumes ist eine Küchennische mit Kochfeld aufgebaut und gegenüber befindet sich eine Tür mit einem Toilettensymbol.

„Es ist ein bisschen muffig, aber die Frischluftfilteranlage funktioniert noch", sagt Artjon und schaltet eine der Standheizungen ein. „Hier lässt es sich doch eine Weile aushalten, oder?“

Unsicher wandert mein Blick durch den Raum, während Artjon eine Schranktür der Küchenzeile öffnet. „Hier hast du Konserven und einen Wasservorrat. Ich glaube, neben dem Fernseher steht noch eine Kiste mit Büchern, aber leider alles auf Russisch.“

Beklemmung macht sich bei dem Gedanken in meiner Kehle breit, dass Artjon mich hier allein lassen wird. *Was ist, wenn ihm etwas zustößt und er nicht mehr wiederkommt? Ich werde niemals allein hier rausfinden.* Tränen schießen mir in die Augen und mein Herz fühlt sich schwer wie Blei an.

Artjon scheint das zu bemerken und kommt auf mich zu. Er drückt mich an sich und legt den Arm um meine Schulter. Sanft küsst er mein Haar und legt die Lippen an mein Ohr, während mir die ersten Tränen über die Wange rollen. „Ich werde nicht zulassen, dass dir etwas passiert. In achtundvierzig Stunden bin ich zurück und hole dich.“

Achtundvierzig. Zwei Tage. Zwei Nächte. Eine Zahl, die mich auf der Stelle losheulen lässt, wie ein kleines Baby.

„Ich muss jetzt wieder los“, haucht Artjon mir ins Ohr und schiebt mein Kinn mit dem Finger nach oben. „Ich bin bald zurück. Vertrau mir und versprich mir, nicht durchzudrehen.“

„Ich verspreche es“, sage ich tapfer, ohne ihn anzusehen, während meine Tränen unablässig weiterlaufen.

„Schau mich an, kleine Französin.“

Unvermittelt sehe ich ihn an. Unsere Blicke treffen sich und ich versinke sehnsuchtsvoll und zugleich verzweifelt in dem wunderschönen Blau seiner Iriden. *Blau wie die Hoffnung. Hoffnung auf ein Ende dieses Albtraumes.*

36. KAPITEL

LION

Flughafen, Moskau

Es ist voll am Moskauer Flughafen. Während einige Leute hektisch durch die große Halle laufen, sitzen andere in den überfüllten Cafés oder Fast-Food-Restaurants. Es ist kalt und zugig. An die russischen Temperaturen werde ich mich noch gewöhnen müssen. Während wir in Frankreich im Dezember einen vergleichsweise milden Winter in zweistelliger Plustemperatur haben, liegt in Russland bereits tiefster Schnee. Die Kappe tief ins Gesicht gezogen, lehne ich an einer Säule und halte nach Artjon Ausschau. Pünktlich um 16:15 Uhr ist der Flieger von Marseille abgehoben und kurz nach 21 Uhr mit einem Zwischenstopp in München in Moskau-Domodedowo gelandet.

Nervös werfe ich einen Blick auf die Rolex an meinem Handgelenk. Gleich halb zehn Ortszeit. *Wo bleibt Artjon? Der ist doch sonst nie zu spät.*

Eine Durchsage reißt mich aus meinem inneren Monolog. Ich sehe zu den Lautsprechern auf, die links von mir hängen und erschrecke, als ich angerempelt werde.

„Spinnst du, so hier herumzustehen? Stell dich doch gleich in die Mitte der Halle und häng dir ein Schild mit meinem Namen um den Hals!", zürnt Artjon, der wie aus dem Nichts aufgetaucht ist und mir mit einem grimmigen Blick gegenübersteht. „Du hättest dich auch unauffällig in ein Café setzen können. Ich hätte dich schon gefunden."

„Pardon, aber ich dachte, so nimmt mich niemand wahr."

„Denkst du. Da kennst du Dimitris Leute nicht. Die sind überall." Artjon packt mich am Ärmel. „Komm, wir sollten schleunigst von hier verschwinden. Im Hause Barkow wurde bereits Großalarm ausgelöst. Mein Handy habe ich auf dem Weg hierher entsorgt, damit er mich nicht orten kann. Falls du mich angerufen hast – ich habe es nicht mitbekommen. So. Draußen wartet ein Taxi."

Verwundert schaue ich Artjon hinterher, der meinen Ärmel loslässt und durch die Halle stiefelt. Er hält auf den Notausgang zu und drückt die schwere Eisentür auf, die den Weg in ein spärlich beleuchtetes Treppenhaus freigibt.

Drei Etagen steigen wir hinab. Unsere Schritte hallen dabei laut durch den Raum.

Artjon ist schweigsam wie immer, doch irgendetwas ist anders an ihm. Ich weiß nur nicht, was.

„Wo ist A...?"

„Pssst!", zischt Artjon, ohne mich aussprechen zu lassen. Sofort schweige ich und folge ihm weiter die Treppen hinab. Unsere Schatten, die wir dabei an die Wand werfen, sehen unheimlich aus, als seien es nicht die unseren.

Artjon bleibt vor einer Tür stehen, als es nicht mehr weiter geht und zieht sie auf.

Wir stehen in einer Tiefgarage, die vor dunklen und gefährlichen Ecken nur so lauert. Eine trügerische Stille herrscht hier unten. Hier und da ist das Zuschlagen einer Autotür, oder das Starten eines Motors zu hören. Von einem Taxi ist allerdings nichts zu sehen.

Suchend blickt Artjon sich um und kneift die Augenbrauen zusammen. Dabei bildet sich ein Runzeln über seinem Nasenrücken, was mir spontan das Wort *Falke* in den Sinn kommen lässt.

„Wo ist denn das Taxi?", flüstere ich, denn mir ist nicht wohl bei der Sache. Irgendetwas stimmt nicht.

Aus der Ferne ertönen Schritte, die immer lauter werden.

Erschrocken reißt Artjon die Augen auf, zieht mich zwischen zwei Autos und zwingt mich in die Knie.

Mein Herz schlägt aufgeregt in meiner Brust.

Artjon hockt vor mir und lugt zwischen den Autos hervor. Dann beugt er sich zu mir. „Das sind Dimitris Männer."

Dieser Satz treibt meinen Puls weiter nach oben.

Den Finger vor den Mund haltend, nickt Artjon mir zu und macht mit der anderen Hand eine Geste, dass ich Ruhe bewahren soll.

Wir kauern in unserem Versteck und lauschen den Schritten, die inzwischen ziemlich laut sind. Die Männer müssten uns jeden Augenblick erreichen.

Ich halte die Luft an, als zwei Schatten vor die Autoreihe treten und etwas auf Russisch sprechen, das ich nicht verstehen kann, aber ein Zucken in Artjons Gesicht auslöst. Die Stimmen der Männer sind aggressiv und treiben mir einen Schauer über den Rücken. Was wohl passieren wird, wenn sie uns erwischen? Ich muss an Mia und Emma denken. Mir bricht das Herz bei dem Gedanken, dass sie ohne mich alt werden müssen und Emma als Halbwaise aufwächst. Ich bin völlig unbewaffnet, da ich am Flughafen streng kontrolliert wurde. Sich in Russland eine Waffe zu besorgen, stellt für mich schließlich kein Problem dar. Einen Flug bewaffnet anzutreten hingegen schon.

Es riecht nach Zigarettenqualm, während die Männer sich weiter unterhalten und offenbar darüber diskutieren, wo wir uns versteckt halten, denn unsere Namen fallen. *Direkt vor eurer Nase, ihr Pisser!*

Die eisige Kälte hüllt uns immer mehr ein, je länger wir regungslos in unserem Versteck verweilen.

Die Glut einer Zigarette landet direkt neben Artjon auf dem Boden, der erschrocken die Augen aufreißt, aber keinen Mucks von sich gibt.

Eine zweite Glut fällt und wird unweit von uns ausgetreten. Dann setzen sich die Männer in Gang und mein rasender Puls flacht erst ab, als die Schritte leiser werden und eine Eisentür laut ins Schloss fällt.

Artjon und ich atmen gleichzeitig erleichtert aus.

„Das war verdammt knapp", sagt er und kramt in der Innentasche seines Mantels. Er holt Werkzeug heraus und macht sich am Schloss des Jeeps neben uns zu schaffen. „Komm schon", sagt er, als er die Fahrertür öffnet und einsteigt. „Das ist unser Taxi."

37. KAPITEL

ALIZÉE

Meine Stimme klingt dumpf wie in einem Tonstudio. Die unheimliche Geräuschkulisse außerhalb treibt mich in den Wahnsinn. Nachdem ich die „Notunterkunft", in die Artjon mich gesperrt hat, ausgiebig inspiziert habe, sitze ich vor dem Sofa auf dem Boden und starre das staubige Glas des Röhrenfernsehers an. Die einzige Spiegelung, die mir einen Menschen zeigt. Mir ist sämtliches Zeitgefühl verloren gegangen und dieser fiese Mix aus Angst und Lähmung will nicht von mir weichen. Er hat mich fest im Griff, so wie ich die Wodkaflasche in meinen Händen. Sie war zusammen mit einer weiteren Flasche in einem geheimen Versteck.

Ich habe bereits ein Viertel der Flasche geleert, doch die Angst verschwindet nicht. Mit meinem Spiegelbild im Fernseher führe ich Selbstgespräche, was ganz schön spooky, aber in so einer Situation wahrscheinlich normal ist.

„Glaubst du auch nicht daran, dass Artjon mich holen kommt?" Mit den Fingernägeln kratze ich das Flaschenetikett ab. „Neiiin", sage ich gedehnt und schlage mir den Handballen leicht gegen die Stirn, um den Nebel aus meinem Kopf zu vertreiben, den der Wodka erzeugt hat. „Dieser Mistkerl lässt mich doch nicht hier, oder? Ich hasse ihn! Aber ich will, dass er bei mir ist.“ Langsam hebe ich die Flasche wieder an meine Lippen und nehme einen Schluck. Eiskalt rinnt der scharfe Alkohol meine zarte Kehle hinab. Meine Vernunft warnt mich eindringlich davor, die Flasche beiseitezustellen. So trinkfest wie ich dachte, bin ich noch lange nicht. Meine Wangen glühen vom Alkohol, der mir immer mehr in den Kopf steigt. „Weißt du, im Bett ist der Mann ein echter Gott! Was wir alles anstellen würden, wenn wir jetzt hier allein wären?“ Ich grinse dem Fernseher entgegen und ertappe mich dabei, dass ich mich wirklich nach Artjon sehne. Das ganze Gefühlschaos, das er in mir ausgelöst hat, hat Emilian völlig aus meiner Welt ausradiert. Und das hat nichts mit meinen Erinnerungslücken zu tun. Ich weiß, dass wir zusammen waren und dass er egoistisch gehandelt hat, was mich betrifft, doch es löst keinerlei Gefühle mehr in mir aus. Weder Sehnsucht, noch Hass. Nichts. Er ist nur noch ein Name.

Artjon hingegen bringt mein inneres Feuer schon zum Lodern, wenn ich nur an ihn denke. Dieser Mann bringt mich bereits mit seinem Blick in einen Zustand völliger Notgeilheit. Sein Körper, den einige Narben zieren, ist so wunderschön und sein Schwanz so prall und groß.

Ein Geräusch vor der Tür lässt mich zusammenschrecken. Es hat sich wie ein dumpfes Klopfen angehört.

Mit flatterndem Herzen fahre ich herum und luge am Rand der Couch in Richtung Tür. Meine Gedanken sind klar und warten auf eine Wiederholung, um das Geräusch zu identifizieren, aber es folgt keine.

Als nach fünf Minuten, die ich in meinem Kopf mitgezählt habe, immer noch Stille herrscht, setze ich mich auf das Sofa, stütze meine Arme mit den Ellbogen auf meinen Knien ab und vergrabe mein Gesicht in den Händen. „Ich will hier raus", schluchze ich leise und blicke auf die Wodkaflasche zu meinen Füßen. „Nein!", verbiete ich mir im Geiste. „Die lässt du schön da unten stehen."

Tränen schießen mir in die Augen und laufen über meine Wangen. Ich heule so lange, bis keine Tränen mehr kommen und ich von hilfloser Trauer in Trotz verfalle. Mit geschlossenen Augen lausche ich der Stille und nehme das quietschende Geräusch eines Zuges wahr. „O ja. Alles einsteigen und nichts wie weg hier", murmle ich und stelle mir vor, wohin ich fahren würde. Zurück zu meinen Eltern, sie einmal ganz fest in den Arm nehmen, ihre mir immer noch unbekannten Gesichter erfassen und dann zu Mia. Ich hoffe, es geht ihr und Emma gut. Ob Lion und Emilian die Sache mit den Russen inzwischen regeln konnten? Verdammt! Ich will, dass alles wie früher ist.

Als ich mir die letzten Tränen aus dem Gesicht wische, wird mir plötzlich klar, dass ich gar nicht mehr nach Frankreich zurückwill – zumindest nicht ohne Artjon. Ich will bei ihm bleiben. Wo, das ist mir egal. Ich glaube, ich war ihm so nah, wie kein anderer Mensch jemals zuvor. Zumindest hat sich das so angefühlt. Er wusste, was er tat, als wir miteinander Sex hatten, aber es kam mir vor, als hätte Artjon anfangs Schwierigkeiten gehabt, es zu genießen, was mir allerdings erst jetzt so richtig klar wird. „Artjon, du bist mir ein Rätsel", wispere ich, als wieder dieses Zuggeräusch im Hintergrund auftaucht.

Neugierig stehe ich auf und schleiche zur Wand neben der Küchenzeile und lege mein Ohr darauf. *Schon wieder. Das habe ich mir nicht eingebildet. Ich muss in der Nähe der Metro sein.*

Mein Magen grummelt so laut, dass es selbst die Ratten verschrecken dürfte, die zu hunderten hinter der Betonwand durch die Kanalisation schleichen. Schwerfällig hieve ich mich zum Küchenschrank und greife knapp am Schrankgriff vorbei. „Alizée du hast so ganz leeeichte Koordinationsprobleme", murmle ich zu mir selbst und grinse dämlich. „Scheiß Artjon!"

Als ich den Griff zu fassen bekomme und nach einer Dose Ravioli greife, bin ich fürs Erste erleichtert. Wenigstens werde ich nicht mit leerem Magen einschlafen müssen. Aus der Besteckschublade fische ich einen Löffel, den ich eine halbe Stunde später satt und zufrieden ins Spülbecken lege. „Nacht, ich bin bereit für dich", maule ich und verziehe grimmig das Gesicht. „Komm nur. Ich habe keine Angst vor dir."

Doch für diesen Satz verfluche ich mich, als ich auf dem Sofa Platz nehme, mich in eine Decke einkuschele, weil mir die Lider schwer werden. Unfreiwillig lausche ich den unheimlichen Lauten der Kanalisation und bekomme Angst.

Nur noch ein Tag und eine Nacht. Dann kommt Artjon mich holen. Ich bin mir ganz sicher. Er wird mich hier rausholen, ich werde den Weg durch die Kanalisation zurückschaffen und frei sein.

38. KAPITEL

ARTJON

Moskauer Untergrund

Laut bremsende Züge und das hektische Gemurmel der vielen Passanten hallen durch die Metro, deren Stationen wegen der sehr anspruchsvollen Architektur als unterirdische Paläste bekannt sind. Lion und ich befinden uns im östlichen Moskauer Zentrum direkt unter dem Komsomolskaja-Platz.

Während Lion mit weit aufgerissenen Augen neben mir durch die Station flaniert und jeden Eindruck der architektonischen Schönheit in sich aufzusaugen scheint, habe ich nur ein Ziel: Barkow.

Von unserem gemeinsam einsehbaren Terminkalender weiß ich, dass er heute eines unserer geheimen Waffenlager besucht, das sich ähnlich wie das meines Großvaters im geheimen Kanalsystem Moskaus verbirgt. Mit dem kleinen Unterschied, dass dieses leichter begehbar ist. Ich hoffe, dass Dimitri wirklich dort ist, weil er wegen meines und Alizées spurlosem Verschwinden garantiert damit beschäftigt sein wird, uns aufzuspüren.

Die schwarze Sporttasche, die ich fest umklammert neben mir hertrage, ist bis zum Rand gefüllt, und zwar mit allem, was einen Dimitri Barkow ausschalten kann.

Lion hat keine Ahnung von ihrem Inhalt und weiß nichts von dem Weg, den wir gleich betreten werden. Ich werde ihn nachher einweihen, andererseits würde sein aufgeregtes Gesicht jedem Passanten verraten, dass gleich etwas Großes und Abscheuliches passieren wird.

Ich werfe Lion einen knappen Blick zu und steuere eine unauffällige Ecke an.

„Was ist los? Wohin geht es als Nächstes?", fragt Lion, dessen Blick zu einem der prächtigen Kronleuchter an der Decke wandert.

„Hör gut zu", murmle ich verschwörerisch und beuge mich zu ihm herüber. „Wir statten jetzt Dimitri und seinen Leuten einen Besuch ab. Sie haben ein kleines unterirdisches Waffenlager, zu dem man nur von hier Zutritt hat."

Lion sieht sich suchend um.

„Nicht hier", brumme ich augenrollend und deute auf die Rolltreppe. „Eine Etage tiefer und dann müssen wir in den Tunnel."

Schockiert sieht Lion mich an. „Bist du lebensmüde?"

„Es sind nur ein paar Meter. Wir warten, bis alle Leute eingestiegen und die Bahn losgefahren ist und steigen hinterher."

„Und was, wenn uns jemand sieht?"

„Uns sieht keiner. Zu der Uhrzeit fährt kaum jemand mit dieser Linie." Ich versuche, durch meinen Ton Ruhe auszustrahlen, damit Lion cool bleibt. Mit Emilian hätte man so eine Aktion nicht durchziehen können. Er war ein Dummkopf. Trotzdem war Dimitris Entscheidung, ihn umzubringen eine hirnrissige. Ich habe es zufällig über einen unserer Männer erfahren, aber Alizée weiß von nichts. Hoffentlich ist sie nicht schon durchgedreht da unten.

„Und wie willst du Dimitri und seine Männer außer Gefecht setzen, wenn sie uns angreifen?" Lions Stimme holt mich aus meiner kurzen, geistigen Abwesenheit zurück.

„In dieser Tasche befinden sich Schusswaffen mit Schalldämpfer, Tränengas und eine Bärenfalle."

„Bitte, was? Eine Bärenfalle?"

Ich muss über Lions dämlichen Gesichtsausdruck schmunzeln. „Primitiv, aber effektiv. Es gibt nur einen Weg in das Lager. Wer uns entwischt, wird nicht weit kommen. Da unten ist es so dunkel, dass du in Stresssituationen schnell vergisst, auf den Boden zu leuchten."

Nach einem kurzen Stirnrunzeln nickt Lion beipflichtend.

Prüfend werfe ich einen Blick auf meine Rolex. „Noch zwanzig Minuten, dann kommt unser Zug."

„Gut, wir machen Barkow und seine Leute platt und holen dann Alizée aus dem Versteck?"

„Genau. Ich hoffe, sie hält durch."

Lion berührt mich kurz am Arm und wirft mir einen fragenden Blick zu.

„Was?"

„Das will ich von dir wissen. Was läuft da zwischen dir und Alizée?" Lions Worte erwischen mich eiskalt, sodass ich ein paar Anläufe brauche, um meine Sprache wiederzufinden. „Nichts. Warum fragst du?"

„Du versteckst sie doch nicht einfach so. Mir kannst du nichts erzählen. Sie ist für eure Geschäfte überhaupt nicht mehr von Bedeutung, seit der Deal mit uns und den Boullards geplatzt ist. Also, warum lebt sie noch und weshalb machst du dir die Mühe, sie zu verstecken?"

Mit einem mürrischen Brummen sehe ich wieder auf die Uhr und ignoriere Lions Fragen. „Wir müssen uns auf den Weg machen."

„Keine Antwort ist auch eine Antwort", antwortet er beschwingt, als würden wir uns schon ewig kennen und grinst.

Daraufhin werfe ich ihm einen finsteren Blick zu. „Ein bisschen mehr Respekt. Vergiss nicht, dass wir Feinde sind."

„Waren."

„Sind. Zumindest sollten das alle denken, wenn wir den Tag überleben wollen. Wenn uns jemand sieht, bevor wir bei Dimitri ankommen, sind wir geliefert", zische ich aufbrausend. Ich fühle mich schnell auf den Schlips getreten, wenn ein Fremder auf Kumpel macht.

Lions Lächeln erstirbt binnen Sekunden, als er schaltet. Er räuspert sich und wirft mir einen verhaltenen Blick zu. „Okay. Du bist gut vorbereitet", er deutet mit dem Kopf auf die Reisetasche „Dann lass uns die Bastarde plattmachen."

Ich gebe ein Brummen von mir und hoffe, dass ich mich auf Lion verlassen kann. Wenn er kneift, bin ich ein toter Mann und Alizée ist verloren.

„Kommt noch wer mit zur Party?", fragt Lion und stellt sich neben mich an den Bahnsteig.

„Nein. Das ist nur eine kleine Feier. Nur du, ich und die Schweine“, beantworte ich nüchtern seine Frage und streiche einen Fussel vom Ärmel meines Mantels, was eigentlich nur eine verräterische Geste meiner Nervosität ist. Nicht nur Lion, auch ich bin beunruhigt. Ich kenne Dimitris Leute und bin mir über die Konsequenzen, die ein Fehlschlag haben könnte, bewusst. „Hör zu“, flüstere ich und neige meinen Kopf zu Lion, der direkt neben mir steht. „Wenn das in die Hose geht ... Diese Leute werden uns nicht einfach nur töten. Nein. So etwas bereitet Dimitri kein Vergnügen. Ein Dimitri Barkow kostet jeden Tropfen Angstschweiß und jeden Schmerz aus, den du vor deinem kläglichen Tod noch erleben wirst. Und wenn du genug gelitten hast, lässt er dich zusehen, wie er das Gleiche mit deiner gesamten Familie macht. Aber selbst dann erhältst du keinen Gnadenschuss. Nein, Dimitri enthauptet dich und stellt mit deinem Kopf Dinge an, von denen du zum Glück nie erfahren wirst.“

Lion schluckt und schweigt.

Ich wende meinen Kopf von ihm ab und schaue in die Richtung, aus der ein lautes Quietschen zu vernehmen ist. Kleine Lichter, die immer größer und heller werden, erscheinen aus dem Tunnel zu unserer Linken.

Neben uns steht nur eine alte Frau am Bahnsteig, die weder Lion noch mir Beachtung schenkt.

„Das ist unser Zug“, murmle ich und kämpfe gegen die ansteigende Nervosität an.

„Na, dann mal los.“ Lion nickt mir zu.

Kurz darauf rauscht der Zug an uns vorbei und hält knapp vor dem Tunneleingang. Kalter Fahrtwind bläst uns entgegen und die ohrenbetäubende Bremsung schallt durch die kleine Halle.

Mein Herz rast. Lions sicher auch. Doch wir haben keine andere Wahl, wenn wir in Freiheit leben wollen.

39. KAPITEL

ALIZÉE

Geheimbunker im Moskauer Untergrund

Die Kasatschok-tanzenden, russischen Schauspieler des Schwarz-Weiß-Films, den ich als VHS-Kassette in den Videorekorder hineingeschoben habe, geben meinem benebelten Hirn den Rest. Ich liege zwischen Couch und TV auf dem Boden und krümme mich vor Lachen. *Was bitte machen die da? Ist das ihr Ernst?*

Ein weiterer Lachflash übermannt mich bei der Vorstellung, Artjon so tanzen zu sehen. *Das kann er bestimmt. O Mann.*

Schluckauf erfasst mich. Wie nervig. Mein Blick wandert in Richtung der fast leeren Wodkaflasche. Hicksend mustere ich den Restinhalt und stelle fest, dass ich viel zu viel getrunken habe. Das Gedudel aus dem Fernseher nervt mich. Schwerfällig ziehe ich mich an der Couch hoch. Ich schaffe es gerade so, den Knopf der alten Kiste zu drücken, denn der Schwindel ereilt mich schneller, als mir lieb ist. „Verdammt, Alizée. Du bist hackevoll", murmle ich lallend und hieve mich auf die Couch. Ich brauche ein paar Versuche, bis ich mich in aufrechter Position halten kann, doch dann klappt es.

Frustriert sehe ich mich in dem Raum um, den ich seit meiner Ankunft gefühlt tausend Mal inspiziert habe. „Alles hier ist so kalt und trostlos. Aber auch das kann man sich nicht schön trinken. Hässliches Loch. Pfff!"

Ich reibe mir über das Gesicht und hoffe, mich so aus diesem Albtraum zu wecken, doch nichts passiert. „Gott, Artjon. Du steckst mich von einem Loch ins Nächste."

Seit ich ihn kenne, ist mein Leben ein absoluter Albtraum. Wenn ich allerdings an die aufregenden, prickelnden Stunden mit ihm denke, die mir so viel mehr gegeben haben als puren Sex, dann kann ich ihm verdammt noch mal nicht böse sein. *Ich glaube, ich habe mich in diesen Scheißkerl ernsthaft verliebt. Oder leide ich etwa am Stockholm-Syndrom?*

Die Szene vor dem Kamin läuft wie ein Spielfilm vor meinem inneren Auge ab und beschert mir Gänsehaut. *Sein Körper nackt auf meinem. Sein praller Schwanz in mir.* Ich atme tief ein und habe auf einmal seinen göttlichen Geruch in der Nase. *Dieser Mann macht mich wahnsinnig. Ich will mehr von ihm – noch so viel mehr. Verdammt, ich darf hier nicht sterben! Und ich darf mir auch nicht so die Kante geben! Wenn Artjon mich früher holt und wir nicht außer Gefahr sind, muss ich bei klarem Verstand sein.*

Vorsichtig bücke ich mich und greife nach der Wodkaflasche. Dann erhebe ich mich vom Sofa und wanke mit der Flasche in der Hand in Richtung Spülbecken. „Bye, bye", murmle ich, als ich den Wodka in den Abfluss kippe. Klirrend stelle ich die Flasche am Rand des Waschbeckens ab und drehe mich zum Gehen um. Der Boden unter mir verschwimmt und ich trete ins Nichts.

Verzweifelt versuche ich mich am Knauf des Schrankes festzuhalten, doch greife daneben. Wild mit den Armen rudernd, wanke ich rücklings und lande hart auf dem Hinterkopf. Mein Rücken schmerzt und über meinen Augen liegt ein dichter Schleier. Ich sehe noch, wie etwas Klirrendes wie Glas als dunkler Fleck über mir wackelt, bevor mich ein dumpfer Schlag auf die Stirn trifft und mir schwarz vor Augen wird.

40. KAPITEL

LION

Mein Herz rast wie wild, als die Türen der U-Bahn schließen und sich die Räder schwerfällig in Bewegung setzen.

Artjon sieht sich noch einmal in der Halle um und nickt mir zu.

Der Zug nimmt Fahrt auf und als das letzte Abteil in die Dunkelheit des Tunnels eintaucht, springt Artjon auf das Gleis. „Komm", ruft er und winkt.

Scheiße! Jetzt gibt es kein Zurück mehr. Mit hämmerndem Puls springe ich ebenfalls auf die Schienen und eile Artjon hinterher.

Wir rennen über die Schottersteine des Gleisbetts ins Tunnelinnere. Dort ist es so dunkel, dass ich die Hand vor Augen nicht sehen kann.

Die Bahn wird immer leiser und knapp vor mir erscheint ein Licht.

Artjon leuchtet mit einer kleinen Taschenlampe über den Boden und geht immer weiter in den Tunnel hinein.

Ich wage nicht, ihn zu fragen, wie weit es wohl noch ist, denn zu groß ist die Gefahr, gehört zu werden.

Artjons Schritte verlangsamen sich.

Das Knirschen der Steine unter meinen Schuhsohlen wird leiser, da auch ich mein Schritttempo entschleunige.

Es zieht im Tunnel und riecht ein wenig eigenwillig.

Meine Augen folgen dem Schein von Artjons Taschenlampe, der an der unebenen Steinwand entlang zieht. Als wir noch einige Meter in den Tunnel hineinschleichen, mache ich ein Loch in der Wand aus, das wie ein Höhleneingang aussieht. *Tatsächlich.* Dieser Eingang muss zu Dimitris verstecktem Lagerraum führen.

Artjon bleibt kurz vor dem Eingang stehen und winkt mich zu sich. Als ich ihn erreicht habe, beugt er sich zu mir vor und kommt meinem Ohr ganz nah. „Du gibst mir Deckung", flüstert er, öffnet die Tasche und drückt mir eine Schusswaffe mit aufgeschraubtem Schalldämpfer, zwei Granaten und Tränengas in den Arm. Sich selbst steckt er eine Flasche mit einem Schraubverschluss in die eine Manteltasche und drei Granaten in die andere. Dann nimmt er ein Sturmgewehr aus der Sporttasche und legt sie daneben auf den Boden. „Jetzt kommt das Beste", flüstert er und grinst. „Halte dich rechts beim Reingehen. Unsere spezielle Überraschung platziere ich links."

„Okay", wispere ich und sehe ihm dabei zu, wie er die Bärenfalle aufklappt und mit ihr im Eingang verschwindet, in dem ich eine dunkle, offen stehende Tür ausmache. Neben der Tür liegt ein dickes Schloss auf dem Boden. Die plötzlich aufkommende Stille ist mir nicht geheuer. *Gut, dass Mia keine Ahnung hat, was wir gerade im Begriff sind, zu tun. Sie würde sterben vor Angst.*

Beinahe lautlos schält sich Artjon aus dem Schatten des Eingangs und nickt mir zu.

Ich schlucke schwer, denn das war das Zeichen dafür, dass es losgeht.

Artjon hebt das Sturmgewehr vom Boden auf und kommt auf mich zu. „Wir schleichen uns rein. Du rechts, ich links. Die ersten von Barkows Leuten überlasse ich dir, aber Dimitri – den mache *ich* kalt. Diese Rechnung wollte ich längst begleichen."

„In Ordnung", antworte ich knapp und gerate leicht ins Schwitzen.

„Gut. Zeit für den Abwasch. Sauber und gründlich." Das raubgierige Grinsen in Artjons Gesicht spricht Bände und überrascht mich zugleich. Er muss Dimitri wirklich hassen. Gut. Dann sind wir ja schon zwei. Ich muss an Emilian denken, der das nicht mehr miterleben kann und für den ich an jedem einzelnen von Barkows Leuten Rache nehmen werde.

Entschlossen und mit einer Menge Wut im Bauch tauche ich hinter Artjon im Eingang der Höhle ein. Wir müssen leicht geduckt gehen, da die Decke nicht sehr hoch ist.

Die Luft schmeckt scheußlich und es herrscht Totenstille.

Artjon schaltet nach ein paar Metern die Taschenlampe aus, nachdem er sich zu mir gedreht und den Zeigefinger auf seine Lippen gelegt hat. Das Sturmgewehr hängt über seiner Schulter. Gleich wird es richtig laut.

Wir tappen ein paar Meter durch die Dunkelheit, unsere Rücken eng an die Wand gepresst. Hinter einer Kurve mache ich einen kleinen Lichtschein aus, dem wir uns langsam nähern.

Mein Herz macht einen hektischen Sprung in meiner Brust, als Männerstimmen erklingen. Sie unterhalten sich auf Russisch, wovon ich leider kein einziges Wort verstehe. Plötzlich überkommen mich Zweifel. *Was ist, wenn Artjon mich in eine Falle gelockt hat und doch auf der Seite der Russen steht?* Unsicher sehe ich zu ihm hinüber.

Unsere Blicke treffen sich im leicht erhellten Gang.

Artjon hebt skeptisch eine Augenbraue, als würde er sich fragen, worauf ich warte. Sein Blick wandert zu meiner Waffe, die ich fest umklammert vor mir halte.

Vorsichtig gehe ich in die Hocke und hebe die Waffe, als ein Schatten in ein paar Meter Entfernung in mein Sichtfeld tritt. Als ich zu Artjon hinüberblicke, nickt er auffordernd.

Nervös aber souverän entsichere ich die Schusswaffe und lege die Hand auf den Abzug. Ich blicke mich um, doch kann keinen weiteren Schatten entdecken. *Wo sind die anderen Mistkerle? Der Penner wird ja wohl kaum Selbstgespräche geführt haben.* Ich kneife beim Zielen ein Auge leicht zusammen und drücke schließlich den Abzug.

Beinahe lautlos schießt Munition aus dem Lauf und durchbohrt treffsicher den Kopf des Schattens, der daraufhin zu Boden geht.

Ich bin in höchster Alarmbereitschaft, denn der Kerl wird nicht lange unbemerkt bleiben. Eine raue Stimme, scheint etwas auf Russisch zu fragen und ruft kurz darauf einen Namen, als nach der Frage nur Stille herrscht.

Ein weiterer Schatten erscheint und ich feuere eine zweite Kugel auf Höhe des Kopfes ab. Unter einem kurzen Stöhnen sackt die Gestalt in die Knie und prallt dumpf auf dem Boden auf. Ich hoffe, nicht Dimitri erwischt zu haben, doch ich denke, dann wäre Artjon eingeschritten.

Dieser späht mit dem Rücken an die Wand gepresst in Richtung der beiden Leichen.

„Ehh! Chto tam tvoritsya?", ruft eine mir unbekannte Stimme.

Unsicher sehe ich zu Artjon hinüber, der sofort alarmiert die Augen aufreißt und das Sturmgewehr in Position bringt.

„Kto tam?!" Dimitris Stimme hallt von weiter weg. Er muss im Lagerraum sein, der sich hinter den beiden Leichen befindet.

Ich zucke zusammen, als knapp neben meinem Kopf ein Projektil in die Wand einschlägt und etwas Kalkstein zu rieseln bringt. *Fuck! Das war haarscharf!* Sofort springe ich von meinem Platz auf und hechte zu Artjon hinüber, der sind aufrichtet, und mit dem Sturmgewehr von links nach rechts in den Raum hineinfeuert.

Er schießt alles nieder, ohne mit der Wimper zu zucken. Rechts angekommen, feuert er die gleiche Runde nach links wieder zurück.

Klirrend fallen die leeren Hülsen zu Boden. Ein Geräusch, das mich erschauern lässt.

Gebannt lauschen Artjon und ich der Stille, als plötzlich Schüsse vom Lagerinneren in unsere Richtung fallen.

Artjon greift nach der kleinen Flasche aus seiner Tasche, schmeißt sie ins Lager und vergräbt seine Nase in
seinem Mantel.

Sofort tue ich es ihm nach. Wer weiß, was das für eine
Spezialmischung ist, die er da mitgenommen hat.

Lautes Husten gepaart mit russischen Flüchen hallt
aus dem Lagerinneren.

Mein Herz rast und mein Körper ist inzwischen von
Adrenalin durchflutet. *Was passiert als Nächstes? Sind
die Wichser k. o. oder sogar tot?*

41. KAPITEL

ARTJON

Die geheime Mixtur meines Großvaters, die er irgendwann mal „Feind in der Flasche" getauft hat, hat hoffentlich seine volle Wirkung entfaltet und die Drecksbande, zu der ich genau genommen auch gehöre, außer Gefecht gesetzt.

Lion neben mir ist ein wenig blass geworden, doch er lässt sich seinen inneren Stress kaum anmerken. Nach außen hin gibt er den coolen französischen Mafiosi. Umso besser. Wenn sich im Lager noch jemand regt, kann ich mich wenigstens auf Lions Rückendeckung verlassen.

Langsam wage ich mich ins Lagerinnere vor, als sich die giftigen Dämpfe verflüchtigt haben und lausche jedem Geräusch nach.

Kleine Steinchen knirschen unter meinen Schuhsohlen, daher bewege ich mich so behutsam vorwärts, wie es mir möglich ist.

Aus einer Ecke ist ein leises Stöhnen zu hören. Die Typen sind wach, aber das Gemisch lähmt kurzfristig ihre Muskeln. Niemand, der das inhaliert hat, wird noch in der Lage sein, aufstehen zu können.

Die Petroleumlampen, die im Lager verteilt zwischen den Regalen auf dem Boden stehen, erhellen den Raum gut genug, dass ich die Gesichter derer genau erkennen kann, die regungslos auf dem Boden liegen und nichts als toter Mann spielen können.

Umgehend halte ich nach Dimitri Ausschau, verpasse den Typen vor meinen Füßen einen Kopfschuss und spähe in die Regalreihen hinein. Der Bastard muss sich irgendwo versteckt haben. Schnell werfe ich einen flüchtigen Blick zu Lion, der nach und nach jeden auf dem Boden liegenden Russen ausschaltet.

Mit geschärften Sinnen arbeite ich mich durch die Regalreihen, auf der Suche nach einem Schatten oder auffälligem Geräusch. Hier unten lagert alles, was das Mafiaherz begehrt: Waffen, Drogen, seltene Kunstschätze und Gold. Im Regal vor mir ist ein ganzer Stapel Kokspäckchen gestapelt. In diesem Lager befinden sich Waren im Wert von Millionen. Man könnte denken, dass nur das alte Schloss an der Tür vor unerwünschten Eindringlingen schützt. Doch die heruntergekommen anmutende Halle ist mit modernster Technik ausgerüstet. Wenn sich hier niemand aufhält, sorgen Lasersensoren bei der kleinsten Bewegung für sofortigen Alarm, woraufhin eine Sprinkleranlage überall Tränengas verteilt. Damit rechnet hier unten niemand. Dimitri liebt solche Folterfallen. Dieser Dreckskerl. *Wo hat er sich versteckt?*

Ein leises Klacken direkt hinter mir, lässt mich zusammenzucken. Etwas Hartes, Kaltes wird gegen meinen Kopf gedrückt. *Mist!*

„Tz, tz, tz", erklingt ein Zungenschnalzen. „Artjon, alias John der Falke oder auch Verräter genannt." Dimitris kratzige Stimme ist meinem Ohr ganz nah. „Hände nach oben. Waffe fallenlassen! Du wagst es nach all den Jahren, dich gegen mich zu wenden? Und dass, wo ich dich aufgezogen und dir eine tolle Kindheit geschenkt habe?!"

„Tolle Kindheit? Du Sadist hast mir das Leben zur Hölle gemacht!", zische ich und drehe mich zu meinem Onkel um.

Dieser hält mir den Lauf seiner Waffe direkt zwischen die Augen. „Ich habe dir gezeigt, wie man in unserer Branche überlebt und du wendest das alles nun gegen mich? Nicht mit mir!" Dimitris ohnehin kleine Augen sind verkniffen, das Gesicht wirkt hart und wie eingefroren. „Die französische Nutte ist der Grund für den Verrat, was? Du hast sie nicht umgebracht, stimmt's?"

Ich antworte ihm nicht, sondern starre ihm in die trügerischen Augen. *Verdammt, wo ist Lion?* Auch auf Dimitris Waffe ist ein Schalldämpfer geschraubt. *Ob er Lion umgebracht hat?*

Dimitri presst den Lauf fester gegen mein Gesicht. „Du elender Taugenichts. Wärst am besten damals mit deinen Eltern draufgegangen. Es ist nur schade um deine Mutter. Weiß der liebe Gott, was sie an deinem Vater gefunden hat. Der war genauso ein Versager wie du!" Dimitris Worte treffen mich. So hat niemand über meine Eltern zu reden! Mit einem teuflischen Grinsen auf den schmalen Lippen entsichert er die Waffe.

Der Gedanke an meinen eigenen, in Kürze bevorstehenden Tod bereitet mir kaum Sorgen. Die Gewissheit, dass Alizée dann jedoch niemals gefunden wird, hingegen schon. Der Lebensmittelvorrat reicht höchstens für zwei Wochen und niemand außer mir kennt ihren Aufenthaltsort, geschweige denn den Weg dorthin. Sterbe ich, stirbt Alizée. Ganz einfache Rechnung.

„Hast du noch irgendwas zu sagen, bevor ich dich kleine Ratte ins Jenseits befördere?“ Dimitris höhnisches Lachen, das kurz darauffolgt, erfüllt den ganzen Raum. In seinen Iriden spiegelt sich pure Euphorie wieder. Dimitri lechzt nach einem Blutrausch. Auf einmal reißt er die Augen auf und ihm fällt die Waffe aus der Hand. Er hält sich den Arm, mit dem er sie zuvor gehalten hat.

Lion.

„Du elender Wichser! Mit wem machst du gemeinsame Sache?! Mit den Franzosen? Du Narr! Die werden dich genauso ans Messer liefern, wie du mich, wenn sie das Lager geplündert haben!“, flucht Dimitri und versucht, nach seiner Waffe zu greifen.

Ein weiterer, fast lautloser Schuss zerfetzt ihm den Handrücken. Dimitri schreit schmerzerfüllt auf.

Ich blicke mich nach Lion um und entdecke knapp hinter meinem Onkel einen Gegenstand auf dem Boden, der vorhin noch nicht dort lag. Ehe ich erkenne, was es genau ist, richtet sich mein Onkel auf und gerät dabei ins Wanken. Er macht einem Schritt zurück. Es klickt und er brüllt wieder los. „Ahhh! Ihr elenden Schweine!“

„Du stehst doch auf sowas“, entgegne ich und hebe meine Waffe auf.

Plötzlich tritt Lion aus dem Schatten. Er deutet auf die Bärenfalle und grinst. „Wollte mal gucken, wie dein Spielzeug funktioniert. Scheint deinem Onkel großen Spaß zu machen.“

„In dir steckt auch ein kleiner Sadist, was?“

„Nur, wenn es um meine Feinde geht.“ Lion verpasst Dimitri einen Tritt, sodass dieser bäuchlings auf dem Boden landet.

Hasserfüllt trete ich an ihn heran und stelle meinem Fuß auf seinen Kopf.

Dimitri schielt wütend zu mir nach oben.

„Wer ist jetzt hier der Taugenichts? Möchtest du noch etwas sagen, bevor ich dich ins Jenseits schicke?“, zitiere ich ihn.

„Das wirst du bereuen! Jemand kommt und wird euch alle auslöschen, wenn du mich umbringst! Warte es nur ab! Wenn ich bis Mitternacht nicht zu Hause bin …“, zischt er und kotzt mir vor die Füße. Die Schmerzen sind wohl doch stärker, als er ertragen kann.

„Fick dich!“ Alizées erste Worte nach dem langen Schweigen kommen mir wieder in den Sinn. Ich darf keine Zeit verlieren.

„Stoica wird dich finden! Er wird euch alle auf bestialische Weise in Stücke reißen und seinen Wölfen zum Fraß vorwerfen! Ihr werdet schon sehen!“

„Fahr zu Hölle!“ Entschlossen ziele ich auf seine Schläfe und jage ihm vier Kugeln ins Hirn. Eine hätte vermutlich auch gereicht. Vier Stück. Zwei für meine Eltern, eine mit einem Gruß von meinem Großvater und eine für meine persönliche Rache.

„Das war’s mit dir du Schwein!“, zische ich und spucke auf meinen Onkel.

„Lass uns verschwinden“, schlägt Lion vor, was ich mit einem Nicken bejahe. „Wer ist eigentlich dieser Stoica?“

„Stoica ist das Oberhaupt unserer rumänischen Verbindung. Der mischt sich erst ein, wenn es ernst wird.

Und glaub mir, Dimitri ist ein Witz gegen Stoica. Mit dem würde sich niemand freiwillig anlegen." *Auch ich nicht.* Ich räuspere mich und drehe mich um. „Mit Stoica haben wir ein richtiges Problem. Deswegen lass uns schnell schauen, dass wir Alizée von hier wegbringen."

„Sie ist hier unten?"

„In der Nähe, ja." *Und ich hoffe, dass es ihr gut geht.*

42. KAPITEL

ALIZÉE

Schellender Schmerz legt sich brennend auf meine Wange. „Alizée!" Eine vertraute Stimme scheint aus weiter Ferne meinen Namen zu rufen. „Wach auf, kleine Französin, sonst muss ich dir noch eine scheuern!" Artjons Stimme kommt näher und klingt ziemlich ungehalten.

Ich versuche meine Augen unter heftigem Blinzeln zu öffnen, und entdecke schließlich nicht nur Artjon, sondern auch Lion über mir.

„Bonjour", grüßt mich dieser, während Artjon mir seine Hand hinhält.

Mein Kopf dröhnt. Geschwächt greife ich nach seiner Hand und werde kurz darauf hochgezogen. Schwindel überkommt mich und legt sich erst wenige Augenblicke später.

„Was ist mit deinem Kopf passiert?", fragt Artjon und streicht mit dem Finger vorsichtig über etwas Nasses auf meiner Stirn.

„Frag die Wodkaflasche. Die erzählt es dir bestimmt, du Phantom", kichere ich. „Du bist doch gar nicht echt. Oder?"

Lion und Artjon tauschen knappe Blicke aus.

„Ich glaube, es hat sie schlimm erwischt", murmelt Lion.

„Ach, Quatsch. Die hat gesoffen wie ein Loch!" Er weist mit dem Finger auf die leere Flasche.

„Genau und dann bin ich gestürzt und die böse Flasche hat sich an mir gerächt", ergänze ich glucksend.

„Wie lange haben wir noch?", höre ich Lion zu Artjon sprechen, als mir schummrig wird. Der Boden unter mir scheint mir zu entgleiten.

„Nein, nein, nein!", schimpft Artjon und kurz darauf fühle ich ein starkes Brennen an meiner Wange. Dann wird es dunkel und ich spüre nichts mehr.

Es schaukelt, als ich wach werde und die dicke Decke von mir schiebe, die mir bis über die Nase reicht. Ich liege auf der Rückbank eines Autos, das bei voller Fahrt über die Autobahn jagt.

Artjon sitzt hinter dem Steuer und Lion auf dem Beifahrersitz.

„Ach, sieh an. Barbie ist auch schon wach", bemerkt Lion grinsend.

Artjons Blick trifft den meinen im Rückspiegel. Er hat kritisch eine Augenbraue angehoben und scheint mich flüchtig zu mustern. „Geht es dir gut?", fragt er brummend.

„Ja", wispere ich und sehe irritiert aus dem Fenster. Die Landschaft fliegt nur so an mir vorbei. „Wohin fahren wir?"

„Wir holen Mia und Emma und treffen uns an einem geheimen Ort", erklärt Lion und beißt in ein Croissant. „Möchtest du auch eins?" Er hält mir eine Papiertüte hin, worauf mein Magen mit einem lauten Knurren antwortet.

Ich nehme die Tüte entgegen, reiße ein Stück Croissant ab und stopfe es mir in den Mund. Wie ausgehungert ich bin, bemerke ich erst jetzt. „Was ist das für ein Ort?“, will ich wissen, als ich das Gebäck hinuntergeschluckt habe.

„Das ist geheim“, grätscht Artjon dazwischen, bevor Lion antworten kann.

„Geht es zurück nach Frankreich? Zu Zoé und Emilian?“

Eisernes Schweigen und betretene Blicke beherrschen den Augenblick.

Ich schlucke, als ich realisiere, dass das nichts Gutes zu bedeuten hat. „Lion. Was ist mit Emilian?“ Die Augen leicht zusammengekniffen, mustere ich den Mann meiner besten Freundin. Er schweigt und scheint wie erfroren.

„Emilian wurde von Dimitris Leuten erschossen. So, jetzt weißt du es.“ Artjons Worte treffen mich so bitter wie ein Schlag ins Gesicht.

Tränen schießen mir in die Augen und ich ringe nach Worten. „Du ... Du hast davon gewusst?!“

„Ja, hat er und ich auch. Wir wollten es dir in einer ruhigen Minute erzählen“, erklärt Lion und sieht mich entschuldigend an.

Mein Puls schießt in die Höhe und alles an Wut, die ich jemals wegen Artjon verspürt habe, ist auf einmal da. Von blinder Verzweiflung angetrieben, stürze ich nach vorn und schlage auf Artjon ein.

„Sag mal spinnst du?“ Er stößt mich sofort weg und versucht den Wagen auf der Straße zu halten.

„Ich hasse dich, Artjon!", brülle ich und spüre Lions Arm, der mich von Artjon wegzudrängen versucht. Doch ich schlage erneut auf Artjon ein.

Plötzlich geraten wir ins Schleudern, kommen von der Straße ab und überschlagen uns. Kurz bevor der Wagen ziemlich hart auf dem weitläufigen Feld neben der Autobahn aufprallt, fliege ich durch die Windschutzscheibe und lande im Schnee. Hätte ich mich nicht intuitiv auf Seite gerollt, wäre der Wagen auf mich geprallt.

Stöhnend liege ich auf der Seite und spüre den kalten Schnee an meiner Nasenspitze. Mein Körper ist ein einziger Schmerz, doch es gelingt mir, mich hochzuhieven. Zitternd vor Schock und Kälte sehe ich zum Auto, das ziemlich lädiert ist.

Ich raffe mich auf und humple in Richtung Wagen. Der liebe Gott muss mir zehn Schutzengel gleichzeitig geschickt haben, dass ich noch in der Lage bin zu laufen.

Als ich der zerbeulten Karosserie näherkomme, werde ich schneller. „Artjon? Lion?" Unsicher knie ich neben dem Beifahrerfenster nieder, aus dem Lion gerade zu klettern versucht. Er hat eine Platzwunde am Kopf, scheint aber sonst wohlauf zu sein. Offenbar hatte auch er einen guten Schutzengel. Ganz im Gegensatz zu Artjon.

Mich überkommt Gänsehaut und ich muss schlucken, als ich ihn sehe. Er regt sich nicht. Sein Kopf ist von einem ausgelösten Airbag umgeben, der mit Blut gesprenkelt ist.

Sofort sacke ich in die Knie und krabble in den Wagen, als Lion mir Platz macht. Hektisch löse ich Artjons

Gurt und drücke den Airbag von seinem Gesicht. Es ist blutverschmiert.

„Artjon! Bitte, wach auf!" Sofort lege ich meinen Zeige- und Mittelfinger an seinen Hals. Sein Puls ist schwach, aber er lebt. „Lion! Ruf den Notarzt und dann hilfst du mir, Artjon hier herauszuschaffen."

Nachdem Lion den Notarzt und die Polizei gerufen und alles versucht hat, um den eingeklemmten Artjon zu befreien, macht er sich auf den Weg zur Straße, während ich bei Artjon bleibe.

Zitternd halte ich seine Hand und streichele über sein Haar. Mein Herz zerreißt und ich kann seinen Anblick kaum ertragen. „Du wirst nicht sterben, Artjon! Hörst du?! Lass mich nicht allein." Tränen der Hilflosigkeit strömen über mein Gesicht. Ich küsse seine blutverschmierten Lippen. Sie sind kalt, doch der schwache, stoßweise Atem dringt zwischen ihnen hervor. „Es tut mir so leid! Ich wollte das nicht! Ich war so wütend, dass du mir Emilians Tod verschwiegen hast. Wenn ich euch jetzt beide verliere ..." Mein heftiges Schluchzen erstickt den Satz. Ich kann und will ihn nicht zu Ende sprechen.

Weinend lege ich meine Lippen an sein Ohr. „Ich liebe dich! Bitte kämpfe. Für uns."

Stimmen lassen mich zusammenzucken. Einen Augenblick später taucht ein Mann vom Rettungsdienst neben dem Fahrerfenster auf. „Kommen Sie da raus!", weist er mich in gebrochenem Englisch an. „Wir versuchen jetzt, ihren Freund zu bergen."

Ich nicke, doch es fällt mir so unendlich schwer, Artjons Hand loszulassen. Ein letztes Mal küsse ich ihn und flüstere ihm ins Ohr. „Halte durch. Gleich hast du es geschafft. Ich bin bei dir."

Schweren Herzens krabble ich aus dem Wagen und stelle mich zu Lion, der mich in den Arm nimmt und gerade mein einziger Halt ist.

„Ich wollte das nicht! Glaub mir!", weine ich bitterlich und hoffe, dass Lion und Artjon mir das verzeihen und vor allem, dass Artjon überlebt.

„Das weiß ich." Lion drückt mich an sich.

„Wenn Artjon stirbt, ist das meine Schuld."

„Er wird es schaffen." Worte, die mich hoffen, flehen und bangen lassen.

EPILOG

Hawaii
Zwei Monate später

Ich kann mich noch an den Tag erinnern, an dem Mia sich vor dem Spiegel als Braut in schwarz bewundert hat. Damals stand ich als Trauzeugin daneben und war fast aufgeregter als sie. Heute ist es umgekehrt.

Mia zurrt aufgeregt die Schlaufen meines weißen Kleides zurecht und schnürt mir damit beinahe die Luft ab.

„Hallo? Ich will noch Ja sagen können und nicht Ja japsen", ermahne ich sie lächelnd.

Mias Lockenkopf taucht hinter meinem Rücken im Glas des Spiegels auf. „Entschuldige bitte. Ich bin einfach ..."

„So aufgeregt", sprechen wir im Einklang und kichern los.

Mias Augen leuchten. „Ich kann es immer noch nicht glauben."

„Frag mich mal." Ehrfürchtig betrachte ich mein Spiegelbild. Mein Kleid im Meerjungfrauenschnitt hat Mia für mich ausgesucht. Während ihr der A-Linienschnitt gut steht, schmeichelt mir diese Version deutlich besser.

„Artjon wird umfallen, wenn er dich sieht“, quietscht meine beste Freundin euphorisch und befestigt einen Kranz aus hawaiianischen Blumen auf meinem Kopf. Die Haare trage ich gelockt und offen, so wie Artjon es an mir liebt und so, wie ich mich mag.

„Vor ein paar Monaten, nach dem Unfall, habe ich gedacht, dass alles zu Ende ist. Das Artjon stirbt und die Sache mit Dimitri noch ein schlimmes Nachspiel für uns haben wird.“ Ich atme tief durch. „Und jetzt? Jetzt heirate ich Artjon und könnte glücklicher nicht sein.“

„Glaubst du, dieser Stoica, von dem Artjon erzählt hat, wird uns finden?“, fragt Mia und klingt besorgt.

„Nein. Wir haben neue Identitäten und leben in einem versteckten hawaiianischen Dorf, bis wir nach den Flitterwoche alle nach Deutschland ziehen. Uns macht niemand mehr ausfindig.“ Ich muss lachen. „Christina. An den Namen muss ich mich noch gewöhnen.“

„Klingt doch gut. Ben und Christina Maybach, geborene Kiesing. Wie klappt es mit dem Deutschkurs?“

„Ganz gut, Katharina. Ich arbeite noch daran, meinen französischen Akzent loszuwerden. Ich glaube, das wird schwerer sein, als die Vokabeln und die Grammatik zu lernen. Und bei euch?“ Ich muss grinsen, während Mia nickt. „Hoffentlich gewöhne ich mich schnell an die neuen Namen. Ich habe Angst, jemanden von euch falsch anzusprechen und dann haben wir den Salat.“

Meine beste Freundin greift nach einer Hand. „Das wird schon nicht passieren. Und jetzt – wird geheiratet.“

Ich hole Luft und stoße sie mit einem „Okay" wieder aus.

Mia öffnet die Tür unseres Strandhauses. Artjon und Lion alias Ben und Alexander haben uns einen ganzen Strand gemietet, an dem wir von aller Welt ungestört die Trauungszeremonie abhalten können.

Barfuß gehe ich durch den Sand und hebe mein Kleid ein wenig an.

Fünfzig Meter vor mir direkt vor dem Meer stehen ein Trautisch und fünf Stühle, die mit Blumenketten dekoriert sind.

Mein zukünftiger Mann steht mit dem Rücken zu mir, während Lion mit Emma auf einem der Stühle Platz genommen hat und sich sofort erhebt, als Mia: „Hier kommt die Braut", ruft.

Mein Herz flattert aufgeregt, als ich mich dem Trautisch, meinem Verlobten und dem hawaiianischen Pfarrer nähere.

Artjon dreht sich zu mir um. Sein feiner Anzug lässt ihn wie ein Prinz erscheinen, doch das Schönste trägt er im Gesicht – ein glückliches Lächeln, das ich so noch nie gesehen habe. Aus meinem Brummbären ist ein echter Mensch mit Gefühlen geworden und dafür liebe ich ihn noch mehr.

Als wir voreinander stehen, greift er nach meinen Händen. Unsere Blicke treffen sich und wir tauchen in die tiefen Iriden des anderen ein. Bei Artjon will ich bleiben, denn bei ihm fühle ich mich zu Hause – egal wo auf der Welt wir gerade sind und egal wie oft ich meinen Namen noch wechseln muss – er ist es wert.

Mein zukünftiger Ehemann mustert mich wohlwollend. „Du siehst wunderschön aus, Christina." Sein charmantes Lächeln schickt mir einen elektrisierenden Stoß zwischen die Schenkel, der mich rot anlaufen lässt. Grinsend versuche ich, den Blick zu ihm zu halten. „Du auch, Ben."

„Na, dann lasst uns mal anfangen", schiebt Mia ein und nimmt hinter uns neben Lion Platz.

Die ganze Zeremonie über habe ich nur Augen für meinen zukünftigen Mann und er für mich.

Wir können unsere Blicke kaum voneinander abwenden und erst als es zum Ja-Wort übergeht und ich ihm kurz darauf den Ring an den Finger stecke, wird es besser.

„Ich liebe dich", raunt mein Mann, als er mir meinen Ehering über den Finger schiebt und ich falle in einen völligen Rausch der Glückseligkeit.

„Sie dürfen die Braut jetzt -", setzt der Hawaiianer an, der uns gerade getraut hat, doch als ich meinem Mann um den Hals falle und ihn stürmisch küsse, lacht alles um uns herum.

„Typisch Christina", höre ich Mia hinter mir.

Beifall von überall, doch ich nehme nur noch meinen Mann wahr, der mir tief in die Augen blickt.

„Ich liebe dich", flüstert er mir zu.

„Trotz allem?"

„Wegen allem."

Überglücklich versinke ich einen Wimpernschlag später in einem atemberaubenden Kuss, der mich endgültig in den siebten Himmel befördert.

ENDE

DANKSAGUNG

Zum guten Schluss möchte ich einige wichtige Worte loswerden.

Danke, liebe Leser, dass ihr mir bis hier gefolgt seid. Ich hoffe, euch hat meine Geschichte auch dieses Mal gefallen und ihr hinterlasst mir eine schöne Rezension auf Amazon. Schaut euch auch unbedingt meine anderen Werke an.

Es gibt ein paar Menschen, bei denen ich mich ganz besonders bedanken möchte:

Ein großer Dank geht an Larissa, die zweifellos die beste Freundin ist, die man sich wünschen kann.

Ein ganz besonderer Dank geht an meinen King, der mich mit seinen Ideen zu den neuen Protagonisten so wahnsinnig toll unterstützt hat.

Liebe Lexi. – ich danke dir für den kreativen Input beim Beta-Lesen und deine stets ehrliche Meinung. Du hast immer an mich geglaubt. DANKE DAFÜR.

Vielen Dank auch an meine wunderbare Familie und an meine Eltern, die sich (größtenteils) an das Leseverbot meiner Bücher halten. XD

Vielen Dank auch an das Team des dp Verlags für die tolle Chance & meiner Lektorin Daniela für die tolle Zusammenarbeit.